MOSES WOLFF

Schrippenblues

GOLDMANN
Lesen erleben

Buch

In dem beschaulichen Bergdorf, in dem der Wildbach Toni zuhause ist, wäre eigentlich alles in bester Ordnung. Die Menschen leben im Einklang mit der Natur, das Klima ist angenehm, und zahlreiche Touristen sichern die Einnahmen. Doch dann macht das Koch Tinerl dem Toni einen Heiratsantrag. Er reagiert arg unbekümmert, woraufhin das Tinerl enttäuscht und gekränkt über Nacht nach Berlin durchbrennt. Toni hat keine Wahl. Er muss sie schleunigst zurück in die Berge holen, denn eigentlich ist sie doch seine große Liebe … So nimmt er den nächstbesten Zug und stürzt sich mitten hinein ins urbane Abenteuer. Aber wie soll er in dieser wahnsinnigen Stadt sein Tinerl finden?

Weitere Informationen zu Moses Wolff
sowie zu lieferbaren Titeln des Autors
finden Sie am Ende des Buches.

Moses Wolff

Schrippenblues

Roman

GOLDMANN

Der Wildbach Toni entstammt einer Idee
von Moses Wolff und Richard Westermaier.

Moses Wolff wird ausgestattet von Trachten Angermaier, München.

Dieses Buch ist auch als E-Book erhältlich.

MIX
Papier aus verantwortungsvollen Quellen
FSC® C014496

Verlagsgruppe Random House FSC® N001967
Das FSC®-zertifizierte Papier *Holmen Book Cream* für dieses Buch
liefert Holmen Paper, Hallstavik, Schweden.

1. Auflage
Originalausgabe Oktober 2014

Umschlaggestaltung: UNO Werbeagentur München
Umschlagmotiv: from Park Inn Hotel/
© Dieter Heinemann/Westend61/Corbis
AG · Herstellung: Str.
Satz: Uhl + Massopust, Aalen
Druck und Bindung: GGP Media GmbH, Pößneck
Printed in Germany
ISBN 978-3-442-48099-9
www.goldmann-verlag.de

Besuchen Sie den Goldmann Verlag im Netz

Für Micha

Griaßeich! Herzlich willkommen auf dem Berg! Ich geh davon aus, dass es mittlerweile alle begriffen haben und inzwischen jeder schon mal auf einem Berg war. All denen, denen der Berg neu ist, soll gesagt sein: Es gibt Regeln, an die man sich halten sollte, damit einem nichts passieren kann. Allerdings gilt dieser Grundsatz überall, auch in einer Großstadt, wie ich kürzlich erfahren musste.

Wir wohnen in einer hinreißenden Berggegend, ziemlich weit oben. Neulich saß ich vor meiner Hütte und ließ mich vom Blick auf die davorliegende Wiese unterhalten, wo das Gras ungemäht, und, obgleich mit Wildblumen übersät, unverblümt im Winde weht. Einzelne weiße Steine haben in vollster Harmonie ihren Platz zwischen den Halmen. Meine Hütte ist eine kleine, freilich aber gemütliche Behausung, versehen mit nur wenigen Einrichtungsgegenständen, dafür allerdings einigen religiösen Kunstwerken, allen voran eine geschnitzte Statue des heiligen Joseph, den ich seit jeher aufrichtig verehre und bewundere. Ein gemütliches Holzbett findet sich ebenfalls in meiner Behausung, außerdem ein blankgehobelter Tisch, verfertigt aus

Fichtenholz, zwei Stühle, eine Flasche Schnaps und ein Kartenspiel, fertig! Mehr braucht man nicht in einem Eigenheim für das wahre Glück der Seele, solang man den himmlischen Mächten darin Wohnung zu geben bereit ist.

Hinter meiner Hütte steigt die Bergwiese steil an bis zum Rand der Wälder, über denen sich Berge und Himmel eindrucksvoll zu erheben wissen. Die Berggipfel sind gern mit Schneehauben bedeckt, im Hochsommer jedoch selten. Sie strahlen zu jeder Jahreszeit eine große majestätische Erhabenheit aus, die viele Menschen zu Recht ehrfürchtig erstarren lässt; doch sobald man ihnen Vertrauen entgegenbringt, dann, ja dann, vermögen sie jenen, die ihr Herz nicht verschließen, allerlei Weisheit, Inspiration und Freude zu schenken.

An manchen Stellen sind die Berge etwas abgewetzt, das liegt größtenteils an leichtfertigen, schlecht informierten »Bergsteigern« aus Großstädten wie zum Beispiel Berlin, die aus Unachtsamkeit hinabgestürzt und dabei an der Felswand entlanggeschrammt sind. Doch wie man bei uns sagt: »Mit Schwund muss man rechnen!«

Berlin. In meiner Vorstellung wird man in einer solchen Stadt wahnsinnig bei all der Reizüberflutung und den vielen Menschen, von denen jeder täglich darum kämpfen muss, nicht unterzugehen und seine Individualität zu wahren. Dass ich dort einmal hingeraten würde, hätte ich mir niemals vorstellen können. Wozu auch? Nun ja, der Verlauf der Geschichte wird es erklären …

An diesem Tag also, als ich auf der kleinen Bank vor meiner Hütte saß und auf die Wiese vor mir blickte, kam plötzlich ein Maulwurf zu Besuch, und ich sah ihm eine gute halbe Stunde dabei zu, wie er bald hier, bald dort ein hübsches Erdhügelchen auf die Wiese zauberte. Es entspannt mich immer enorm, anderen bei der Arbeit zuzusehen. Maulwürfe sind sehr zahme Tiere mit uraltem Wissen. Leider sehen sie nicht gut, beziehungsweise eigentlich überhaupt nicht, weil sie ja immer unter der Erde hausen. Daher können sie sich manchmal auch nicht gescheit wehren, wenn böse Kreaturen ihnen Übles zufügen wollen. Bei uns aber werden Maulwürfe (wie übrigens alle Tiere) gut behandelt und geschätzt.

Dieses blinde Kerlchen jedenfalls kam aus einem frisch gebuddelten Hügel heraus und reckte sein spitzes Näslein in die Höhe. Die feinen Barthaare glänzten im Sonnenlicht. Er schien etwas erschnuppert zu haben und krabbelte daraufhin leicht umständlich nach oben ins Freie. Dort streckte er sich erstmal, wie sich Menschen nach einem langen Tiefschlaf strecken. Maulwürfe machen das nach erledigter Buddel-Arbeit. Doch auf einmal rauschte es von oben: Eine Eule kam herabgeschossen, was mich sehr verwunderte, da Eulen normalerweise nachtaktive Tiere sind und hier tagsüber eigentlich überhaupt nichts verloren haben! Allem Anschein nach wollte sie sich den armen Knirps angeln. Ich kannte leider den Namen des Maulwurfs nicht, also rief ich ihn kurzerhand »Kamerad«.

»He, Kamerad, pass auf, da chemmt a Eule!«

Er blickte in meine Richtung, das heißt, sein Gesicht wandte sich mir zu. Blicken konnte er nicht, er war ja blind. Blitzschnell entschied er sich für die Flucht nach vorne. Die Eule, deren Angriff ich zu vereiteln suchte und die sich noch im Sturzflug befand, wendete mir den Kopf zu und sah mich erzürnt an. Eulen hassen es, wenn jemand den geregelten Lauf der Natur zu stören versucht. Was mir zugegebenermaßen eigentlich genauso geht. Der Maulwurf versteckte sich hinter einem Stein, über den er zufällig gestolpert war und den er aufgrund seines guten Tastsinns sogleich als möglichen Schutz erkannt hatte. Weil sehen konnte er ihn ja nicht, dies sage ich nur deshalb nochmals, um alle späteren Missverständnisse, die möglicherweise für viel Ärger sorgen könnten, ein für allemal auszuschließen. Die Eule aber ließ nicht locker.

»Verschwind hier, du Schwein!«, sagte ich zu der Eule, die jetzt richtig erzürnt wurde, weil Eulen es erst recht hassen, wenn man sie als Schwein bezeichnet. Schweine sind in der Welt der Eulen zwar heilig, aber als ein solches beschimpft zu werden, ging ihr dann doch zu weit, und sie schnaubte mir entrüstet zu. Ich sprang von meiner Bank auf und fuchtelte abwehrend mit der rechten Hand nach dem Federvieh, um es zu verscheuchen. Die Eule überlegte kurz, ob sie weiterhin nach dem armen Maulwurf jagen sollte, dann wurde es ihr aber scheints zu bunt, und sie flog von dannen oder, wie zu vermuten steht, auch von hinnen.

Viele moderne Menschen fragen ja grundsätzlich »Was hab ich davon?«, bevor sie anderen helfen, jemandem einen Gefallen tun oder auch nur freundlich schauen. Dieses Verhalten ist absolut verwerflich und übel, denn wir sind alle Geschöpfe des HERRN und haben die Pflicht, Gutes zu tun, ehrlich zu sein und uns um unsere Mitgeschöpfe zu kümmern, besonders wenn diese in Notlagen geraten. Wer nur an sich selbst denkt, mit dem wird es gewiss kein gutes Ende nehmen. Wer dagegen nach Glück strebt und sich dabei bemüht, immer redlich und charakterstark zu sein, wird sich vom Leben irgendwann reich beschenkt sehen. Natürlich gibt es Erdenbürger, die in Diktaturen oder ähnliche schlimme Verhältnisse hineingeboren werden, oder andere, die erst im Lauf des Lebens in furchtbare Verhältnisse geraten. Bekommt man so etwas mit, sollte man hinschauen und alles Menschenmögliche unternehmen, um diese armen Kreaturen aus ihrer Misere zu befreien. Und nicht nach dem eigenen Vorteil fragen. Da könnt ich mich ja allein beim Gedanken an solch schmähliches Verhalten schon wieder aufregen! So ist es jedenfalls bei uns Menschen und auch in der Tierwelt: Manche Tiere geraten in furchtbare Verkettungen und können sich selbst nicht emanzipieren. Daher muss man als guter Mensch manchmal eingreifen. Das ist doch wirklich nicht so schwer zu verstehen, oder?

Menschen und Tiere sollen im Einklang miteinander leben. Gut, zugegeben, manchmal muss man den Tieren zeigen, wer »die Hosen anhat«. Sonst glauben sie, sie könnten sich aufführen wie eine Horde betrunkener Australier. Sowohl bei den Australiern als auch bei den Tieren muss man in der Lage sein, sie in ihre Schranken zu weisen. Dies funktioniert leider nicht immer ohne Gewaltanwendung. Einmal ist beispielsweise bei uns im Dorf ein Tourist aus Finnland von einem Rebhuhn angegriffen worden. Das Rebhuhn war völlig übergeschnappt, hat auf den armen Mann eingebissen und ihm wirklich Angst gemacht. Da bin ich hingegangen und hab dem Rebhuhn eine saftige Ohrfeige gegeben, weil sich so was einfach nicht gehört! Der Mann war wie benommen und stammelte in seiner Verwirrung lauter sonderbares Zeug. Da hab ich ihm auch eine Ohrfeige gegeben, damit sein Kreislauf wieder in Ordnung kam. Man muss manchmal auch aus dem Bauch heraus handeln.

Abgesehen davon sollte man aber allen Lebewesen angemessenen Respekt erweisen.

Bei uns heroben gibt es ja eine Menge überliefertes Wissen, zum Beispiel, dass der Verzehr von Kühen gesünder ist als der von Schweinen, weil Schweinefleisch unter anderem für Antriebsschwäche sorgt. Mit Schweinen kann man aber gut herumtoben und Schlammschlachten austragen, sie sind lustige Kumpels, deshalb haben wir bei uns gern welche. Außerdem kann man aus ihnen einen schönen schmackhaften Speck machen, der trotz der dadurch hervorgerufenen Müdigkeit ganz wunderbar schmeckt. Mit Kühen kann man gemütlich auf einer Wiese herumliegen und das Geschehen der Natur beobachten. Sie sind sehr geduldige Zeitgenossen und phantastische Zuhörer.

Es gibt hier heroben einen außergewöhnlichen Mann: den Steinbichler Georg. Er ist ein Klettergenie und Erfinder diverser Sicherheitssysteme für Gurte. Gerne zitiert er Weisheiten seines großen Vorbildes Anderl Heckmair, dem Erstdurchsteiger der Eiger-Nordwand, die da zum Beispiel lauten: »Alkohol in Maßen genossen, schadet auch in größeren Mengen nicht« oder »Ein junges Weib frisst auch nicht mehr als ein altes«. Gemeinsam mit Freunden geht er gern in die Steilwand. Auch ich gehöre manchmal zu dieser Seilschaft. Das werden immer herrliche Ausflüge. Ansonsten führt der Georg gegen ein »kleines Entgelt« (wie er seinen Klienten, stets schlitzohrig mit dem angemessenen Ernste in seiner Mimik, zu vermitteln weiß) Besucher herum und zeigt ihnen versteckte Gipfel. Er hört auf den Namen »Action Schorsch«.

Der Action Schorsch verbringt viel Freizeit auf Kuhweiden und kennt die meisten einheimischen Kühe persönlich recht gut und ist mit fast allen per du. Ab und zu liest er gemeinsam mit dem Herrn Doktor den jungen Kühen aus den Werken von Wolf Haas vor (und selten auch mal älteren Kühen was von der Josephine Mutzenbacher). Die Kühe lieben diese literarischen Stunden und lauschen dankbar und aufmerksam dem Vorgetragenen. Drei Kühe, die Moni, der Dammerl und das Fräulein Bixler, das darauf besteht, gesiezt zu werden, sind besonders literaturinteressiert, was man daran merkt, dass sie mit leicht gesenktem Haupt den Herrn Doktor und den Schorsch bei ihrem Vortrag fixieren und ab und zu nachdenklich in die Ferne blicken, wenn sie nach dem Gehörten noch etwas über eine These oder einen Gedanken sinnieren. Man kann mit Kühen auch Dialoge führen, dies erfordert aber viel Geduld. Ihre Antworten sind immer recht knapp, sie können nämlich genaugenommen rein anatomisch keine Vokale aussprechen, daher sagen sie auch nicht, wie viele Kinder glauben »Muh«, sondern sie brummen nur ein »Mmmm«. Müssts mal genau hinhören, dann werdet ihr mir recht geben. Das Koch Tinerl hört übrigens am »Mmmm« der jeweiligen Kuh, ob es grad passt mit dem Melken oder nicht.

Das Koch Tinerl ist im Prinzip die große Liebe meines Lebens: eine blonde, wunderschöne junge Frau mit sehr weicher Haut und schönen langen, zarten, stets braungebrannten Beinen. Sie ist für die Liebe wie geschaffen und öffnet, wenn ein stattliches Mannsbild einen Schneid hat und galant anfragt, gern auch mal das Türl zu ihrem Kammerl, was mich nicht stört, weil ich mir ihrer Liebe gewiss bin und nicht zur Eifersucht neige. Außerdem haben wir ausgemacht, dass wir uns mit diesen Dingen nicht gegenseitig behelligen. Wenn man es nicht weiß, stört es einen nicht, und gelegentliche Eskapaden beeinträchtigen unsere Liebe in keiner Weise. Die einzige Regel lautet: Man darf sich nicht ernsthaft in jemand anderen verlieben. Klar, wenn man sich mal für ein paar Stunden oder drei Tage etwas verknallt, ist das erlaubt. Nur weiter sollte es nicht gehen. Da sind wir uns einig.

Das Tinerl hilft im Gemeindeamt bei der Trudi aus und jobbt beizeiten aushilfsweise beim Schlemmerwirt. Ihre Eltern haben eine Käserei, da arbeitet sie aber nicht so oft, weil ihr Vater immer recht mit ihr schimpft, wenn sie den Kunden den Kopf verdreht. Weil sie so ein zartes Wesen ist, halten wir sie auch, so weit es geht, von unschönen Situationen fern, wenn wir zum Beispiel ungehobelten Touristen mit dem Dreschflegel Manieren beibringen oder wenn der Herr Doktor eine Kuh behandelt, die sich verletzt hat.

Wie man sieht, machen wir uns viele Gedanken um unsere Freunde, seien es Tiere oder Menschen. Und wir machen uns Gedanken, die über den Tod hinausgehen. So sollte es generell sein, bei Menschen, aber besonders auch bei Tieren, sie schenken einem ja zu Lebzeiten wunderbare Augenblicke und nach ihrem irdischen Sein noch feine Brotzeiten und Hauptspeisen.

Daher stehe ich einem Großteil der Jäger mit großer Skepsis gegenüber. Einige dieser Kameraden erschießen Tiere einfach nur zum Spaß, ohne ihnen die nötige Hochachtung zuteilwerden zu lassen. Es gibt aber zum Glück auch andere, anständige Jäger. Einige meiner Freunde sind Wilderer, die sagen: Wenn man ein Tier erschießt, muss man sich sehr respektvoll verhalten. Und dazu gehört auch, dass man das erlegte Wild selbst »versorgt«, sprich aufbricht. Aufbrechen heißt abziehen, zerteilen, ausbeinen und zerwirken. Außerdem legt man dem Tier einen Eichenzweig in den Mund, um sich nochmals vor ihm zu verneigen und ein kleines Symbol der Zuneigung zu setzen. Dieses Ritual ist sehr wichtig. Jäger, die auf Zweig und Aufbrechen verzichten, verhalten sich absolut unehrenhaft und haben keine Ehrfurcht vor dem Leben. Diese Leute haben ihrerseits keinerlei Freundlichkeit oder Wohlwollen verdient.

Was ist der Unterschied zwischen Wilderern, ehrenhaften und unehrenhaften Jägern? Das ist ganz einfach: Wilderer erlegen die Tiere, um selbst zu überleben oder um Hilfsbedürftigen eine Mahlzeit zu verschaffen. Manchmal verkaufen sie die erlegten Tiere auch an Gastwirte und verwenden das Geld dann für edle Zwecke. Haderlumpen, die dieses Geld für Unfug ausgeben, sind daher nicht in die Kategorie Wilderer einzustufen! Wilderer sind so etwas Ähnliches wie alpenländische Geistes- und Waffenbrüder Robin Hoods. Merke: Wilderer töten nur aus sozialen Motiven. Nie nur so zum Spaß, nie, wenn das Tier schwanger ist oder gerade Junge geboren hat. Das Tier wird dann samt Eichenzweig im Mund mitgenommen und seiner

Bestimmung zugeführt. Ehrenhafte Jäger erkennt man daran, dass sie die Tiere selbst aufbrechen und ebenfalls nach der Tötung verzehren. Unehrenhafte Jäger erkennt man daran, dass sie sich Trophäen an die Wand hängen (meist ein Hirschgeweih ans andere), Muttertiere meucheln, aus reiner Mordlust töten und später am Stammtisch damit prahlen.

Es gibt freilich leider auch launische Tiere wie Bären, Wildschweine oder Wölfe, die rüpelhaft auf höflich gemeinte Annäherungsversuche des Menschen reagieren. Wird man unverhofft von einem solchen Tier angegriffen, sollte man sich zur Wehr setzen, sei es mit Waffen oder mit bloßen Händen.

Es gibt wenige Fälle, die auf Missverständnissen beruhen. Ich persönlich habe beispielsweise einmal als kleiner Bub versehentlich ein Reh erwürgt, das sich von hinten an mich herangepirscht hatte. Ich dachte, es wäre ein Angreifer, und habe in der Dunkelheit zugepackt. Es hätte ja auch ein Bösewicht sein können oder ein wilder Eber. Als ich dann ein Streichholz angezündet habe, um zu schauen, wer mich da anzufallen versucht hat, bin ich natürlich erschrocken, habe mich aber schnell wieder gefangen. Das noch warme Fleisch des Rehs hat übrigens ausgezeichnet geschmeckt und mir wieder neue Kraft gegeben.

Unterm Berg finden sich Schlupflöcher und Höhlen, die aber meist als Tierbehausungen dienen und daher von Menschen nicht betreten werden sollten. Zum einen kann es zu unschönen Zwischenfällen kommen, zum anderen macht man das einfach nicht, dass man bei wildfremden Leuten ungefragt in die Stuben rennt. Wie würden Sie denn reagieren, wenn plötzlich irgendwelche Füchse oder Wiesel bei Ihnen ins Wohnzimmer reinschneiten? Einmal bin ich mit einer hübschen brünetten Touristin in eine Höhle gegangen, um ein bisserl zu schmusen. Ich glaubte, die Höhle wäre unbewohnt. Leider war ich nicht auf dem neuesten Stand: Mittlerweile lebte nämlich ein Bär dort. Er war zum Glück vernünftig und hat uns wieder unverrichteter Dinge gehen lassen.

Ein Ehepaar aus Paris dagegen ging einmal in den unendlichen Höhlenweiten der Bergwelt verschollen und ist bis zum heutigen Tag nicht mehr aufgetaucht, was zumindest bei deren Verwandten, Freunden und Arbeitskollegen des Mannes große Bestürzung ausgelöst hat. Mich hat es nicht so ergriffen, ich hatte sie schließlich vorher gewarnt und ihnen empfohlen, eine offizielle Höhlenwanderung bei mir für einen Sonderpreis zu buchen. Selbst schuld, möcht ich meinen …

»Komm wieder zurück, die Luft ist rein«, teilte ich dem Maulwurf nun mit, nachdem die Eule davongeflogen war. Seine Ohren schienen vorzüglich zu funktionieren, denn er blickte wieder in meine Richtung, nickte dann dreimal schnell und tapste zurück. Aber o je! Er fand seinen Hügel nicht mehr. Man darf Maulwürfe nicht anfassen, das mögen sie überhaupt nicht, daher versuchte ich ihn mit Worten hinzulenken.

»Waaarm, waaaarm«, sagte ich, wie man es bei dem Kinderspiel Topfschlagen macht. Doch da kam er vom Kurs ab!

»Kälter, kälter!«

Nun ging er wieder in die richtige Richtung.

»Wärmer, wärmer, wäääääärmer. Heiß!«

Er war angekommen, sah noch mal zu mir rüber, zog in einer Art Pantomime einen imaginären Hut und verschwand in seinem Hügelchen.

Da wurde mir wieder einmal klar: Tiere und Menschen teilen sich diese wunderschöne Erde. Beide haben ihren Raum, ihre Bedürfnisse, ihre Grenzen. Wir alle sind von GOTT geschaffen. Daher müssen wir Menschen die Tiere ehren und unterstützen. Und andersherum.

Vagabunden

Und schon sind wir mitten in unserer Geschichte. Ich war ein paar Tage nach dem Erlebnis mit dem Maulwurf und der Eule gerade von einem kleinen Tagesausflug mit einer Gruppe Touristen zurückgekehrt. Ich verdiene ja mein Geld überwiegend damit, überforderten Stadtmenschen zu zeigen, was Leben, Lieben und Laben bedeutet. Manchmal mach ich dazu »Seminare« (ein Begriff, den ich mir vor ein paar Jahren anzueignen wusste, weil er von meinen Kunden, größtenteils durch die herrschende Propaganda verblendet, gut angenommen wird und sich dadurch für mich als recht lukrativ erwies), manchmal kleine Exkursionen, oft Bergwanderungen, ab und zu auch kleine zwischenmenschliche Kurse wie Alpenkamasutra. Ich halte beizeiten Vorträge über Quellwasser, Schnaps und sonstige Ernährung und, auf besonderen Wunsch: über die Nicht-Gefahren des Tabak- und Alkohol-Genusses, über die Geschichte der Werkausgaben Immanuel Kants im Zeitraum der Jahre 1905–1970 und über bedenkliche und uns fassungslos zurücklassende Entwicklungen innerhalb des deutschen Alpenvereins.

Menschen aus der Stadt haben immer die gleichen Probleme: Rückenleiden, seelische Verirrungen, Süchte. In den letzten Jahren haben viele dieser Leute erkannt, welchen Nutzen ihnen ein Besuch in den Bergen bringt, und kommen deshalb in Scharen zu uns. Daher hat sich mein Geschäft in letzter Zeit erfreulich gut entwickelt.

Wir waren morgens um sieben aufgebrochen; ich wollte den Leuten eine nette, nicht übermäßig schwierige Wanderroute zeigen. Eine der Touristinnen, sie kam aus Wien, wollte allerdings lieber klettern statt wandern. Dabei hieß das Motto des Ausflugs »Gefahren beim Wandern richtig einschätzen«. Wir hatten gerade eine praktische Übung vollzogen, in der wir das richtige Fallen bei einem Sturz probten, ohne sich eine Bänderzerrung oder Schürfwunden zuzuziehen, und setzten nun unseren Weg fort.

»Wie lang müss mer denn noch wandern?«, jammerte das junge Ding, keine zehn Minuten, nachdem wir losgegangen waren. »Des is scho arg fad.«

»Fad?«, fragte ich. »Gar nix isch fad. Es geht immer nur drum, was du aus der jeweiligen Situation machst und wiest deine schöpferischen Möglichkeiten nutzt. Mir war zum Beispiel noch niemals im Leben fad. In jedem Blatt, in jedem Geräusch, in jedem Geruch – überall isch was Faszinierendes und was Gutes drin.« Wenn ich mich aufrege, werde ich manchmal, ohne es zu beabsichtigen, richtig lyrisch.

Sichtbar genervt stapfte die Touristin weiter. Ich musste lächeln, weil sie irgendwie süß aussah, so zornig und störrisch, was meine Gedanken auf das nach wie vor zeitlos lehrreiche Shakespeare-Stück »Der Widerspenstigen Zähmung« brachte, das meine Mutter gern in Zusammenhang mit meiner Erziehung erwähnte.

Kurz darauf machten wir an einer kleinen Jausenstation mit zwei Holzbänken und einem Holztisch Rast. Die meisten Leute hatten, wie üblich, Pausenbrote dabei, ich hatte mir einen schönen Ziegenkäse eingepackt.

»Essts nicht zuviel, sonst fällt euch das Bergaufgehen hernach zu schwer«, riet ich den Leuten und ging um die nächste Ecke. Nicht, um meine Notdurft zu verrichten, sondern um einen kleinen Schabernack zu veranstalten. Ich holte zwei kokosnussgroße Steine und trug sie zu unserem Rastplatz. Dort legte ich sie vorsichtig und für alle gut sichtbar in meinen Rucksack.

»Was machen Sie denn da? Nehm' Sie Steine als Andenken mit?«, fragte prompt eine der zwei Besucherinnen, die aus dem Elsass kamen.

»Naa, des hat an andern Grund. Durch die vielen Wanderer werden die Steine auf dem Berg oben abgetragen, und ich leist an kleinen Beitrag zur Erhaltung des Berges, indem ich immer ein paar Steine mit raufnehm. Des könnts ihr gern auch machen! Jeder Stein, der raufgetragen wird, trägt zum Schutz unserer schönen Bergwelt bei. Ein Seminarziel heißt ja: lernen, dass es einem selbst gut tut, wenn man etwas Gutes vollbringt – und die Gefahren der Berge dabei niemals aus den Augen lässt.«

»Oh, dann nehm wir doch auch n paar von den Steinen mit«, sagte die andere aus dem Elsass. »Wie viele sollen wir denn da einpacken?«

»So viel ihr wollt, da seids ihr völlig frei. Kleinvieh macht auch Mist, wie man so schön sagt.«

Die Besucher packten den Rest ihrer Jausen ein, gingen ein paar Schritte weiter hinauf, suchten Steine und füllten sie brav in ihre Taschen und Rucksäcke. Währenddessen holte ich heimlich, sodass die Touristen es nicht sehen konnten, meine beiden Steine wieder heraus und legte sie zurück an den Wegesrand. Dann wanderten wir etwa zwei Stunden bergauf.

»Sollen wir die Steine hier wieder abladen?«, fragte die Erste der Elsässerinnen bei unserer nächsten Rast, etwa hundert Meter unter dem Gipfelkreuz.

»Gern, wie ihr wollt«, sagte ich.

»Wieso, Toni? Bringst du deine Steine noch weiter rauf?«

»Nein, ich hab gar keine Steine dabei. Ich nehm doch nicht wirklich einen unnötigen Ballast mit, wenns bergauf geht.«

»Wieeee?«

»Habts ihr des ernsthaft geglaubt? Hahaha! Abtragung von Steinen, so ein Blödsinn. Euch kann man ja wirklich auch den größten Schmarrn verzapfen!«, lachte ich meine Touristen aus.

Bald machte sich eine große allgemeine Heiterkeit breit. Man kann, finde ich, auch mal ein paar grobe Scherze machen, das vertragen die Leute schon. Wenn sie nicht ohnehin danach dürsten, wie ein Hirsch nach dem frischen Bergquell …

Nach der Wanderung verabschiedete ich die Gruppe, nahm ein schönes Trinkgeld an und ging noch kurz in den Wald, um mich ein bisserl zu entspannen.

Der Wald ist etwas sehr Erholsames, birgt aber auch Geheimnisse und einen Zauber in sich. Nicht jedes Knacken stammt von einem Baum, nicht jedes Rascheln von einem Hasen und nicht jedes Pfeifen vom Wind. Im Bergwald hausen nämlich auch Geister. Einige dieser Geister sind nur bei uns bekannt. Zum Beispiel Wolpertinger, also Wesen, die aus vielen verschiedenen Tierarten gleichzeitig bestehen. Andere Geister sind international eingeführt, am berühmtesten sind wohl Werwölfe und Vampire, es gibt aber auch Fluchtgeister und Edelgespenster, das sind erfahrungsgemäß verstorbene Adlige, die zu Lebzeiten viel Übles getan haben und daher noch lange Zeit herumspuken müssen.

Und es gibt auch Geister, die Gutes tun wollen: Ich kenne eine Geschichte aus einem benachbarten Dorf mit einer Burgruine, wo ein Adliger als Geist Nacht für Nacht an derselben Stelle erscheint und stumm mit dem Zeigefinger auf eine Mauer zeigt. Irgendwann fanden die Menschen heraus, dass er das tut, weil er darauf hinweisen möchte, dass im Mauerwerk das Testament versteckt war, in dem er seiner Tochter sein Erbe vermachte. Jedoch hatte ein Widersacher das Testament verschwinden lassen, um die Erbschaft an sich zu reißen. Seither ist der Geist sozusagen »genetisch verpflichtet«, Nacht für Nacht wiederzukehren.

Der Unterschied zwischen Lebewesen und Geistern ist, dass Lebewesen neben dem Bewusstsein auch noch ein Unterbewusstsein haben und Geister nur das reine Unterbewusstsein sind. Drum haben Geister manchmal einfach kein Gespür. So wie der Adlige, weil wenn er ein Gespür hätte, würde ihm irgendwann klar werden, dass das Testament nicht da ist, und aus. Aber der Depp ist halt zu blöd dazu.

So ist das auch bei zwischenmenschlichen Beziehungen. Wenn man seinen Instinkt benutzt und nicht berechnend handelt, kann einem eigentlich nicht viel passieren. Klar, es ist schon so, dass beispielsweise Frauen manchmal eine komische Erwartungshaltung haben, und wenn dann irgendwas anders läuft, als sie es sich so ausgedacht haben, reagieren sie enttäuscht oder aggressiv. Dabei können die Männer meist ja nicht hineinschauen in die Gefühlswelt der Frauen, genauso wenig wie es die Frauen bei den Männern können. Und wenn jetzt eine Frau irgendetwas erwartet, worüber noch niemals gesprochen wurde, hat der Mann natürlich schlechte Karten, weil er ja gar keine Ahnung hat, was die Frau sich da erhofft. Und wenn sie dann aus dem Nichts heraus plötzlich in sich zusammenfällt, aber noch immer nicht Klartext redet, gestaltet sich das doppelt schwierig für den Partner.

Besonders heftig war es einmal, als ein Pärchen aus Zürich in solch eine Situation geriet und der weibliche Teil der beiden ihrem Lebensgefährten nur durch Gesten deutlich machte, dass ihr irgendwas so gar nicht passte.

Auf seine Frage, was denn los sei, sagte sie in beleidigtem Ton: »Das weißt du ganz genau!«

Er: »Bitte entschuldige, ich weiß es wirklich nicht.«

Sie, immer aufgebrachter werdend: »Mach dich nicht lächerlich.«

Er: »Bitte, sags mir doch, was ist denn? Hab ich irgendwas Blödes gesagt oder getan?«

Sie: »Also, wenn dir DAS nicht aufgefallen ist, dann weiß ich auch nicht. Tu nicht so, als würdest du das nicht wissen.«

Ich war die ganze Zeit persönlich dabeigesessen und kann bestätigen: Er hat absolut überhaupt nichts gemacht. Wir hatten damals beim Schlemmerwirt unser Essen bestellt, uns gegenseitig einen guten Appetit gewünscht, er hat ihr einen Schluck Wein nachgeschenkt und die Stimmung zwischen den beiden schien prima zu sein. Doch dann kam der Augenblick des Umschwenkens. Völlig unvermittelt wurde sie zänkisch.

Doch in diesem Moment platzte dem Mann überraschenderweise der Kragen, und er sprach Klartext. Ich war schon drauf und dran gewesen, ihn als windelweiches Ei anzusehen, mit seiner Reaktion aber imponierte er mir gewaltig.

Er: »Du hast nun gerade in diesem einen gesprochenen Satz schon drei Übertretungen untergebracht. Du hast gesagt *Tu nicht so, als würdest du das nicht wissen.* Erstens: Ich tue nicht so, es ist tatsächlich so! Zweitens: Ich habe mich mehrmals erkundigt, was du meinst, und du hast es mir nicht gesagt. Ich kann nicht in deinen Kopf hineinschauen, daher ist das einfach nur übergriffig und blöd. Und vielleicht interessiert es mich ja in Wirklichkeit gar nicht, was du meinst, was ich aber nicht beurteilen kann, weil du es mir ja nicht sagst. Drittens: Ich halte, wie du weißt, die Ausübung von Hellseherei für äußerst unseriös, wenn du dies aber vorzögest, kannst du dich ja jederzeit an einen entsprechenden Abzocker wenden, der dir dann schon den Unfug erzählt, den du hören willst, es laufen ja genug da draußen herum. Allerdings wird das vermutlich nicht billig, und du bist ja nicht gerade für deine Freigiebigkeit berühmt. Ich werde dir das jedenfalls nicht bezahlen! Chunsch druus?!?«

Das Letzte war Schwyzerdütsch. Da wir öfters Schweizer hier haben, weiß ich, was es heißt, weil sie diesen Begriff gern verwenden. »Chunsch druus?« bedeutet: »Verstehst du?«, bei uns würde man sagen: »Host me?«

Sie: »Das müssen wir ja nicht vor allen Leuten besprechen.«

Er: »Da allerdings hast du völlig recht, von mir aus ist das Thema auch beendet.«

Ich bewunderte den Kerl für seine Courage. Seine Begleiterin saß nun völlig verwirrt da. Mit so etwas hatte sie nicht gerechnet. Ich dachte mir: Es gibt schon immer wieder ganz schön sonderbare Frauen. Denn eigentlich hatte er ihr die Chance gegeben, zu verstehen, dass der gesamte Eklat auf ihrem und nur ihrem Mist gewachsen war. Aber ob sie diese Gelegenheit beim Schopfe gepackt hat? Wohl kaum.

Wie froh war ich da einmal wieder, dass ich das Koch Tinerl hatte. Sie ist ja quasi die Liebe meines Lebens, und sie ist immer ehrlich und geradeheraus und spielt niemals solche blödsinnigen Spielchen. Dieses Verhalten ist ja im Grunde unnatürlich, im Tierreich gibt es das ja auch nicht, dass plötzlich ein Hase oder ein Pferd ohne jeglichen Grund die beleidigte Leberwurscht spielt!

Mein Lieblingslied ist »In der Halle des Bergkönigs«. Das mag ich wiazau[1] und summe es gern, wenn ich in der Gegend herumkraxel. An manchen Tagen singe ich es sogar schallend vor mich hin. Dazu stell ich mir immer einen

[1] wie die Sau

König vor, der inmitten der Felsen sitzt und gnädig hinabblickt ins Tal. Er ist ein sehr gütiger Monarch. Er regiert ausgesprochen weise und bedächtig. Manchmal kommen Untertanen vorbei und fragen: »Bergkönig, sag uns, was sollen wir tun? Der Winter soll hart werden, und viele Tiere haben kein Quartier.« »Liebe Freunde«, antwortet da mein erfundener Bergkönig mit seiner sonoren, majestätischen Stimme und in schwerem alpenländischem Dialekt, »errichtets Hütten mit Stroh und Tränken in der Nähe eurer Behausungen, da können die Tiere dann in Ruhe überwintern, und ihr sollt ihnen jeden Tag zu essen und zu trinken bringen.« »Danke, o Bergkönig!«, rufen dann die Menschen aus. »Was täten wir nur ohne deine Klugheit und Umsicht!« Und sofort eilen sie, um die Wohnstätten für die Tiere zu errichten.

Ich blieb an einem Baum stehen, lehnte mich dagegen, dachte an den Bergkönig und stellte mir vor, wie Trolle, Kobolde, Gnome, Satyre, Elfen und Tänzerinnen daherkommen und dem Monarchen ihre Verehrung erweisen. Zufrieden streicht sich der Regent seinen weißen, schönen, im oberen Teil urig gezwirbelten Bart und wartet auf weitere Ereignisse.

Ein schöner Tagtraum! Leider wurde er plötzlich jählings unterbrochen. Von rechts unten vernahm ich auf einmal ein Rascheln. Ich erkannte am Geräusch, dass es ein Eichkatzerl war, das sich vielleicht erschrocken hatte, weil ich gar so leise dahergekommen war. Ich legte den Kopf leicht nach vorn, sodass sich die Nackenmuskulatur spannte, neigte meinen Kopf ein paar Zentimeter in die Schräge und schielte mit den Augen nach rechts unten, das ist einerseits wohltuend für Nackenwirbel und Augen, andererseits zeigt man damit umstehenden oder in diesem Fall umherspringenden Spießgesellen auf heitere Art und Weise, dass man sich für das Geschehen im unteren rechten Teil des Sichtfeldes augenblicklich ziemlich stark interessiert. Ich blickte also in Richtung des Eichkatzerls, drehte dabei beinahe unmerklich meine Wirbelsäule in eine dezente Rechtskrümmung, spitzte die Lippen, als wolle ich einem lieben Wesen ein verschämtes Küsschen geben, und riss gleichzeitig die Augen weit auf, was ich durch das Hochziehen der Brauen noch unterstrich. Ich konnte das Tier zwar immer noch nicht sehen, merkte aber, dass es ausharrte, weil sich nichts mehr bewegte. Vermutlich beobachtete es gespannt, wie weit ich in meinen Grimassen noch gehen würde. Nun gut, wie es wollte! Ich öffnete auch den Mund so weit es ging und neigte meinen Kopf in rasender Geschwindigkeit nach links und rechts, gab dabei kurze, stoßhafte Hupgeräusche von mir, ließ in unregelmäßiger Geschwindigkeit die Zunge ein- und ausfahren und bewegte die Finger beider Hände so, als würde ich ein Rachmaninow-Klavierstück zum Besten geben.

Da sprang das Eichkatzerl davon und flüchtete auf einen nahegelegenen Baum. Ich wunderte mich darüber, weil wir doch gerade so schön gespielt und schon fast eine Art Beziehung zueinander aufgebaut hatten. Doch wenige Augenblicke später erkannte ich den wahren Grund für die Flucht des Tieres.

Zwei Typen um die dreißig stolzierten unbeholfen am nahen Waldrand entlang. Auf den ersten Blick war klar: Volldeppen. Beide hatten zerstrubbeltes, offensichtlich längere Zeit nicht mehr vernünftig geschnittenes Haar und zottelige Nikolausbärte (wie ich gehört habe, sind solche Bärte heutzutage von den Städtern »ironisch gemeint«, auch wenn sich mir nicht erschließt, worin hier die Ironie liegen soll). Dazu trugen sie Schlumpfmützen, unter denen das wirre Haar herausquoll, sowie für ihre schmächtigen Körper viel zu weite Gewänder in Beige- und Grüntönen. Die Hosenbünde hingen ihnen fast in den Kniekehlen, und ich fragte mich, wie die wohl dort hielten und nicht unwillkürlich runterrutschten. Vielleicht benutzten sie Hosenträger? Wohl eher aber nicht, denn eine solche Hosen-Stütz-Vorrichtung hielten sie, so wie sie auf mich wirkten, nämlich gänzlich der einschlägigen Zeitgeist-Agitation verfallen, gewiss für eindeutig übertrieben »reaktionär«.

Ich lugte genauer hin: Der eine schaute vom Gesicht her eher belanglos aus, ja, es schien, als habe er nur einen einzigen, sehr emotionsverarmten Gesichtsausdruck zu bieten. Der sein Kindergesicht zierende Vollbart wirkte beinahe putzig. Was hatte er denn da in der rechten Hand? Eine Flinte! Hatten die Burschen etwa vor zu jagen? »Üble Dinge ich da merk!«, murmelte ich leise – ein von meiner Mutter gern benutztes Zitat. Es entstammt Richard Wagners »Meistersingern« und wird von dem Schuster Hans Sachs ausgesprochen.

Der andere Schlumpf hatte eine Dose mit einem seit der Rave-Bewegung populären koffeinhaltigen Energygetränk in der Hand und sah im Gegensatz zu seinem Gefährten etwas markanter aus; die angedeuteten Koteletten gingen allerdings nicht in den Bart über, weil ihm dieser nur flaumartig wuchs. Ich habe mich immer schon gefragt, warum sich Männer einen Bart stehen lassen müssen, wenn ihnen lediglich ein paar zarte Härchen sprießen. Dann würde ich doch lieber glattrasiert herumrennen. Hätte ich grobe Arbeiterhände mit ausgedienten Fingernägeln, würde ich mich ja auch nicht als Hand-Modell für einen Kosmetiksalon zur Verfügung stellen. Obwohl das eine lustige Werbeidee sein könnte. Jedenfalls gehören in pausbäckige Knabengesichter nach meinem Geschmack keine Bärte, ebenso wenig wie ich finde, dass Greisinnen in Miniröcken rumlaufen sollten.

Die beiden Nikolausbärte bewegten sich dermaßen plump, dass bei jedem Schritt ein Ast knackte oder einer der beiden leicht stolperte. Kein Wunder, dass das die Waldtiere vertrieb.

»Grüß GOTT«, sagte ich halbwegs höflich, nachdem ich mich zum Waldrand hinbewegt hatte.

»Wenn ich ihn seh, grüß ich ihn!«, versuchte der mit den angedeuteten Koteletten originell zu sein.

Diese Reaktion zeigen manche moderne Menschen, die es für lässig halten, sich über den Glauben anderer lustig zu machen. Vor allem Personen, die zwar bei uns in den Alpen Urlaub machen wollen, unsere Bräuche und Traditionen aber als lächerlich und rückständig erachten. Und sich selbst als generell erhaben, vollkommen und unerreicht.

Am liebsten hätte ich ihm auf der Stelle eine aufgestrichen, aber ich beließ es bei der meinerseits langjährig geübten Bemerkung: »Wie ich Ihren Lebenswandel so einschätze, wäre ich da nicht so sicher!«

»Seids ihr Wanderer?«, fragte ich dann, nun schon leicht

provokant hinterher, indem ich das letzte Wort mit etwas höherer Stimme und leichtem Singsang aussprach.

»Ditt Wandern is ditt Müllers Lust«, versuchte der mit den Koteletten weiterhin originell zu sein.

»Wo kemmtsn her?«

»Von woanders«, antwortete der flaumige Kotelettenheinz. Der andere konnte möglicherweise gar nicht reden. Oder er war zu sehr damit beschäftigt, ausdruckslos dreinzublicken.

»Des glaub i«, sagte ich. »Von ganz woanders. Und jetzt wanderts bei uns a bisserl umanand, ha? Was wollts denn mit dem Gewehr?«

»Wüsst nicht, was dich ditt anginge«, sagte die Pseudokotelette.

»Des is hier fei koa Jagdgebiet! Wenns an Hirschbraten wollts, gehts ins Wirtshaus.«

»Tiere, die man isst, soll man ooch vorher selbst schießen«, sagte der Kerl frech.

»Ihr wenns hier ein einziges Wild schießts, da lernts mi aber kennen, Bürscherl!«

»Ick an deiner Stelle würde misch um meine Anjelegenheiten kümmern«, sagte er, trank seinen Energydrink aus und warf die Dose neben sich in den Wald.

»Moment amal, Spezi«, fuhr ich ihn an. »Des hebst amal schön wieder auf, gell, wir sind hier nicht bei die Asozialen!«

»Nee, ick weiß, wir sind hier bei den Hinterwäldlern«, muckte das Arschloch weiter auf.

»Wie du dich selbst bezeichnest, ist mir Blunsn! Aufheben, sonst brenn i dir eine!«, erhob ich meine Stimme voller Zorn.

»Uuuuh, jetz scheiss ick mir fast in die Hose.«

Der andere war nach wie vor stumm, deutete jetzt aber in seinem farblosen Kindergesicht hinter dem Nikolausbart so etwas wie ein Lächeln an.

»HEBS AUF!«, brüllte ich.

»Huuuuu, der Herr Oberförster wird unjemütlisch. Wollen doch ma sehen, was er macht, wenn …«

Eh er sichs versah, hatte ich ihm mit dem flachen rechten Handrücken eine böse Watschn verpasst und dem anderen Kerl gleich auch eine, wobei ich ihm das Gewehr entriss und vorsichtshalber einige Meter von uns wegschleuderte. Die Pseudokotelette reagierte ungeahnt schnell, hob einen Ast vom Boden auf und rannte damit auf mich zu. Ich trat ihm fix vors Schienbein, sodass er neben mir zu Boden stürzte. Der andere war nicht nur stumm, sondern auch bewegungsunbegabt. Er stand einfach nur da und schaute aus seinen kleinen ängstlichen Wieselaugen auf den kleinen Ringkampf.

»Willst noch was, ha? Willst noch was, du Umweltschänder?«, fragte ich die Pseudokotelette.

Er rappelte sich auf und klopfte sich Blattwerk und Erde vom Gewand. Er war etwas außer Atem. »Ditt wörd dir noch leidtun«, sagte er. »Ditt wörd dir noch verdammt leidtun.« Während er diese Worte sagte, zeigte er drohend mit dem Finger auf mich.

»Jetz scheiß ICH mir ind Hosn«, verspottete ich ihn.

»Komm, Hajo, gehnwa«, nuschelte er und humpelte in die Richtung zurück, aus der sie gekommen waren.

»Jut«, sagte Hajo, der Ausdruckslose, und bewies damit, dass er doch sprechen konnte.

Warum der andere humpelte, konnte ich mir nicht erklären, ich hatte an seinem Schienbein ja nur leicht angeklopft.

»Vergessts euer Gewehr ned, ihr Deppen!«, rief ich ihnen noch hinterher. Brav ging der Langweilige zurück und hob die Flinte auf. Die Dose hab dann freilich ich selbst mitgenommen. Zur Sicherheit.

Alraunen

Immer noch leicht gereizt, führte mich mein Weg zum Schlemmerwirt. Ich kam beim Pfarrhaus vorbei und sah aus dem Augenwinkel, wie der Herr Pfarrer gerade mit der Flunzbergerin neben der Eingangstüre plauschte. Die Flunzbergerin ist eine alte Ratschkathl, die jede noch so kleine Information sofort im Kopf aufbereitet und als vollständige Erzählung wiedergibt. Sie wertet damit alle Ereignisse enorm auf. Zum Beispiel hat sie einmal unserem Bürgermeister, dem Schipfer Päda, der sich nach spätem und gewiss schwer berauschendem Beisammensein in der Pfarrstube mit dem Herrn Hochwürden und dem Action Schorsch auf dem Heimweg kurz etwas an der Hausmauer des Pfarrhauses zum Verschnaufen festgehalten hatte, unterstellt, er habe die Wände gestreichelt und dabei liebevolle Worte an die heilige Mutter Maria gerichtet. Selbst wenn es so war, was ja eigentlich sehr liebenswert wäre, war es zum einen völlig übergriffig, die Geschichte im ganzen Dorf zu erzählen, zum anderen aber war die Hinzufügung, der Schipfer Päda sei dabei splitternackt gewesen und habe einen Kranz aus Löwenzahn auf dem Kopf getragen, garantiert erfunden und somit eine infame Spekulation, die wir dem Schipfer Päda noch Wochen später genüsslich bei jeder sich bietenden Gelegenheit unter die Nase rieben.

Noch kurz zum Herrn Pfarrer: Er ist ein geselliger Mann und hält legendäre Predigten voller Weisheit und Güte. Er lebt wie wir alle streng katholisch, kann aber auch Entscheidungen »aus dem Bauch heraus« treffen. Er ist stets mit einem schönen schwarzen Talar samt weißem Kragen gekleidet. Auch im Wirtshaus oder beim Kraxeln. Wir sprechen ihn selbstverständlich ausschließlich mit »Hochwürden« an. Er ist immer guter Dinge, hört sich die Sorgen und Nöte der Sünder an und spendet Trost und Rat. Nach der heiligen Messe kann er nachweislich eine Menge Enzian vertragen. Ich mag ihn sehr und freue mich jedes Mal auf seine Predigt am Sonntag (ganz im Stile von Pater Leppich, dem Begründer der Telefonseelsorge), auch wenn ich aus beruflichen Gründen leider nicht immer hingehen kann, was ich aber jedes Mal aufrichtig bedauere!

Der Schipfer Päda ist wie gesagt unser Bürgermeister. Er hat das Herz am rechten Fleck und sorgt für die Erhaltung unserer schönen Bergidylle. Dank seiner Initiative werden beispielsweise die Papierkörbe heroben zweimal täglich geleert. Diesen Dienst gibt es sonst meines Wissens weltweit nirgendwo. Wenn Fremde kommen und sich hier breitmachen wollen, schiebt er schnell einen Riegel vor. Wir haben großen Respekt vor ihm und seiner Arbeit, und er wird alle vier Jahre mit fünfundneunzig Prozent der Stimmen wiedergewählt. Ich vermute stark, dass die Einzigen, die gegen ihn stimmen, Mitglieder der Familie Traubeck sind, auf die ich nachher noch zu sprechen komme. Der Schipfer Päda ist ein kluger Mann, der schon viele Versuche von Touristen, unsere Idylle zu stören, vereiteln konnte. Seine Frau macht zudem den besten Gamsbraten weit und breit. Böse Zungen behaupten, dass der Schipfer Päda aufgrund dessen beizeiten etwas »gamsig«[2] sei.

Die Schipfer Trudi ist die Frau Bürgermeisterin und eine grundgute Haut. Sie ist außerdem eine fabelhafte Tipperin auf jeder Art von Tastatur. Sie schafft dreihundert Anschläge in der Minute und beantwortet sämtliche Post, überwiegend natürlich Touristenbriefe. Wie es der Zufall so will, leitet sie gleichzeitig das örtliche Fremdenverkehrsamt. Seit Kurzem hat sie einen Computer samt brutal schnellem Internetanschluss. Ob ihr Mann mit seiner Vermutung, es bestünde eventuell ein Zusammenhang zwischen dem Computer und einem überhöhten Aufkommen ankommender Päckchen mit Schuhen und Bekleidung, recht hat, ist nicht bewiesen.

Der »Schlemmerwirt« ist das Herz unseres Dorfes, ein großes Gasthaus mit geräumigem Biergarten, großem Festsaal und drei schönen Wirtsstuben im unteren Bereich: Da gibt es zum einen das Restaurant, das eher etwas für Bürger und feine Herrschaften ist. Dort trägt man feinen Zwirn, spricht leise beim Essen und kommuniziert generell eher in gepflegtem Tonfall. Nebendran ist der kleine Schankraum, der mir bei meinen Touren immer als Besprechungszimmer dient. Der Mittelpunkt dieses Raumes ist ein uralter Tresen mit einer kleinen Zapfanlage, die an die großen Fässer im Keller angeschlossen ist und somit stets ein unfassbar frisches Schankbier garantiert. Gleich

[2] erregt, geil, spitz, scharf

daneben befindet sich die große Schwemme. Hier kommen die einfachen Kreaturen hin, und hier geht es ehrlich zu. Laut. Geradeheraus. Stimmungsvoll. Da wird eine klare Meinung an den Tag gelegt, da wird laut gelacht und schwer gesoffen. An den Wänden hängen lauter Fotos alter und neuer Stars, die sich mit den Mitgliedern der Wirtsfamilie haben fotografieren lassen und die noch dazu so lieb waren, diese Fotografien später auch zu signieren.

In den oberen Stockwerken des Schlemmerwirts befinden sich die Gästezimmer: allesamt sehr gepflegt, gutbürgerlich-alpenländisch eingerichtet und mit wunderbarem Blick auf das bergige Umland. Der Schlemmerwirt bietet zudem eine ausgezeichnete Küche zu anständigen Preisen. Ferner bekommt man einen exquisiten Schnaps, ein ordentliches Bier vom Fass und eine wunderbare Auswahl an Weinen. Es liegt mir fern, hier eine wie immer geartete Werbung für den Schlemmerwirt machen zu wollen, aber gehts da ruhig amal hin. Es wird euer Schaden nicht sein!

Die Familie, die den Schlemmerwirt seit Generationen führt, heißt mit Nachnamen Zirngiebl. Großartige Menschen. Diese guten Leute behandeln mich wie ihren eigenen Sohn. Ich gehe ein und aus, kann umsonst essen und trinken, so viel ich will (ich darf mich sogar am Selbergebrannten bedienen, was ein unendliches Vertrauen mir gegenüber voraussetzt). Falls ich mal zu müde bin, um heimzugehen (oder sich eine günstige Gelegenheit für alpin-rustikale Zärtlichkeiten mit einer Touristin bietet), habe ich ein eigenes kleines Quartier im obersten Stockwerk. Unsere Familien sind seit Ewigkeiten gut befreundet, und bis heute arbeiten wir erfolgreich geschäftlich zusammen. Die Zirngiebls, wie ich sie zärtlich nenne, empfehlen meine Bergtouren, und ich schick dafür alle Leute zum Schlemmerwirt. So wäscht eine Hand die andere, ohne dass man sich ein Bein ausreißen muss.

Beim Schlemmerwirt roch es neuerdings komischerweise oft nach heißen Maroni, obwohl es dort gar keine Maroni gab. Das fiel mir wieder mal auf, als ich eintrat. Eine der beiden Elsässerinnen kam mir entgegen, anscheinend hatte sie zuvor den Abort aufgesucht und den Lidstrich nachgezogen. Sie sah hübsch aus, doch ich hatte es ja eilig. Trotzdem grüßte ich, diese Zeit hat man immer.

»Naa?«, fragte ich etwas schlüpfrig.

»Naa?«, fragte sie schlüpfrig zurück.

Unsere lächelnden Blicke trafen sich.

Im kleinen Schankraum vom Schlemmerwirt saßen bereits der Schorsch, der Schipfer Päda und die Zirngiebl Heidi und probierten vom aktuellen Heurigen[3]. Wir haben nämlich ein paar befreundete Winzer, die ausgezeichnete Weine keltern und von denen wir stets große Mengen zu äußerst fairen Preisen abnehmen, dafür können sie jederzeit kostenlos bei uns übernachten und tafeln. Qualität muss bezahlt werden, und auch hier wäscht eine Hand die andere. Und der Heurige war erst vor ein paar Tagen eingetroffen. Auch ich trank ein Glas, um mich erstmal zu beruhigen. Er mundete hervorragend. Irgendwie hatte er einen Beigeschmack von Honig. Die anderen waren bereits beim Fachsimpeln angelangt.

[3] junger Wein vom aktuellen Jahr

»Er ist angenehm golden«, schwärmte der Schipfer Päda, nachdem er den Wein im Glas einige Sekunden betrachtet hatte. Der Action Schorsch schwenkte sein Glas mit dem köstlichen Weißwein einige Zeit, dann nahm er einen Schluck und biss wie ein Nussknacker auf der güldenen Flüssigkeit herum. Er war ein Verfechter des »Beißens« von Weinen. Dann schloss er die Augen, aber nur zur Hälfte, sodass er aussah wie ein Asiate. Den Wein hatte er immer noch im Mund. Nun spülte er ihn, wie nur er es konnte, in den oberen Backentaschen hin und her. Schließlich schloss er die Augen völlig und schluckte das gute Nass hinab, wobei er den Kopf erst leicht nach oben, dann wieder leicht nach unten bewegte.

»Ich schmecke etwas Marzipan, aber auch Alraunen, Heidelbeeren und einen Hauch von Stahl«, sagte er, ohne seine Augen zu öffnen. Hatte ich mich geirrt? War da gar kein Honigaroma vorhanden? Ich vertraute dem Geschmack vom Schorsch, er war ein Meister im Bestimmen hochkomplizierter Gerüche und Geschmacksnuancen. Alraunen hätte ich garantiert nicht erkannt. Ich hab noch nie welche gesehen, geschweige denn gekostet, zudem gruselte es mich etwas dabei, wusste ich doch von älteren Dorfbewohnern, dass es sich bei Alraunen um Pflanzen handelt, deren Wurzeln eine menschliche Gestalt haben und die nur unter Galgen zu wachsen pflegen.

»Im Abgang erkenne ich eine Nuance Birkenhonig«, schloss er seine kleine Darbietung und öffnete wieder die Augen.

Ha! Mir fiel ein Stein vom Herzen. Und da ich ja darauf brannte zu berichten, platzte ich mitten in die Weinprobe hinein. »Grad hab ich am Waldrand zwei Hornochsen aus Norddeutschland troffen, die an Ärger gsucht ham.«

»Oh, Ärger hams gsucht?«, fragte unser Bürgermeister leicht schmunzelnd. Er nahm einen Schluck Wein und sagte: »Alraunen kannst recht ham, aber wo schmeckst du denn da Marzipan?« Der Schipfer Päda war im Gegensatz zum Schorsch kein Weinkenner, er tat nur so, als würde er sich auskennen. Alraunen hatte er garantiert auch noch keine gegessen, geschweige denn selbst unter einem Galgen ausgegraben.

»Ja, erst warns aufmüpfig und dann hat no jemand sei leere Limonadendose in die Natur gschmissn!«, versuchte ich, meine Schilderung fortzusetzen.

»A solch eine verdammte Bruat«, regte sich der Schorsch auf. »Die moana, die Natur is a Hotelzimmer, wo täglich jemand zum Aufräumen kommt.«

»Ja, aber ich hab ihnen relativ unmissverständlich meine Meinung gesagt.«

»Verbal?«

»Zuerst scho. Später dann sicherheitshalber auch noch nonverbal.« Ich feixte.

Einige andere im Raum feixten auch.

»Außerdem hams a Gwehr dabeighabt«, referierte ich weiter. »Aber zum Schießen sans ned kommen, weil ichs vorher ind Flucht gschlang hab.«

»Was bilden sich diese Leute ein?«, fragte unser Bürgermeister, der jetzt hellhörig geworden war und solches Verhalten wie wir alle von Grund auf verabscheut und sowieso Gewehre bei Fremden von Haus aus nicht mag. »Wohnen die hier beim Schlemmerwirt?«

»Wie schaunsn aus?«, fragte die Zirngiebl Heidi.

»Kindergsichter, Nikolausbärte, Schlumpfmützen«, klärte ich sie auf.

»Naa, solche hammer nicht bei uns. Die wohnen gewiss beim Traubeckbauern.«

Unser Bürgermeister geriet allmählich in Rage. »Dene ghört amal so richtig der Arsch versohlt, wie mans bei Kindern ja heutzutage nicht mer darf!«

Sein Kopf wurde immer röter. Die Zirngiebl Heidi bemerkte das und schenkte ihm einen vom Selbstgebrannten ein. Der Schipfer Päda nahm dieses Angebot gerne an und trank den Schnaps genussvoll in einem Happs weg.

Im Anschluss bekam jeder einen Selbstgebrannten, und der Abend wurde begrüßt. Rasch vergaßen wir die Nikolausbärte mit ihrem kranken Verhalten und freuten uns, als ein Glas das nächste ablöste. Immer mehr Leute gesellten sich dazu, und es wurde sehr nett. Der Schorsch stimmte, wie er es oft bei solch schönen Gelegenheiten tat, den Gesang der Studenten und aller lustigen Gesellen in Auerbachs Keller an, der da heißt: »Uns ist ganz kannibalisch wohl, als wie fünfhundert Säuen!«[4]

Auch mein geliebtes Koch Tinerl tauchte auf und sah wieder mal absolut umwerfend schön aus. Wir sangen alte Berglieder, erzählten so manche Anekdote und ein paar derbe Wirtshauswitze, einige Leute tanzten, und gegen Mitternacht knutschte ich im Schlemmerwirt-Flur mit meinem geliebten Tinerl.

[4] Goethe, Johann Wolfgang v.: »Faust I« (Vers 2293 f.)

Nach einem sehr intensiven Kuss sah sie mich auf einmal recht ernst an.

»Doni«, sagte sie in ihrer unnachahmlichen Süßheit. »Ich weiß, du magst immer so weiterleben mit den Touristinnen und deinem freien Leben und so.«

Ich erschrak. Wir hatten in unseren zahlreichen Liebesnächten oft über derlei Dinge gesprochen und waren, wie bereits erwähnt, auf einen gemeinsamen Nenner gekommen. Dass wir uns immer lieben werden, stets achtsam miteinander umgehen und uns, wenn sich einer anschickt, mit einem andersgeschlechtlichen Menschen das Frühstück zu teilen, nach Möglichkeit nichts davon sagen, um den anderen nicht zu verletzen. Das war, wie ich fand, eine sehr gute Lösung.

Aber am Blick vom Tinerl merkte ich jetzt, dass sie das wohl inzwischen nicht mehr so gut fand. Ich rechnete damit, dass sie das Thema noch mal neu besprechen wollte, und fühlte einen inneren Widerstand in mir aufsteigen, den ich gegenüber dem Tinerl eigentlich nur sehr selten spüre.

Doch dann stellte sie mir eine Frage, die mir fast die Schuhe auszog.

»Magst du mich heiraten, Doni?«

Ihre wunderschönen feldhasenbraunen Augen sahen mich zärtlich an. Bei uns zählt ein Heiratsantrag sehr viel und muss unbedingt sehr ernst genommen werden, was für mich schwierig ist, weil ich ja generell dazu neige, über alles Scherze zu machen. Aber hier musste ich ernst bleiben. Meine Gefühle spielten außerdem ein bisschen verrückt. Einerseits fühlte ich mich sehr geschmeichelt und freute mich über diesen Antrag, andererseits stand ich plötzlich so enorm unter Druck. Erstmal Zeit gewinnen, dachte ich. Ich musste behutsam vorgehen.

»Du bist die größte Liebe meines Lebens«, fing ich vorsichtig an. »Aber ich fühle mich gerade ein bisschen überrumpelt!« Verdammt, jetzt war ich doch nicht behutsam vorgegangen.

»Überrumpelt? Sagamal Toni, i hab dir grad an HEIRATSANTRAG gmacht!«

»Ja, scho, aber hier so mirnix, dirnix …«

»Mirnix, dirnix? Geht's dir noch gut?«

Ich war allem Anschein nach aufgrund des Erlebnisses mit den Nikolausbärten ziemlich auf Krawall gebürstet und kam irgendwie aus der Nummer nicht raus.

»Nein, bitte, Tinerl, versteh mich nicht falsch, nicht, dass ich dich nicht eventuell eines Tages heiraten würde, aber du hast doch nicht im Ernst erwartet, dass ich jetzt einfach so hopplahopp *ja* sag. Oder? Hast du des erwartet?«

Das Tinerl hatte sich längst aus meiner Umarmung gelöst und hatte nun einen wirklich feuerroten Kopf. »Naa! Garnix hab i erwartet! Und i erwart mir auch nix mehr von dir. Kumm, geh zruck zu deine Touristinnen, da kannst schön unverbindlich bleim und muasst ned hopplahopp irgendwelche Entscheidungen treffen. Oder sogar OAMOI im Lem Verantwortung übernehma! Naa, mei Freind, da hast di gschnittn!«

»Aber Tinerl, ich …«

»Nix Tinerl, ich! Schleich dich! I mag di nimmer seng!«

Sie drehte mir den Rücken zu und rauschte davon. Nach ein paar Metern drehte sie sich noch mal um.

»Und komm ja in nächster Zeit nicht bei mir angeschissen. Des wars, Toni!«

Uff. Ehrlich gesagt, ich war mir aus irgendeinem Grund zuvor der Bedeutung ihres Antrages und meiner Reaktion darauf nicht so recht bewusst gewesen. Eigentlich war ich ja nur wahrhaftig gewesen, aber vielleicht ein bisserl undiplomatisch. Aber das Tinerl war echt sauer, so sauer hatte ich sie noch nie erlebt. Hoffentlich konnte ich das wieder einrenken. Ich machte mir große Sorgen und ging mit unguten Vorahnungen nach Hause in meine Hütte.

Liebesschmerz

In den nächsten Tagen lebte ich in einer arg an meinen Nerven zehrenden Ungewissheit. Das Tinerl war konsequent bei ihrer Haltung geblieben, meine Handyanrufe und Kurznachrichten hatte sie ignoriert oder abgewürgt, Versuche vom Schorsch oder der Zirngiebl Heidi, sie zu einem Gespräch zu bewegen, vereitelt. Ihre Eltern, die ohnehin nicht sonderlich gut auf mich zu sprechen waren, weil ich ihnen meine Komplizenschaft in Bezug auf einen von ihnen geplanten Weidefrevel[5] versagt habe, waren natürlich auf ihrer Seite und schotteten sie erfolgreich ab. Ich hatte keine Chance, dabei wollte ich ihr doch so vieles und nur unendlich Gutes und Liebevolles sagen. Aber sie ließ mich quasi emotional verhungern.

Mir ging es wohl noch nie im Leben so schlecht, ich hatte enormen Liebeskummer, konnte keine Nacht wirklich durchschlafen, hatte kaum Appetit, fühlte mich hundselend und bereute jedes meiner gesagten Worte, die ich

[5] Art. 40 LStVG (»Mit Geldbuße kann belegt werden, wer vorsätzlich oder fahrlässig in Feld und Flur Vieh oder Hausgeflügel unbefugt auf fremden Grundstücken weiden lässt, soweit die Tat nicht nach anderen Vorschriften mit Strafe bedroht ist.«)

mir immer und immer wieder ins Gedächtnis rief. Da mir Alkohol nur schmeckt, wenn ich mich in Euphorie befinde und meines Lebens froh bin, konnte ich mich nicht mal besaufen. Ich bekam einfach keinen Schluck hinunter.

Da ich gerade keine Seminare zu leiten hatte und auch sonst nicht viel zu tun war, verbrachte ich die Tage mit Kraxeln und die Nächte mit Herumlaufen in unserem Dorf. Oft dauerte das bis zum Sonnenaufgang, die Morgenstimmung beruhigte mich, und meine Gebete zum HERRGOTT, er möge doch das Tinerl wieder auf den rechten Pfad senden, gaben mir Halt und Kraft. Da ich wusste, dass GOTTES Wege unergründlich sind und Drängen eher das Gegenteil bewirken kann, versuchte ich, mich innerlich zu festigen und halbwegs im Gleichgewicht zu sein. Die morgendliche Stimmung half mir, meine Gedanken zu ordnen, während ich den Dorfalltag betrachtete. Unser Marktplatz ist immer schön mit Pflanzen und Blümchen herausgeputzt, diese Arbeit teilen sich die Frauen unseres Dorfes. Man hat von jedem Winkel einen guten Blick über den etwa hundert Quadratmeter großen Platz, um den ringsherum die Häuser stehen. Jeder Dorfbewohner hat etwas zu tun, und es ist unter der Woche bei Tageslicht eigentlich immer etwas los. Der eine geht zum Melken in den Stall, die andere bringt ein Brot in die Pfarrei, eine dritte flaniert einfach so in der Gegend herum – wunderschön! Dieser kleine harmonische, prachtvolle Alltag linderte meinen Herzschmerz wenigstens ein klein wenig.

Das Zacherl, eine uralte Fahne und das Wahrzeichen unseres Dorfes, wehte gemütlich im sanften Wind mitten am Dorfplatz an seiner Stange und strahlte eine ungeheure Kraft, aber gleichzeitig auch Milde und Güte aus. Der HERR hatte uns das Zacherl vor Generationen auf wundersame Weise gesandt, und bis auf einen ungeheuren Zwischenfall vor gar nicht allzu langer Zeit hängt es dort jahrein, jahraus und sorgt für Frieden und Harmonie in unserem Ort.

Jedes Mal, wenn ich an heiligen Orten bin oder heilige Dinge betrachte, durchströmt mich ein kaum beschreibbares, wohliges Gefühl. Da ist einem dann GOTT oft sehr nah, gerade wenn man etwas Schweres durchmacht.

Schock

Es war etwa zehn Tage nach der Heurigenprobe und dem schlimmen Ereignis mit dem Tinerl. Ein paarmal hatte ich mich strategisch, uhrzeitlich und diplomatisch günstig in der Nähe ihres Elternhauses hingestellt und gehofft, dass sie mir über den Weg läuft. Aber leider: Fehlanzeige! Ich hatte auch noch mehrere Male vergeblich versucht, sie auf ihrem Handy anzurufen, aber sie drückte mich jedes Mal weg oder ging nicht dran. Mei o mei, wie oft hab ich ihre Mailboxansage gehört: »Griasseich, da is des Tinerl. I bin, wie ihr vielleicht gmerkt habts, grad ned erreichbar. Aber ihr versuchts es sicher später nomoi. Pfiat eich.« Bis vor ein paar Tagen schlug mein Herz jedes Mal höher, wenn ich diesen Text hörte, vor allem, weil man nichts auf die Mailbox draufsprechen konnte, da das Tinerl mir mal erzählt hat, dass sie das eh nie abhöre und daher deaktiviert habe. Daher hat es die Ansage doppelt in sich, weil man ihre Stimme hört, ihr keine Nachricht hinterlassen kann, aber trotzdem die Gebühren für den Anruf zahlen muss. Die meisten Leute haben ja heutzutage eh eine Flach-Rate. Ich hab glaub ich auch eine. Aber seit unserem unerquicklichen Vorfall mit dem Heiratsantrag litt ich, wenn ich die Ansage hörte, wie ein Hund. Darum hatte ich seit ein paar Tagen die vergeblichen Versuche, Kontakt mit dem Tinerl aufzunehmen, unterlassen.

Allmählich kam ich wieder zu Kräften, man kann ja schließlich nicht ewig in Selbstmitleid und Liebeskummer verharren. Dennoch nagte es unterschwellig an mir, und ich hätte viel dafür gegeben, ein vernünftiges Treffen mit dem Tinerl arrangieren zu können. Dann hätte ich ihr alles erklärt und womöglich einer Heirat zugestimmt, auch wenn ich nach wie vor innere Widerstände verspürte. Doch sie blieb weiterhin von der Bildfläche verschwunden. Ich kam gerade mit meinem Vater aus dem Holz zurück, wir hatten ein bisserl gesägt und gehackt, weil meine Eltern traditionell mit Holz heizen und der Winter nicht mehr fern war; schließlich war schon Anfang September. Wie immer hatte mein Vater mit seinem sehr guten Augenmaß dafür gesorgt, dass die Scheite exakt fünfundzwanzig Zentimeter lang waren, und dann alles fein säuberlich auf den kleinen alten Handwagen geladen, den wir jetzt über den Marktplatz zogen.

Meine Mutter stammt aus Oberbayern, mein Vater dagegen ist ureingesessener Ötztaler. Wie schon seine Vorfahren ist auch er von Beruf Schwarzkitteljäger, also ein Spezialist im Aufspüren und Erlegen von Wildschweinen. Er besitzt eine stattliche Anzahl an Büchsen und Stutzen, die er aber nur selten benutzt, weil er die Tiere lieber durch eine bestimmte Winkeltechnik mit seinem rechten Arm tötet. Das hat den Vorteil, dass sich bei der Jagd die Lärmbelästigung für empfindsamere Gemüter in Grenzen hält. Geschimpft hat er niemals mit mir, egal welchen Unfug ich auch angestellt habe. Als kleiner Bub habe ich beispielsweise einmal spaßeshalber einen Touristen aus Wien, der eine kleine Bergtour unternehmen wollte, in eine nur mit sehr viel Erfahrung bezwingbare, stark abschüssige Gegend geschickt, wo er dann in Bedrängnis kam, ein paar Meter auf einen Felsvorsprung abgestürzt ist und von einem fünfköpfigen Rettungsteam spätnachts geborgen werden musste. Der Mann ist am nächsten Tag erbost abgereist. Ein bisserl schuldig habe ich mich danach allerdings doch gefühlt, und ich bin zu meinem Vater und habe ihm mein Erlebnis erzählt. Er hat mich getröstet und gesagt, das sei schon in Ordnung. So etwas passiere halt.

Wie jeder echte Bergmensch habe ich mich immer gut mit meinen Eltern vertragen.

Was viele Leute nicht wissen: Bei uns in den Bergen reift man mit Ruhe und Zeit und kann sich daher auch sämtliche Erlebnisse seines Daseins einwandfrei ins Gedächtnis rufen. Manche Neuzeitmenschen behaupten zwar, man könne sich an seine ersten fünf Lebensjahre kaum erinnern, aber ich sage dann immer: Das kommt davon, wenn man nur in Hektik und Stress aufwächst, da verliert man leicht den Überblick. Ich weiß noch alles, sogar wie ich geboren wurde.

Meine Mutter – schon damals eine bildschöne Frau und vor allem ein rechtes Gaudiwipferl[6], das in jeder größeren Gesellschaft sofort eine Hetz[7] verbreitete – hat am Tage meiner Geburt sofort gemerkt, dass ich unterwegs nach draußen war.

[6] lustiger Mensch

[7] super Stimmung

»Auweh, gleich kommt er, der Toni!«, hat sie gerufen.

»Geh nüber zum Bach, ned dass du hier an rechten Dreck machst in der Stuben!«, hat mein Vater gesagt, und meine Mutter ist die paar Meter in den Wildbach gegangen, hat sich die Röcke hochgetan und mich im kalten Wasser auf die Welt gebracht. Das erste Lebewesen, das ich erblickt habe, war eine große Alpenforelle. Im strudelnden Nass habe ich gleich darauf die Nabelschnur gesehen, sie mit beiden Händen gepackt und in einem Ruck durchgerissen. In dem Moment habe ich gewusst, dass ich ein Bergmensch war.

Mein Vater und ich kamen mit den Holzscheiten an unserer schönen Kirche vorbei, mit der Statue vom heiligen Joseph, der für mich eine große Bedeutung hat. Weil: Die Maria hat ihm ja eines Tages gesagt, dass sie schwanger sei, und da er sie ja noch nie berührt hatte, wusste er, dass das Kind nicht von ihm sein könne. Er hat ihr wahrscheinlich zuerst nicht geglaubt, als sie beteuerte, schwanger zu sein und dass der Heilige Geist der Vater sei. Aber trotzdem ist er ihr beigestanden, weil er gleichzeitig auch wusste, dass sie gesteinigt würde, wenn ein Ehebruch vermutet worden wäre. Das war zur damaligen Zeit schon ungewöhnlich mutig vom Zimmermann Joseph und zeugte von einer unfassbaren Menschlichkeit, Liebe, Treue und Weitsicht. Und dann ist ihm im Traum ein Engel erschienen und hat ihm bestätigt, dass die Maria die Wahrheit gesagt hat. Er hat seine Träume sehr ernst genommen und war allgemein ein sehr feiner, bescheidener und großherziger Mann, der Joseph von Nazareth. Auch später sind ihm im Traum Engel erschienen, und er hat immer auf ihren

Rat gehört. Er ist das Sinnbild für einen gütigen Vater und Beschützer der Familien. In der Bibel steht leider nicht viel über ihn, aber es gibt eine Menge Schriften und Gebetsbücher, in denen er vorkommt, und wenn man eine aufrichtige, ehrliche Bitte an ihn richtet, kann man gewiss sein, dass er es mit dem HERRGOTT bespricht und für den Bittsteller eintritt. Mir hat er schon öfters Wünsche erfüllt. Wenn ich am Pfarrhaus vorbeikomme, verbeuge ich mich immer vor ihm. Meistens spreche ich im Stillen dazu ein kleines Gebet. An diesem Tag allerdings blieb es bei der Verbeugung, weil ich ja mit meinem eigenen Vater den Wagen ziehen musste.

Und in diese Situation hinein kam die Schipfer Trudi, die Frau vom Bürgermeister, dahergelaufen. Ganz aufgeregt war sie.

»Toni, bitte wart an Augenblick, ich muss dir etwas Fürchterliches sagen!«

Ich erschrak. »Was ist passiert?«

»Toni, as Tinerl is über Nacht verschwunden. Mit am andern Burschen.«

Ich blieb wie angewurzelt stehen. Das durfte ja wohl echt nicht wahr sein! »Wie bitte?«

»Ja, der Herr Pfarrer hats troffen! Sie hat ihm gsagt, dass sie an Touristen aus Berlin kennenglernt hat. Und in den hats sich scheints verliebt und ist Hals über Kopf mit ihm abgereist.«

»Aus Berlin? Da war doch überhaupts koana da aus Berlin!«

»Doch, zwei junge Burschen, beim Traubeck hams gwohnt. Die hab ich a paarmal gseng. Ziemlich depperte Kerle warn des, mit so komischen Vollbärten.«

Die beiden Nikolausbärte! Mir stockte der Atem. »Mit dene is die mit? Sag, dass des nur a Schmäh is!«

»Naa, des is leider koa Schmäh. Des is bitterste Realität!«

Mein Vater versuchte, mich zu beruhigen. »Die kommt eh nach a paar Wochen wieder. Was will die denn mit am Berliner? Allein die ganzen Verrückten in der Großstadt hält die doch ned aus.«

»Sei der da ned so sicher, Vater«, sagte ich. »Die hat an eisernen Willen. Was sagen denn ihre Eltern?«

»I woass ned.«

»Los, geh mer hi«, sagte ich und wandte mich an meinen alten Herrn. »Vater, schaffst du es allein bis nach Haus?«

»Freile, des pack i scho! Vielleicht mach ich noch kurz Rast beim Schlemmerwirt auf einen Schoppen, kommst halt da hernach vorbei, dann kannst mir gleich Bericht erstatten, was mim Tinerl is, Doni! Des interessiert mi scho aa!«, sagte mein Vater.

Er war ja erst fünfundsechzig und ein recht ein Kräftiger mit einer gewaltigen Lebensenergie. Ich lief also hinter der Trudi her zu den Eltern vom Koch Tinerl, während mein Vater mühelos und geschmeidig den Wagen zog, als hätte der überhaupt kein Gewicht. Trotz meiner Erschütterung schmunzelte ich und schaute stolz hinter ihm drein, weil ich ihn schon sehr lieb hab, meinen Vater. Und die Mama freilich grad genauso.

Beim Haus vom Koch Tinerl seinen Eltern angelangt, schnaufte ich erstmal ein paar tiefe Züge aus, um meinen Atem zu beruhigen. Dann schellten wir an der Tür, und Herr Koch öffnete.

»Doni, mei, i sag dir was, du hast uns was eibrockt!«, sagte er. »Seit Wochen spinnts umanand, und jetzt is auch noch furtglaffa.«

»I wollt des ois doch ned, Herr Koch!«, sagte ich beinahe flehend.

»Des hättst der früher überleng miassn, jetz is furt! Und koana woass genau, wohin.«

»Hats nix hinterlassn?«

»Naa, einfach abghaun is. Nur an Zettl hats higlegt, dass sie in Berlin a neichs Lebn ofangt und mir uns koane Sorgen macha soin. Sunst aber nix. Mei Frau war glei so gschockt, sie liegt scho seit in der Früh aufm Kanapee.«

»Des tut mer so leid, Herr Koch! I versprich, dass i ois Menschenmögliche …«

»Da brauchst nix versprechen, du hastas Tinerl wega irgendwas schwer verärgert, und sie is ganz gwieß auch deshalb wegglaffa.«

Zumindest war sie so anständig und hat ihren Eltern nicht die Geschichte mit dem Heiratsantrag erzählt. Trotzdem war ich fertig mit den Nerven. Abgehauen nach Berlin! Unglaublich. Aber so leicht ließ ich mich nicht abspeisen.

Ich verabschiedete mich von Herrn Koch und ging mit der Schipfer Trudi zum Schlemmerwirt. Dort saßen neben meinem Vater, dem Hupfi, der Zirngiebl Heidi, dem Zirngiebl Mike und dem Schorsch noch der Schipfer Päda und der Herr Doktor.

Unser Herr Doktor ist ein aufgewecktes Kerlchen. Er wohnt zwar nicht in unserem Dorf, hat aber jeden Mittwoch und jeden Freitag von 8:00 bis 13:00 Uhr Sprechstunde in einem als Arztzimmer eingerichteten Raum in einer der oberen Etagen beim Schlemmerwirt. Ursprünglich stammt er aus Wien, ist aber seit bestimmt zwanzig Jahren hier ansässig.

Einmal war der alte Traubeck, also der Vater vom Traubeckbauern, der sich nach 1945 aus bisher nicht genauer untersuchten Gründen einem neuen beruflichen Wirkungskreis, nämlich dem Gaststätten-Gewerbe, zugewandt hatte, wegen eines Magenleidens bei ihm. Vermutlich hat er von seinem eigenen Essen probiert und sich dadurch den Waidsack verdorben. Jedenfalls war der Herr Doktor damals noch recht neu bei uns, und der Traubeck senior misstraut von jeher einem jeden. Der Herr Doktor hat ihm dann Tabletten verschrieben, die er mehrmals täglich nehmen sollte. Der Traubeck hat gesagt: »Garnix nimm ich. Scherens sich zum Geier mit Eanam Dreck. Sie san ja ned amal von dera Gegend. Was wolln jetz Sie mir erzählen? Ich friss des Zeugs ned. Und wenn i varrecka muass.« Der Herr Doktor merkte, dass er hier wohl wenig Chancen haben würde, und ersann eine List. Er ging hinunter ins Wirtshaus und lieh sich die alte akustische Gitarre, mit der an langen Winterabenden nette Gäste eine Hausmusi spielen. Damit ging er zurück ins Sprechzimmer und spielte dem Traubeck ein lustiges Gstanzl vor. Danach sagte der Herr Doktor: »Ich bin zwar vielleicht nicht aus dieser Gegend, bin aber sehr verwurzelt mit den alpenländischen Traditionen.« Dem Traubeck hat das Lied gefallen, und er war wohl von dieser etwas eigentümlichen Darbietung so fasziniert, dass er letzten Endes die Tabletten mit- und später auch eingenommen hat. Er erfreut sich meines Wissens bis zum heutigen Tag bester Gesundheit und wird vermutlich noch lange Zeit gemeinsam mit seinem Sohn Gäste nach Strich und Faden begaunern. Und er nimmt jeden Gast. Sogar Schwachköpfe mit Nikolausbärten, die sich zudem des von den zuständigen Gesetzgebern so schnöde vernachlässigten Deliktes »Heimtückische Beraubung der ernstzunehmenden Männerwelt durch die Entziehung attraktiver Damen« schuldig gemacht hatten. Was das für üble Folgen haben kann, ist ja spätestens seit dem Trojanischen Kriege um die schöne Helena jedermann bekannt!

»Erinnerts ihr euch noch«, begann ich meine kleine Ansprache nun, »an die beiden frechen Kerle, die die leere Dose in den Wald geworfen haben?«

»Freile«, sagte der Schorsch. »Da könnt ich mich heut noch aufregen. Zum Glück hast ihnen eine eingeschenkt.«

»Ja, aber des hat offensichtlich nicht viel genützt.«

»Wieso des?«

»Weil sie sich das Koch Tinerl unter den Nagel gerissen haben.«

Alle Gespräche verstummten. Die Blicke waren auf mich gerichtet. Die offenen Münder auch.

»Entführt?«, fragte der Herr Doktor.

»Nein, ich glaub, sie ist freiwillig mitgfahrn.«

»Wohin denn?«

»Berlin.«

»Berlin?«, wiederholte der Schipfer Päda.

»Ja, Berlin!«

»Aber warum denn grad nach Berlin?«

»Weils da wohnen, die Burschen.«

»In Berlin?«

»Ja, sag ich doch.«

Danach erzählte ich ihnen alle Details, die ich kannte. Die Empörung war groß. Ein großer Kriegsrat wurde einberufen, es fehlten nur noch der Zirngiebl Thomas und die Zirngiebl Zenzi.

Der Zirngiebl Thomas ist der Senior-Betreiber vom Schlemmerwirt und mein bester Freund. Er ist ein aufgeweckter Bursche. Seine Frau, die Zirngiebl Zenzi, ist solch eine gute Köchin, dass mir das Wasser im Mund zusammenläuft, wann immer ich an von ihr zubereiteten Speisen denke. Allein diese Germknödel mit Buttersauce und Mohn – ein Gedicht! In der Geburtsurkunde steht Kreszentia, aber wenn man sie so ruft, kommt sie gleich mit dem Kochlöffel oder einem anderen harten Gegenstand und schlägt einem damit auf das Haupt.

Der Sohn der beiden, der Zirngiebl Mike, arbeitet ebenfalls beim Schlemmerwirt. Er ist verantwortlich für die Reservierungen und darf immer als Erster neuerfundene Köstlichkeiten aus der Küche kosten.

Die Zirngiebl Heidi ist die Frau vom Mike, sie ist eine liebenswerte Person und muss nix arbeiten, weil der Mike eine Menge Geld mit nach Hause bringt. Das dankt sie ihm, indem immer alles herrlich aufgeräumt und sie ihm auch im Schlafgemach eine verlässliche Gefährtin ist.

Der Zirngiebl Mike war an diesem Tag eigentlich an der Rezeption vom Schlemmerwirt eingeteilt, weil ein aktives Familienmitglied immer vor Ort sein muss, so hat es der Zirngiebl Thomas einmal formuliert, und daran hielt man sich. Das hier heute war natürlich ein Notfall.

Der Zirngiebl Hupfi, unser ältester Dorfbewohner und

Vater vom Zirngiebl Thomas, war schon seit vielen Jahren nicht mehr beim Schlemmerwirt tätig, saß aber stets in einem der Gastzimmer herum und stand Hilfesuchenden, Müßiggängern und Beladenen mit Rat und Tat zur Seite. Schon oft hatte er auch mir sehr sinnvolle Ratschläge erteilt. So also fragte ich ihn als Ersten, was er von der Sache hielt, da er sich mit Kurzschlussreaktionen, Unpässlichkeiten und desgleichen auskennt.

»Kannscht mer an Zeitpunkt von ihrer Flucht nenna?«, fragte der Hupfi, der allein an einem der Tische saß und ein schönes Weißbier aus seinem Krug, der früher mal ein Senfglas gewesen war, trank.

»Gestern Nacht vermutlich. Oder heut ganz in der Früh.«

»Geschtern Nacht. Hmmm«, sagte der Hupfi und ließ seinen Blick geheimnisvoll im Raum umherkreisen.

Der Hupfi ist eine wirklich gute Haut. Er hat einen langen weißen Vollbart, weshalb ihn manche auch den »Vollbarter« nennen, und trägt grundsätzlich einen uralten grauen Hut mit allen möglichen Anstecknadeln, Plaketten und kleinen Medaillen aus den unterschiedlichsten Regionen der Erde. Dieses Hutmodell, sagt man, soll beim Kauf vor Urzeiten nicht unter fünf Gulden gehandelt worden sein, was seinerzeit etwa dem Monatsverdienst eines Hellebardisten im Leutnants-Rang entsprach. Es geht zudem die Sage, dass der Zirngiebl Hubert vor knapp siebzig Jahren einige seiner Anstecknadeln und Plaketten entfernt bzw. ausgetauscht haben soll. Warum, weiß bis heute niemand. Menschen seines Vertrauens dürfen ihn »Hupfi« nennen, was er dann mit grimmiger Genugtuung und plakativer Beiläufigkeit zur Kenntnis zu nehmen geruht, und sein tagtäglich wiederholter Ausspruch »Abrüster miassts zwiefeln, bis dass Bobscherlwasser simmert!«[8] sorgt bei den Gästen im Schlemmerwirt immer wieder für Irritation.

»Geschtern Nacht«, wiederholte der Hupfi. »Da kanns no nitt weyt sey …«

Manchmal war er alles andere als hilfreich.

»Ich fass amal zam«, sagte der Herr Doktor. »Das Tinerl war wütend auf den Toni, weil er ihren Heiratsantrag nicht gebührend ernst genommen hat. Dann hat sie sich erstmal zurückgezogen, des kann ihr ja auch keiner verdenken. Später hats dann die beiden Berliner kennengelernt und sich aus unbekannten Gründen in einen von ihnen verschaut. Und ist ihm in die Großstadt gefolgt. War das Tinerl schon mal in einer Großstadt?«

»Ja, aber i glaub, no ned oft. Ich erinner mich, dass sie mal mit den Eltern in Salzburg war und einmal in München auf dem Oktoberfest«, sprach ich.

»Da wird sie erstmal beeindruckt sein«, fuhr der Herr Doktor fort. »Aber das legt sich vermutlich schnell.«

»Hintrher muascht. Wous gibts da dzaun dischkriern?«[9], schlug der Hupfi da gleich vor. »Sie isch ja quasi dei Weyb!«

»Da hat der Hupfi irgendwie recht«, sagte der Herr Doktor. »Fahr hinterher, Toni, und hol sie zurück!«

»Als Frau kann i dir des ebenfalls raten«, sagte die Zirngiebl Heidi, die das Gespräch vom Tresen her mitgehört und uns allen ein schönes Glas Rotwein kredenzt hatte.

8 Rekruten muss man schleifen, bis ihnen das Arschwasser kocht!

9 Du musst ihr nachreisen. Wozu die lange Diskussion?

»Ich fahr doch nicht freiwillig in eine Großstadt«, sagte ich abwehrend. »Da wohnen doch nur lauter Verrückte und Rauschgiftkonsumenten!«

»Des backst du scho, Toni«, sagte der Schipfer Päda. »Du sollst ja keine fünf Jahre hinfahren, sondern nur für ein paar Tage. Und für die Erhaltung des Dorffriedens bist traditionell du zuständig.« Der Bürgermeister fand immer die richtigen sensiblen Worte im rechten Moment.

»Ja, des stimmt scho, aber …«

»Kein Aber, Toni. Du bist unser Mann in Berlin.«

»Da fahrscht hi«, befahl auch der Hupfi. »Sie isch dei Liab und du muasstas kampfad[10] zruckhouln.«

Meine Freunde hatten recht. Ich musste um das Koch Tinerl kämpfen. »In Ordnung, ich fahr!«

Die Zirngiebl Heidi spendete diesem Entschluss mit ihren kleinen Händen einen kurzen Applaus.

»Fahrst am besten glei moing in da Fruah«, sagte der Schipfer Päda. »Oder hast hier noch was zum dua?«

»Naa, das geht scho«, stimmte ich zu und überlegte bereits, was ich einpacken würde.

»Hat jemand die Adress von dene Typen?«, fragte der Schorsch.

»Der Traubeckbauer«, sagte ich. »Dort haben sie gewohnt!«

Also nix wie hin.

Auf dem Traubeckhof sah es unordentlich und schmutzig aus wie immer. Wie gewöhnlich lag überall wahllos Zeug

[10] im Kampfe

herum. Alte Autoreifen, Mistgabeln, Schubkarren, leere Bierkästen, mit dem besten Können unbespielbare Fußbälle, niemals zu Ende geführte Doktorarbeiten der Universitäten Tirana und Laibach, ein mit bleistiftigen Anstreichungen versehener BGB-Kommentar aus dem Jahre 1971, eine mesopotamische Schrifttafel, auf denen unabhängige Rechtsmediziner neunzehn verschiedenartige Blutspuren zweifelsfrei nachzuweisen imstande wären, ein mit Kaffeeflecken gemustertes Gutachten eines renommierten hawaiianischen Historikers über die Pfälzer Separatisten aus dem Jahre 1966, ein (vollends funktionsfähiger) Betamax-Video-Rekorder der Marke »Super Sale«, ein (gefälschter) sudanesischer Kaufvertrag über drei Sklaven, vierzehn vertrocknete Alleskleberbtuben, ein Knall-Bonbon, 831.347.654 Schrauben mittlerer Art, und Güte nebst dazugehörigen Beilagscheiben, eine (bisher nicht beim Patentamt angemeldete) Vorrichtung zur Nutzbarmachung von Gerstenkörnern, eine Uniform in der Art, wie sie gerne Respektspersonen auf einem Hühnerhof innerhalb einer totalitären Staatsform zu tragen pflegen, ein maßstabsgetreuer Plan der nordosttibetischen Provinz Amdo, ein Buch über niemals gefasste Massenmörder in Feuerland, eine Festschrift auf Professor Monast unter besonderer Würdigung seiner Arbeiten um die Akustik eines Musiksaals zu Dresden-Hellerau sowie alte Gartenschläuche und Gießkannen.

Allerdings hatte irgendjemand die Fensterläden gestrichen, und zwar in relativ schön aussehendem Dunkelrot. Das überraschte mich, weil die Traubecks normalerweise stinkfaul sind und nie irgendwas wegräumen, geschweige denn renovieren oder herrichten. Der typische Traubeck-Geruch nach Stall und faulem Wasser lag unverkennbar in der Luft. Diesmal roch es allerdings nicht, wie sonst, nach Kuhstall, sondern sonderbarerweise nach Schweinestall. Dabei hält der Traubeck doch gar keine Schweine. Vielleicht hatten ja auch die Nikolausbärte den Schweinegeruch hinterlassen?

»Da ham doch bis gestern so junge Burschen mit Bärte bei dir gwohnt, mir braucha die Adress!«, konfrontierte ich den Traubeckbauern mit meinem Anliegen, als er gewohnt träge herbeischlich.

»Äh, na, die hab i ned. Die ham glei, äh, bar zahlt«, stammelte der Traubeck verunsichert.

»Des gibts doch ned. A solch eine beschissene Schlamperei!«, setzte der Herr Bürgermeister den Traubeck unwirsch unter Druck.

»Ihr wissts doch, i habs ned so mit der Buchführung«, sagte der Traubeckbauer verlegen. Wenn der Herr Bürgermeister mit ihm sprach, verspürte sogar der Traubeckbauer so etwas wie Ehrfurcht.

Das war schon ein sauberes Desaster. Das Tinerl war mit zwei Unbekannten in einer riesengroßen Stadt untergetaucht, und wir verfügten weder über Namen, noch Adressen oder sonstige Anhaltspunkte. Aber mein Herz brannte, und ich konnte es nicht aufschieben. Drum stand der Entschluss dennoch fest: Am nächsten Morgen würde ich in den Zug steigen und zu einer völlig fremden Welt aufbrechen, was zusätzlich an meinem ohnehin stark angegriffenen Nervensystem kratzte.

Doch mir fiel spontan Abhilfe ein: Es gibt nämlich ein

Spiel, das ich als Kind immer zum Aufhellen der Stimmung gespielt hatte. Es heißt »Chinese, Amerikaner, Kapitän«, und es geht so: Man stellt sich ein leeres Boot vor, das auf dem Wasser treibt. Ob Meer oder See oder Fluss ist egal, Hauptsache ein relativ großes Gewässer. Neben dem Boot schwimmen zwei Schiffbrüchige: ein Chinese und ein Amerikaner. Beide wollen ins Boot. Weil aber nur einer reinpasst, kämpfen die beiden miteinander. Der Amerikaner mit Fäusten und der Chinese mit fernöstlichen Kampfsportarten. Durch das Wasser sind aber nur bestimmte Bewegungen möglich, zum Beispiel versucht der Chinese immer wieder, Fußtechniken anzuwenden, die ihm aber misslingen. Er fällt dabei jedes Mal wieder ins Wasser. Der Amerikaner ist Ringer und will den Chinesen in den Schwitzkasten nehmen, was aber auch nicht richtig geht, weil der Chinese sehr geschickt ist und sich immer wieder befreit. Jedenfalls gewinnt irgendwann einer von beiden, weil er einen ganz schlauen Einfall hatte, und sitzt im Boot. Der ist dann der Kapitän. Der andere kann sich dann am Boot festhalten oder ertrinken oder was immer man möchte. Da sind der Phantasie keine Grenzen gesetzt. Dieses gedankliche Spiel macht sehr viel Spaß, weil man sich irgendwas Ausgeflipptes vorstellen und sich dadurch von seinen Beschwernissen befreien kann. Man kann es aber auch einfach mal zwischendurch ohne besonderen Anlass spielen, weil es allein schon lustig ist, sich die beiden ungeschickt im Wasser rumplantschend vorzustellen. Sofort verbesserte sich meine Laune.

Wir gingen den Weg vom Traubeckbauern zurück zum Schlemmerwirt und benutzten dabei den Gemsenpfad, der so heißt, weil früher hier immer die Gemsen durchgelaufen sind, bevor die Tourismuswelle eingesetzt hat. Weil Gemsen eher scheue Tiere sind und gegenüber Fremden eine gewisse Skepsis hegen, meiden sie seit geraumer Zeit den Gemsenpfad. Dafür benutzen wir ihn. Der Schipfer Päda ließ, nachdem wir uns niedergelassen hatten, für die Feier meiner Verabschiedung eine große Speckplatte und Bier bringen, und es wurde trotz aller Umstände doch noch ein fideles Beisammensein – und jeder hatte ein paar wertvolle Tipps für meinen Besuch in der großen Stadt. Ich sollte nicht zu exotische Speisen essen, ich sollte kein Wasser aus der Leitung trinken, ich sollte mich vor Fremden hüten. Ich wusste, dass ich wahrscheinlich keinen dieser Ratschläge befolgen, sondern lieber alles erst einmal selbst ausprobieren würde, schließlich bin ich derjenige, der immer allen die Regeln erklärt.

Das Einzige, was mich wurmte, war, dass ich das Seminar *Erotik in den Bergen für Pärchen und Singles* absagen musste, aber es ging ja in meinem Fall um die Liebe und nicht um kurzfristige erotische Erlebnisse.

»Du willst ja bloß wieder an Touristinnen rumschlecken«, hatte mein bester Freund, der Zirngiebl Thomas, gesagt, nicht ohne einen kleinen eifersüchtigen Unterton.

»Ja mei, sie wollen es halt nun einmal so!«, sagte ich, nicht ohne einen überheblichen Unterton.

Der Abend wurde immer netter, wir hockten brüderlich beisammen und aßen nach der Speckplatte noch ein paar Schnittchen von der Zirngiebl Heidi. Die Schnittchen bestanden aus Natursauerteigbrot mit Rahmbutter und wahlweise Höhlenkäse oder Tiroler Speck, reich garniert mit Radieserln, roten Zwiebeln und kleinen Tomaten. Dazu gab es ein Weißbier.

Unvermutet begann der Schipfer Päda eine schöne kleine Anekdote zu erzählen. »Vor ein paar Jahren war ich einmal in einer Nachbargemeinde, der Name spielt keine Rolle, auf eine Kommunionsfeier eingeladen. Alle waren da, auch der ortsansässige Bäcker, der bereits weit über achtzig war. Nun war die Feierlichkeit sehr hübsch arrangiert, und eine feine Dekoration hats auch gehabt, sodass wir alle unsre Freud hatten. Nach der Zeremonie gings ins Wirtshaus, es gab ein tolles Büfett, und wir hielten uns nicht zurück. Da wurde gut gegessen und getrunken, dass es eine Pracht war. Schließlich spielte eine Kapelle zum Tanz auf, und alle sprangen in die Höh. Nur der Bäckermeister, der blieb sitzen. Mit offenem Mund. Irgendwie sah er komisch aus. Alle schauten betroffen zu ihm rüber. Was war mit ihm? Arzt war keiner in der Nähe, aber der Sohn eines Bürgers hatte ein freiwilliges Jahr im Altenheim gemacht und kannte sich da aus. Er fühlte den Puls und sagte: *Aus die Maus. Kammer nix machen. Der is hinüber.* Da war die Stimmung auf einen Schlag weg, und der dortige Pfarrer hatte die unangenehme Aufgabe, innerhalb der erfreulichen Kommunionsfeier die Sterbesakramente zu spenden. Er hatte zum Glück ein Weihwasser dabei und wollte den toten Bäckersmann gerade segnen, als dieser die Augen öffnete und sagte: *Hui, da muass i aber eigschlaffa sei!* Da hat der Freiwilliges-Jahr-Bürgersohn von seinem Vater eine gehörige Watschn bekommen, es wurde laut gelacht und weitergefeiert. Der Abend wurde für alle Beteiligten noch sagenhaft!«

Diese Geschichte munterte die ohnehin lockere Runde zusätzlich noch auf, es wurde weiter bestellt, und der Tag klang auf fidele Weise aus. Und ich dachte nur alle zwanzig Minuten an das Tinerl und nicht wie sonst, alle fünf.

Abreise

In meiner Hütte suchte ich das Nötigste zusammen: meine hochwertige Ultraschallzahnbürste samt zwei neuen Aufsteckköpfen, eine neue Tube medizinischer Zahncreme, die mir der Herr Doktor empfohlen hatte, einen Berg frischgewaschener Socken und todschicker Unterwäsche, für die ich schon immer gern viel Geld ausgegeben habe – weil man ja nie weiß und stets auch untendrunter gut ausschaun muss –, einen Satz Hemden, zwei Westen, zwei Jacken, ein zweites Paar Schuhe, meinen Ausweis und zweitausend Euro in Fünfzig-Euro-Scheinen, zur Sicherheit. Mein privates Geld liegt im Tresor beim Schlemmerwirt, und was ich so zwischendurch brauch, hab ich in meiner Hütte in einem geheimen Versteck, das ich jetzt nicht verrat, sonst wär es ja kein gutes Versteck mehr und geheim auch nimmer. Bei uns ist es ja so, dass alles Steuerliche die Schipfer Trudi erledigt, und da gab es auch noch nie Probleme. Die vom Finanzamt waren ein einziges Mal da und haben sich logischerweise nicht ausgekannt in der Bergwelt, aber die Bücher waren sauber, weil die Trudi wirklich jeden Schmarrn notiert und über alles Buch führt.

Mehr als zweitausend »Kröten«, wie wir manchmal

scherzhaft sagen, braucht es nicht bei einer Reise, und falls doch noch was fehlt, bekommt man es auch am Zielort. Wir leben in einer modernen Zeit, ich benutze mein Bankkonto zwar sehr selten, aber man kann sich notfalls über das Postamt etwas Geld überweisen lassen. Da plagten mich in der Tat nun keine Bedenken …

Ich war in meinem Leben nur ein einziges Mal mit dem Action Schorsch in einer Stadt zu Besuch gewesen, als bei einer Messe in München neue Sicherheitssysteme für die ernsthafte Bergsteigerei vorgestellt wurden. Die Systeme waren ziemlich gut, aber gnadenlos überteuert. Interessant wars allerdings schon. Die Technik macht in den meisten Bereichen ja enorme Fortschritte. Schon damals bemerkte ich, dass München für eine Stadt erstaunlich schön ist und man sich eigentlich die ganze Zeit im Grünen aufhält. Wir haben uns nämlich ständig verfahren und hatten somit die Gelegenheit, optisch viel mitzubekommen. Drum hoffte ich insgeheim, auch in Berlin viele Grünflächen vorzufinden.

Ich nahm meine Reisetasche und ging zum Marktplatz, wo bereits der Action Schorsch mit dem Jeep auf mich wartete, um mich in den nächsten größeren Ort zum Bahnhof zu bringen.

Auf dem Bahnsteig standen viele Leute. Also relativ viele. Genauer gesagt fünf. Ohne mich und den Schorsch. Die Luft war mild, die Sonne schien, die Berge lachten freundlich zu uns herunter, so als wollten sie mir sagen: *Wir sind immer für dich da, wir laufen nicht weg, vergiss uns nicht, komm rasch wieder, Toni!* Der Bahnhof hier ist sehr klein, hat ein kleines, grün angestrichenes Bretterhäuschen, eine schöne alte Uhr und drei Laternen, dazu einen Schaukasten, in dem der aktuelle Fahrplan und Werbezettel umliegender Wirte aushängen. Auf dem Bahnsteig an der zweigleisigen Strecke steht der Fahrkartenautomat – eine komplizierte Angelegenheit. GOTTlob kannte sich der Action Schorsch damit aus. Der Preis für das Zugticket war eine regelrechte Unverschämtheit.

Neben uns standen zwei Männer aus dem englischen Sprachraum und studierten eine Wanderkarte.

»Frags doch, wos hinwollen, Schorsch. Vielleicht kannst a Gschäft macha?«

»Naa, koan Bock. I fahr zruck und leg mi nomoi a Stund aufs Ohr.«

Die drei anderen Leute auf dem Bahnsteig waren Einheimische. Einer rauchte Pfeife, der zweite las Zeitung, die dritte Person war vermutlich eine Frau.

Schorsch holte ein gelbes Buch aus seiner Tasche und gab es mir. »Kennst du Emil und die Detektive?«, fragte er.

»Des is doch a Kinderbuch vom Erich Kästner, oder?«, wunderte ich mich.

»Ja, aber a sehr guats. Die Hauptfigur, der Emil, reist auch nach Berlin. Er zu seiner Großmutter, so wie du zum Tinerl. Leider gerät er in Schwierigkeiten. Aber er findet treue Helfer in Berlin, die mit ihm alles zum Guten wenden. Das wünsch ich dir auch. Vielleicht ist dir das Buch ja ein guter Begleiter.«

Ich verstaute das Buch in meiner Reisetasche und bedankte mich.

»Du musst unbedingt in Kreuzberg im ›Curry 36‹ die

Currywurscht essen«, empfahl mir der Schorsch, der bereits einige Male in Berlin gewesen war. »Aber die ohne Darm.«

»Ohne Darm?«

»Sogar ohne Hukki-Därme, weißt schon, die haben sie letztes Jahr mal dem Schlemmerwirt angeboten.«

»Hukki-Därme?«

»Ja, kannst dich nicht mehr erinnern? Das ist irgendwie so eine kunstdärmliche Umhüllung verzehrbarer Fleischerzeugnisse.«

»Und die gibts dort?«

»Nein, die gibts dort nicht. Da gibts nur normale Würste und eben die ohne Darm. Da schmecken dann die Würste so wie bei uns Fleischpflanzerl, die in Berlin aber Buletten heißen.«

»Soll ich dann also Buletten verlangen?«

»Nein, Currywurst ohne Darm.«

»Aha.«

»Am geschicktesten ist, wenn du dir eine mit und eine ohne Darm bestellst, dann merkst du gleich den Unterschied.«

»Andre Länder, andre Sitten.«

»Schon. Die Berliner haben eh einige sonderbare Angewohnheiten. Berlin ist sowieso der totale Wahnsinn. Nur Wahnsinnige.«

Im Zug

Endlich fuhr der Zug ein, und der Schorsch verabschiedete sich mit einer herzlichen Umarmung. Ich betrat den Waggon, und ein paar Augenblicke später ging es schon los.

Ich fahre gern mit dem Zug, weil man da die Landschaft schön an sich vorbeiziehen sieht und sich, wenn man will, frei bewegen kann. Was ja jetzt im Auto oder auf dem Motorrad beziehungsweise im Hubschrauber nicht unbedingt geht. Im Flieger geht es bedingt, außer man befindet sich in Turbulenzen oder irgendein Signal ertönt – dann muss man versuchen, das parallel dazu aufleuchtende Zeichen zu entziffern. Normalerweise bedeutet es: anschnallen und sitzen bleiben, hat man mir gesagt. Mit einem großen Flugzeug bin ich nämlich noch nie geflogen, dafür aber schon oft mit dem Helikopter, und auch bereits ein paarmal mit kleinen Zweisitzer-Motorflugzeugen oder Segelfliegern. Aber ich glaub, eine richtige Fernreise mit dem Flugzeug würde mir auch nicht so gefallen, schon allein wegen dem ganzen Firlefanz mit Ausweiskontrolle und Taschendurchleuchten. Und dann die Leute … die obligatorisch mitreisenden Vollidioten (von denen wimmelt es an solchen Orten ja fast immer, und man ist ja durch die zugewiesene Platzkarte möglicherweise stundenlang an diese Leute gebunden und kann sich nicht wie im Zug einfach woanders hinsetzen), die angejährten Stewardessen, die den örtlichen Gegebenheiten stets allzu perfekt angepassten Nassauer, wichtigtuerische Geschäftsleute in ihrer Einheitsuniformierung … Dafür soll man dann noch Ewigkeiten warten und den sterilen Geruch von Flughäfen aushalten. Naa, wirklich ned!

Da finde ich Zugfahren viel schöner, weil man meistens lustige Unterhaltungen mitanhören kann. Ich versuch daher immer, in einem Abteil Platz zu finden, da ist es persönlicher als in diesen Großraumwägen, und man kann sich oft unterhalten. In diesem Zug waren die Sitzbezüge übrigens künstlerisch gestaltet und sahen so aus wie jene Plakate, auf denen sämtliche Spieler einer Fußballmannschaft ihre Namen möglichst unleserlich hinkritzeln mussten.

Ich hab ja generell traditionelle Kleidung an; manche Reisende sprechen mich darauf an, meist loben sie meine Gebirgstracht. Ich bekam ohne Weiteres einen Platz in einem leeren Abteil und setzte mich nach alter Gewohnheit in Fahrtrichtung ans Fenster. Irgendwie mochte ich diesen Platz schon immer.

Kurze Zeit später kam ein junger Mann herein und fragte, ob hier noch frei sei. Ich bejahte, und er nahm am Fenster in Gegenfahrtrichtung, mir gegenüber, Platz.

»Oh, Sie sind wohl ein Einheimischer«, bemerkte er treffend, als er meine alpenländische Tracht sah.

»Stimmt. Und Sie? Ein Auswärtiger?«, vermutete ich bescheiden.

Er war etwa vierzig Jahre alt, trug einen dunklen, lässigen Anzug und eine ebenso lässige Jacke mit einigen Taschen und Reißverschlüssen, dazu festes Schuhwerk. Die Haare waren mittellang und schwarzbraun. Er sah ein bisschen aus wie ein Indianer. Außerdem trug er eine von diesen modernen schwarzen Brillen. Solche hatte glaub ich schon Buddy Holly vor seinem Flugzeugabsturz im Jahre 1959 getragen, also waren sie eigentlich nicht modern, sondern antik.

Das Lächeln des Mannes sah ehrlich aus.

»Ich komme direkt aus Berlin«, klärte er mich auf.

Oje, noch ein Berliner in unserer Gegend… Aber der hier wirkte wenigstens sympathisch.

»War zu Besuch bei Verwandten, fahre jetzt bis München, wo ich ein paar Tage bleibe, und dann gehts schon wieder Richtung Heimat.«

In diesem Moment kam etwas unbeholfen eine ältere Dame ins Abteil. Sie trug eine weiße Hose, eine weiße Bluse und ockerfarbene Schuhe. Ihr Haar war graublau. Ich stand auf und bot an, ihren Koffer nach oben zu hieven, weil dort nur der kleine grüne Koffer des Berliners und meine Reisetasche lagen, daher war noch reichlich Platz.

»O ja, diss is sehr nett, jungo Mann«, sagte die Frau mit umwerfend sächsischem Akzent.

»Gern«, sagte ich und packte ihren Koffer neben den des Berliners. »Wollen Sie ans Fenster? Ich lege darauf keinen Wert«, schwindelte ich. Wir Bergmenschen wissen halt, was sich gehört. Sie nahm mein Angebot gern an. Ich setzte mich auf den in Fahrtrichtung neben der Abteiltüre befindlichen Sitz. Und sie nahm dort, wo ich gerade noch gesessen hatte, also direkt gegenüber dem Berliner, Platz. Ich wusste, dass sie bald miteinander kommunizieren würden, gähnte demonstrativ und stellte mich kurz darauf schlafend. Das mach ich immer, so muss man sich nicht an den Gesprächen beteiligen und kann fein mitlauschen. Manchmal reden die Leute auch über mich, weil sie denken, ich könne es nicht hören. In diesem Fall aber sprachen sie über andere Dinge.

»Isch fahre ja oft hier entlang«, eröffnete die Dame.

»Ach so, kommen Sie aus dieser Gegend?«, antwortete der nette Berliner.

»Nee, eigentlisch aus Dräsdn, abbo mir sind noch kurz vorm Mauerbau rübergemacht. Mir waren damals noch keene Zwansisch und geheiradet ham wo in Kochel am See. Unso Sohn wohnt in Hall in Tirol und somit pendle isch immer wieder zwischen den Grenzen hin und her.«

»Na, ich war zum ersten Mal hier unten. Hat mir aber sehr gut gefallen.«

Ich ließ meine Gedanken schweifen. Berlin. In meiner Jugend hatte ich manchmal wegen Konzerten oder Kinopremieren daran gedacht hinzufahren, aber ich bin eben ein Bergmensch und gehöre in die Berge. Das hatte ich irgendwann begriffen. Von manchen Teilnehmern meiner Seminare lernte ich, dass die Leute aus großen Städten mit vielerlei gesundheitlichen Problemen wie Burnout, Krisen, Essstörungen und Depressionen zu kämpfen haben. Meist sind es die Nerven. Und der fehlende Glaube. Mit Sicherheit würde es auch in Berlin eine Menge höchst gestörter Leute geben, und ich spielte mit dem Gedanken, Kundschaft für meine Seminare zu angeln. Diese Aussicht bereitete mir Behagen. Im Zug konnte ich generell gut nachdenken. Sowieso macht mir Zugfahren viel Freude. Schade nur, dass die neuen Züge keine Schienengeräusche mehr machen. In meiner Kindheit liebte ich das an einen Schlagzeugbeat erinnernde Geräusch der Räder. Budummbudumm. Budummbudumm. Da konnte ich herrlich schlafen, wenn ich mit meinen Eltern Ausflüge mit der Bahn unternahm.

»Verehrte Fahrgäste«, vernahmen wir plötzlich die Stimme eines Bahnbediensteten durch den Lautsprecher. »Bitte lassen Sie sich auch in unserem Speisewagen verwöhnen. In Zusammenarbeit mit dem Sternekoch Alfred Hölzner ist das heutige Tagesgericht entstanden: Minigarnelen auf Riesenkartoffeln mit grünem Salat. Sie können zwischen drei Dressings wählen: Balsamico, Aurora oder French. Wir würden uns freuen, wenn Sie unserem freundlichen Servicepersonal einen Besuch abstatten würden. Der Speisewagen befindet sich im mittleren Teil des Zuges. Unser Personal spricht Englisch und in begründeten Ausnahmefällen sogar Deutsch.«

Eventuell hatte ich mich beim letzten Satz verhört.

Toll. Der Speisewagen befindet sich in schätzungsweise neunzig Prozent aller Züge im Mittelteil. Ich mochte diese Ansagen nicht besonders, sie waren fürchterlich aufdringlich. Außerdem: Was sollte der Unfug mit dem Sternekoch? Die haben da im Speisewagen grad mal Platz, sich um die eigene Achse zu drehen. Wie soll man also in einem Zug gescheit kochen? Das Zeug wollte ich nun wirklich nicht probieren. Zum Glück hatte ich am Morgen noch eine gute Rindssuppe gegessen.

»Isch muss in Münschn umsteign«, sagte die Frau. »Das is plöde, weil da mussch dann fuffzsch Minudn woddn. Das is ooch keene Freude, zumal isch ja in meim Alddo ooch nimmo gegn alle Wehwehschn immün bin.«

»Naja, Sie sind doch höchstens fünfundsechzig.«

»Dangge, darf isch Ihn e Bio[11] ausgahm? Nee, isch bin Neunnsibzsch.«

»Neunundsiebzig? Das hätt ich aber nicht gedacht!«

»Darf isch Sie nach Ihom Aldo frochn?«

Ich öffnete ein Auge, aber nur ganz leicht, um die beiden zu beobachten.

»Na, nun müssen Sie auch raten!«, sagte er.

»No isch wüdde ma soogn, Sie sinn genäu fuffzsch.«

Der Mann fühlte sich nicht gerade geschmeichelt, was ich an der kleinen Entgleisung seiner Gesichtszüge erkennen konnte.

»Da haben Sie sich um …« Er nahm die Finger seiner linken Hand zu Hilfe und zählte von fünfzig rückwärts bis zu seinem Alter. »… neunundvierzig, achtundvierzig … äh, da haben Sie sich zu meinem Nachteil um elf Jahre verschätzt!«

»Elf Johre? Dann sin Sie ja …« Auch sie zählte mit der linken Hand. Allerdings hörte man zwischendurch nur die auf sächsisch gesprochenen Endungen der Zahlen, vermutlich zählte sie neunundvierzsch, achtundvierzsch und so weiter, man hörte aber nur »zsch«. »… zsch zsch zsch zsch, Neunndreißsch.«

»Genau.«

[11] Bier

»Na, des hätt ich jetzt nicht gedacht. Wieso sehnse dann so alt aus? Hamse viel Stress? Eheprobleme? Keinen Job? Oder trinkense vielleicht zuviel?«

Die war ja wirklich zum Schießen. So eine Direktheit war selbst für mich ungewohnt. Der Mann war sichtlich entrüstet und ignorierte die Frage der Dame. Stattdessen holte er demonstrativ eine Zeitung hervor und begann zu lesen. Abgesehen davon sah er wirklich nicht älter aus als vierzig.

Ich war nun wirklich müde geworden und schloss meine Augen wieder.

»Sooo, noch jemand zugestiegen?«, riss mich ein lauter Kontrolleur kurz darauf aus meinem Schlaf. Draußen sah man Berge und Felder. Ich zeigte meine Fahrkarte. Die anderen auch, der Kontrolleur schloss sehr laut die Abteiltür und verschwand. Ich schlief wieder ein. Da erklang erneut die Stimme des Kontrolleurs, diesmal aber durch den Lautsprecher und in einer gemeingefährlichen Lautstärke. Ich verstand nicht genau, von welchen Orten er sprach und auch nicht genau die Zusammenhänge. Ich phantasierte im Halbschlaf irgendwas zusammen.

»Wir erreichen in Kürze den Bahnhof Geleitheim auf Gleis fünf. Sie haben Anschluss an den Regionalexpress Santa Clara bis Weinstein und Saarbrücken, voraussichtlich von Gleis Senf. Der verspätete Zug, fahrplanmäßige Abfahrtszeit um Kleingeist Penis Hauptbahnhof, heute von Gleis Reis. Ladies and Gentlemen. This train is arriving soon to the Main Station of Bangladesh. Please exit the train through the window. Thank you for travelling with the Strangeways Train Company.«

Ich konnte endlich wieder schlafen und träumte, dass ich mit dem Koch Tinerl im Haus ihrer Eltern wohnte wie Heidi und der Geißenpeter in trauter Bergeinigkeit. Das Haus hatte einen großen Hof, der sich an den Hang schmiegte, wie das Tinerl in gewissen Nächten an mich. Ich sah mich mit einer Meerschaumpfeife auf der Bank sitzen, zahlreiche Kinder um mich herumspringen, die ständig »Papa« riefen und mir irgendetwas zeigen oder vorführen wollten. Das Tinerl schaute mit nach hinten zu einem Knoten zusammengebundenen Haaren aus dem Fenster und sagte mit sanfter Stimme: »Essen is fertig!« Die Eltern vom Koch Tinerl und auch meine Eltern sowie unsere Kinder kamen herbei und wir aßen aus zahlreichen Schüsseln bestes Essen mit viel Salat, Sprossen, gutem Speck, frischem Brot, Kartoffeln, Gemüse und frischgeriebenem Kren.[12] Wir waren allesamt zufrieden und erfüllt und unsere Eltern spielten vergnügt mit unseren Kindern. Doch dann kamen die beiden Nikolausbärte dahergerannt und riefen wütend: »Gebt uns unsere Kinder! Wir sind die Väter!« Meine Eltern waren erbost und mein Vater holte bereits die Mistgabel aus dem Stadl der Familie Koch, um die Fremden zu vertreiben, da sagte der Vater vom Koch Tinerl: »Schau, Toni, des alles hast du uns eingebrockt!«

Zum Glück dauerte dieser saublöde Traum nicht besonders lange. Als ich wieder erwachte, war die Frau eingeschlafen und der Mann blickte aus dem Fenster. Anhand

[12] Meerrettich

der immer noch sehr ländlichen Gegend merkte ich, dass es wohl noch eine Weile dauern würde bis München. Es waren aber kaum noch Berge zu sehen, ein Umstand, der mir ein Gefühl der Beunruhigung bescherte. Ohne die Geborgenheit der Berge fühlte ich mich im ersten Moment etwas schutzlos. Ich überlegte, ob das Wort »Geborgen« wohl auch von »Berg« abstammt – das würde auf jeden Fall Sinn machen.

»So, na?«, unterbrach der Berliner meine Gedanken.

»Alles in Ordnung«, antwortete ich.

»Fahren Sie auch nach München?«

»Ja. Und dann weiter nach Berlin.«

»Oho, nach Berlin. Gute Wahl! Beruflich?«

»Nein, in einer privaten Angelegenheit.« Ich entschied mich zu etwas Smalltalk. »Wissen Sie, ich komm aus den Bergen.«

»Ich liebe die Berge!«, antwortete er.

»Die Berge machen uns immer wieder bewusst, dass Erhabenheit und Größe auch Ehrfurcht und Bescheidenheit erfordern«, sprach ich die weisen Worte meines Großvaters nach, die er seinerzeit des Öfteren ausgesprochen hatte.

»Haha, das ist aber sehr philosophisch!«

»Ja, auch wenn wir Bergbewohner nicht so aussehen und manche Menschen von außerhalb uns teilweise für unterbelichtet halten, haben wir doch ein großes Herz und sind teilweise gar nicht so blöde, wie man denkt.«

»Das hätt ich Ihnen auch nicht unterstellt. Ich bilde mir Urteile über Menschen erst, wenn ich sie kennenlerne. Voreingenommenheit bringt einen im Leben nicht weiter. Aber mir fällt auf, dass die Einheimischen oft sehr abergläubisch sind.«

»Verzeihen Sie, wir sind nicht abergläubisch, wir sind religiös«, merkte ich höflich an.

»Ach ja? Das ist ja interessant. Und wie würden Sie Ihre Religion beschreiben?«, wollte er wissen.

Da fielen mir die Worte eines alten Bekannten ein, er spielt Jazztrompete und heißt lustigerweise mit Vornamen Peter. Der Jazztrom-Peter. Er hat früher bei einer Dixie-Band beim Sonntagsfrühschoppen im Schlemmerwirt gespielt und ist danach noch ab und zu etwas sitzen geblieben. So hatten wir oft sehr vergnügliche Tage und haben uns irgendwann angefreundet.

»Wir müssen begreifen, dass wir alle Nichts sind. Und dieses Nichts gilt es auszufüllen!«, waren Jazztrompeter Peters Worte, die ich nun dem Berliner weitergab.

»Du meine Güte, Sie kloppen ja hier eine Weisheit nach der anderen heraus!«, lachte er.

»Ich habe meine bescheidenen Möglichkeiten«, zitierte ich nun mit geschlossenen Augen und einer leichten Aufwartung Edgar Allan Poe.

»Also, ich glaube ja, dass die Leute in den Bergen sich vor allem mit Bier und Schweinsbraten füllen! Hahaha! Hab übrigens ganz vergessen, mich vorzustellen. Mischa von der Capellen mein Name. Meines Zeichens Vorsitzender des ersten Tierschutzbundes Brandenburg.«

Oh, das war ein riesiger Pluspunkt! Tiere sind ja meine liebsten Gefährten, und wer sich um Tiere kümmert, hat bei mir schwer einen Stein im Brett. »Hochinteressant!«, bemerkte ich daher und witterte die Chance, ihn zu einem meiner Lieblingsthemen hinzulenken. »Bei uns haben sich in den letzten Jahren immer wieder Jäger einquartiert, über die ich recht unterschiedlicher Meinung bin, denn es gibt einerseits ehrbare Jäger, aber leider auch sehr viele unehrenhafte. Mit denen haben wir in den Bergen immer wieder unsere Probleme, weil sie in unseren Augen nur aus reinem Spaß an der Freude Tiere ermorden«

»Ich mag die generell nich, die Waidmänner«, sagte Mischa von der Capellen.

Gut, wenn er Tierschützer ist, wäre es ja auch schwer verwunderlich, wenn er gleichzeitig ein Jägerfan wäre, musste ich eingestehen. Aber trotzdem … »So kann ich das nicht sagen, ich bin sogar mit ein paar Wilderern gut befreundet. Die schwarzen Schafe, von denen es nicht wenige gibt, die sind das Problem. Die erfinden immer wieder neue Lügengeschichten, um weiterschießen zu können. Wenn es ginge, würde ich für eine grundsätzliche Abschaffung der Jagd stimmen. Und wenn nicht, sollte der Jagdtrieb lieber beim anderen Geschlecht eingesetzt werden, weil es da niemals um Vernichtung, sondern stets um die Entstehung neuen Lebens geht. Überhaupt gehen bei mir alle roten Alarmlampen an, wenn jemand von der Auslöschung des Lebens schwärmt. Aber das würde dann vielleicht auch manchen redlichen Menschen die Lebensgrundlage nehmen«, beeilte ich mich zu sagen.

»Da kann ich Ihnen nur voll und ganz Recht geben. Dass der Bestand der Tiere zu hoch sein könnte, ist in fast allen Fällen eine reine Erfindung. Es hat sich ja herausgestellt, dass sich der Bestand der Wildtiere in jagdfreien Gebieten optimal von selber regelt und die Artenvielfalt in diesen Gegenden wesentlich größer und ausgewogener ist als in Jagdarealen.«

»Es erfüllt mich mit großer Freude, dass Sie sich mit diesen Verhältnissen so gut auskennen«, lobte ich ihn. Allmählich wurde ich zutraulicher.

Und er redseliger. »Manche Jäger tragen sogar durch verstärkte Fütterung zu einer immensen Populationsdichte diverser Tierarten bei. Und weil beispielsweise die jungen Rehe oft in Angst vor Jägern leben müssen, verhalten sie sich art-untypisch und flüchten tiefer in die Wälder. Hierdurch kommen sie dann auf der Nahrungssuche in Kontakt mit jungen Bäumen und knabbern diese an. Die Jäger nehmen das dann zum Anlass, ihre Jagd zu legitimieren. Sie sagen, der Wald würde allmählich aussterben, weil die Rehe und Hirsche angeblich sämtliche Triebe vernichten. Die Jäger nennen das Wildverbiss. Aber da gibt es reichlich Gegenargumente.«

»Donnerwetter, Sie haben Ihre Hausaufgaben gemacht!«

»Das kann man wohl sagen! Von nichts kommt nämlich nichts! Haha!«, lachte er.

Da hatte ich nun zwei blöde Berliner kennengelernt, die mit Gewehren rumfuhrwerkten, und kurz darauf einen netten, der exakt auf meiner Wellenlänge lag. Es gibt keine Zufälle. Draußen sah man mittlerweile schon die ersten größeren, städtischen Gebäude. Es konnte nicht mehr weit sein nach München. Mischa von der Capellen erzählte mir allerlei Interessantes und Neues, zum Beispiel, wie er vor einigen Jahren misshandelte Hunde aus Slowenien rettete, und auch einige private Geschichten, unter anderem, dass seine Lebensgefährtin manchmal schlafwandle. Wir hatten einen guten Draht, und die Dame im Abteil schlief wie ein Baby. Außerdem tauschten wir Nummern aus, weil ich ihm von meinem guten Verhältnis zur Tierwelt erzählte und mich über weitere Unterhaltungen durchaus freuen würde. Zudem hatte ich ja in Berlin keinerlei Adressen oder sonstige Anhaltspunkte, da konnte ein Kontakt nichts schaden.

Irgendwann kam ein junger Südeuropäer mit einem Servierwagen vorbei.

»Kaffe, Sanwids?«, fragte er.

»Wie bitte?«, fragte ich dagegen, weil ich kein Wort verstanden hatte.

»Zies, Putn, Tomfis?«, war sein zweiter sonderbarer Satz.

Ich blickte in den Servierwagen, während er auf diverse belegte Semmeln deutete. Ich hatte aber keinen Hunger. Dafür Durst. »Ist das Bier kalt?«

»Ja, sön kald, mein Freund.«

»Wollen Sie auch ein Bierchen zum Abschied, Herr von der Capellen?«, wandte ich mich an meine neue Bekanntschaft.

»Immer gern!«, freute er sich wie ein Schnitzel. Mit manchen Leuten kann man einfach ohne viele Worte kommunizieren. Schön. Ich bezahlte die Biere, die in guten alten dunkelbraunen Halbliterflaschen ruhten und tatsächlich angenehm kühl waren, zumindest relativ, und öffnete die beiden Getränke mit dem hinteren Griff meines Springmessers.

»Prost!«

Wir setzten die Flaschen zu einem langen Schluck an und plauderten noch ein bisschen weiter, wurden aber kurz darauf von einem Lautsprecher-Monolog des Schaffners unterbrochen. Es war wirklich eine Zumutung mit diesen ständigen Durchsagen! Gut, ein Zug ist keine Bibliothek, aber ein bisserl übertreiben sie es schon. Ständig hört man von verspäteten Zügen und schlechtem Service, da versuchen die Bahnen vermutlich, durch übersteigerte Ansagen dem Reisenden Kompetenz vorzugaukeln.

»Verehrte Fahrgäste. Wir erreichen in Kürze München Hauptbahnhof. Der Zug endet dort. Bitte in Fahrtrichtung rechts aussteigen. Sie erreichen die Züge Sieben Neun Fünf in Richtung Schwiebsen Pappsen Puppsen von Gleis Rindvieh Leberkäs blablabla.«

Der Typ hörte nicht auf zu labern. Wenn ich umsteigen muss, erkundig ich mich doch vorher und muss mir nicht eine halbe Stunde Geseier anhören, was akustisch eh kaum zu verstehen ist.

Dann wiederholte der Kerl die komplette Durchsage noch einmal in seinem mittelmäßigen Englisch, wobei man endgültig kein Wort mehr mitbekam. Die von der Bahn haben schon einen sauberen Schlag.

Endlich fuhren wir in München ein. Mischa von der Capellen und ich tranken die letzten Schlucke unserer Biere aus, ließen die leeren Flaschen stehen (wie wir es zuvor mit dem Verkäufer vereinbart hatten) und verabschiedeten uns mit einem verbindlichen, aber nicht zu kräftigen Händedruck. Manche Leute meinen ja, sie müssen einem die Finger zerquetschen beim Händeschütteln, Mischa von der Capellen jedoch schüttelte meine Hand männlich, kräftig und mit Würde.

Da erwachte die Frau. »Simmo schönn in Münschn?«, fragte sie verwirrt.

»Ja, ich hätte Sie sowieso gleich geweckt, Sie schlummerten so schön«, sagte Mischa von der Capellen.

»Uh, dann möscht isch mal aussteigen«, sagte sie und stand auf. »Off Wiedersehn, die Herren. Und Waidmanns Heil!«

Oh, augenscheinlich hatte auch sie, wie ich zuvor, nur so getan, als ob sie schlafe, und unser Gespräch belauscht, die raffinierte Matz. »Wiederschaun«, sagte ich.

»Schüss«, sagte Mischa von der Capellen und drehte sich zu mir. »Ihnen eine schöne Weiterfahrt. Vielleicht sieht man sich in Berlin. Und viel Glück beim Ausfüllen des Nichts!«

Mein Zug nach Berlin ging erst in fünfunddreißig Minuten. Überall waren Stände mit Lebensmitteln und anderem Zeug, und ich hatte allmählich Hunger. Aber im Bahnhof kauft man nix, da bekommt man normalerweise keine gute Qualität, das hatte mich mein Vater gelehrt. Drum marschierte ich ins Freie. Doch da waren nur Taxis und Leute und Trubel, sodass ich mich entschied, doch im Bahnhof etwas zu essen. Ich kaufte mir ein Sandwich mit Mozzarella, es schmeckte gar nicht mal so übel und kostete nicht die Welt.

Dann ging ich zu Gleis 23, wo mein Zug um 11:15 Uhr abfahren würde. Ich hatte auch hier keine Reservierung und setzte mich auf einen Platz im Großraumabteil ans Fenster. Keine drei Minuten später kam ein schwedisch aussehendes Pärchen mit Platzkarten. Ich hatte die elektronische Reservierungsanzeige gar nicht gesehen, aber jetzt wusste ich, wo sie sich befand, und setzte mich auf einen Platz ohne Reservierung, wieder ans Fenster.

Ich holte »Emil und die Detektive«, das Buch, das mir der Schorsch mitgegeben hatte, aus der Reisetasche und betrachtete das Titelbild. Es zeigte zwei junge Burschen, die hinter einer Litfaßsäule standen und einen Spaziergänger, der ihnen den Rücken zukehrte, beobachteten. Ein Kinderbuch. Na, warum nicht? Wenn der Schorsch mir etwas empfiehlt, wird es schon was taugen. Und er sagte ja, dass es mir möglicherweise Mut machen würde. Ich dachte ans Tinerl und meine Mission ins Ungewisse, was mir einen kurzen, intensiven Seufzer entlockte. Dann fing ich an zu lesen und es nahm mich von der ersten Seite an in Beschlag, sodass mir die zwar nicht mehr so häufigen, aber dennoch vorhandenen Endlosansagen der Schaffner kaum mehr auffielen.

Irgendwann wurde ich müde. Um mich herum waren keine Menschen, deren Gespräche ich möglicherweise hätte erlauschen können, sodass ich mich nicht schlafend stellte, sondern tatsächlich einschlief. Nur die mehrfach stattfindenden Schaffnerwechsel störten meinen Schlaf, und zwar in Ingolstadt (von kundigen Eingeweihten übrigens nur »Ingol« benamst, was mir einmal ein Audi-Mitarbeiter, der bei uns in den Bergen zu Besuch war, verraten hat. Dies aber nur am Rande; das muss sich nun wirklich niemand merken, also wirklich nicht) und in Nürnberg (ob man in gewissen Kreisen »Nürn« sagt, entzieht sich leider meiner Kenntnis) … Erst in Jena Paradies wurde ich von einem direkt hinter mir sitzenden Dauertelefonierer geweckt, der scheinbar in der Zwischenzeit irgendwo zugestiegen war.

»Wie lang is das jetz her, Peder?«, brüllte der Kerl in sein

Handy. »Ja, ich schätz mal, eher fuffzehn Jahre! War gar nicht leicht, dich ausfindig zu machen. Alter, wie gehts dir denn?«

Oje! Das war wirklich kaum auszuhalten.

»Ja, Mensch, lass uns doch am Wochenende einen lüpfen gehen! Wie? Ach komm, da hol ich dich raus, da sorg ich für Ablenkung.«

Der Mensch am anderen Ende begann mir leidzutun.

»Wusstest du eigentlich, dass ich wieder geheiratet hab? Hihihi, meine Madame kocht genauso gern wie ich, und da lassen wir es uns immer schmecken, das ist eine herrliche Sache. Wenn ichs mir recht überleg – komm doch einfach aufn Sprung vorbei! Du bist doch auch n Fischesser. Wie wärs, wenn ich meiner Lady sag, sie soll einen schönen Fisch in die Röhre schieben, dann stell ich ein schönes Weinsortiment zusammen, und wir schießen uns so richtig schön ab. Kann ich dich damit überreden?«

Wie kann ein Mensch nur so viel Müll reden und sich dermaßen aufdrängen? Allem Anschein nach hatte besagter »Peder« an der anderen Leitung keine Lust, die Nervensäge zu treffen. Den aber ließ das kalt.

»Du, ich denk mir, komm doch einfach vorbei. Bevor dir zu Hause die Decke auf den Kopf fällt ... Warte mal, ich ...«

Schweigen. Ich vermutete, dass der andere aufgelegt hatte. Meine Vermutung bestätigte sich. Der Dauertelefonierer ließ nicht locker und wählte erneut.

»Hast du jetzt echt aufgelegt? Pass mal auf, so ne Scheiße brauchst du bei mir echt nicht abzuziehen. Ich lad dich ein und du ziehst so ne Scheiße mit mir ab.«

Man brauchte keine detektivische Ausbildung, um zu

erraten, was der andere in etwa sagte. So ging das dann bis Halle an der Saale, da stieg der Kerl endlich aus.

Die restliche Stunde verbrachte ich erst mit Lesen des Bahnmagazins, in dessen Herausgeberschaft ich nach der Lektüre keinerlei Nobelpreisträger zu vermuten hatte, und vertiefte mich anschließend rasch wieder in das Buch mit Emil und den Detektiven. Irgendwann legte ich das Buch beiseite und konnte mich noch eine Zeitlang in Ruhe den Gedanken an mein Tinerl widmen. Wo sollte ich sie nur suchen? Ich hatte ja nun wirklich überhaupt keinen Anhaltspunkt. Aber vielleicht hatte ich ja Glück und würde in Berlin hilfreiche Freunde finden, so wie der Emil …

Berlin

Der Zug fuhr in den Berliner Hauptbahnhof ein. Ich summte das Lied der genialen deutschen Band IDEAL. Damals endeten die Züge allerdings am Bahnhof Zoo, da gab es ja auch noch die Berliner Mauer. Aber inzwischen hat sich das geändert.

Schließlich stand ich leicht belämmert auf dem Bahnsteig neben dem Zug. Allein in einer riesigen Großstadt, ohne Anhaltspunkte, ohne Konzept, ohne Kontakte. Erstmal weg vom Bahnhof an die frische Luft, entschied ich. Hier war es noch viel extremer als in München, Zeitungsverkäufer, Bettler, Geschäftsleute, schräge Vögel, Eilende, Chaos. Ich muss zugeben, dass ich brutal überfordert war. Und vor dem Bahnhof wurde es nicht besser. All diese Menschen … versprengte Anhänger der Esoterik-Szene, Viehhändler, Orientalen mit den dazugehörigen Orientalisten, Männer mit Hut, Männer ohne Hut, Ampel-Instandsetzer, Ärzte, Fliegen-Flüsterer, Knall-Chargen, Studenten, Gebiss-Überbringer, Akne-Propagandisten, Ohrenbläser, Ehemänner und Ehefrauen, Brandschutz-Melder und Backen-Aufbläser. Dazu Straßenbahnen, Fahrräder, Autos, Lieferfahrzeuge, Gehupe, Gebrabbel, Rufe, tausend Gerüche auf einmal, Hektik. Beängstigend, befremdlich, atemraubend.

Vermutlich verbarg sich hinter jeder Häuserwand ein illegaler Spielclub oder ein Bordell, in Hinterzimmern wurde Opium geraucht, Gangsterbanden hatten ihre Verstecke dort, und nackte, bildschöne Osteuropaerinnen warteten in Käfigen auf kommende Ereignisse. Solche Bilder hat man einfach als Bergbewohner im Kopf, wenn man das erste Mal allein in solch einer Großstadt landet.

Wie konnte man in dieser Umgebung existieren? Wie konnte man hier jemals zur Ruhe kommen? Erstmal eine Unterkunft finden, sich in vier Wänden sammeln, und dann etwas essen – das schien mir die erste Rettung zu sein.

Ich fragte ein junges Pärchen mit Rucksäcken.

»Verzeihung, können Sie mir sagen …«

»Don't understand«, sagte der Mann.

»I'm searching for a Hostel or something«, gab ich ihm in meinem besten Englisch zu verstehen. Meine Touristen kommen ja aus der ganzen Welt, daher bin ich diese Sprache halbwegs gewöhnt.

»There is one very cheep just two minutes from here«, wusste der Mann tatsächlich.

Er beschrieb mir den Weg, ich bedankte mich und trabte los.

Der Rucksackmann hatte mir den kurzen Weg sehr gut erklärt. Ich kam dabei an unzähligen Läden vorbei, in denen ausnahmslos sinnloses Zeug wie Handys, schlüpfrige Massagen, Telefongespräche nach Sri Lanka und Forchheim oder Fastfood angeboten wurden. Auch wurde ich mehrmals beinahe überfahren, weil einen die Autofahrer in der Stadt anscheinend nicht sehen können oder davon ausgehen, dass man sie unweigerlich als Stärkeren akzeptiert und daher achtet. Was ja grundsätzlich nicht verkehrt ist, in den Bergen ist es schließlich nicht anders. Einen Moment mal nicht aufgepasst, und schon saust du in die Tiefe. Dennoch war ich überrascht von dem Verkehrsdarwinismus, der um den Hauptbahnhof herrschte.

In der Schule hatten wir damals den Roman »Berlin Alexanderplatz« von Alfred Döblin, der ja später zur Heiligen Katholischen Kirche konvertierte, gelesen. Vieles hier erinnerte mich an dieses Buch. Ich musste mich langsam herantasten, um mich in dieser Umgebung zurechtzufinden. Alles schien auf den ersten Blick anders, fremd, neu. Zum Beispiel fiel mir der Platzmangel auf den Bürgersteigen auf. Ständig geriet ich mit anderen Fußgängern in Konflikt. Jeder hatte sein eigenes Tempo, manche hatten eher einen Rechts-, andere einen Linksdrall. Einige Menschen beschlossen während ihres Geradeausgehens, doch lieber abzubiegen oder spontan stehenzubleiben, vielleicht weil sie einen Anruf bekamen oder etwas in ihrer Tasche suchen mussten oder aus anderen geheimnisvollen Gründen. Das ist normal und auch schön und gut, nur hat man in den Bergen halt ein anderes Zeit- und Raumverständnis, und da tritt man sich nicht auf die Füße, zumindest wartet man halt ab, wenn es jemand anders eilig hat. Hier war das anders, hier achtete jeder nur auf sich selbst und versuchte ohne Rücksicht auf die anderen Leute so schnell es geht durchzukommen.

Die Menschen strahlten eine beängstigende Unruhe aus. Und wieder fielen mir die Worte vom Trompeter Peter ein:

Wir sind alle Nichts, und es gilt, dieses Nichts auszufüllen. Und zwar nur mit Sinnvollem, mit Innehalten, mit der Reflexion der Erwartungen unseres Schöpfers. Wenn die Menschen hier diese kleine Weisheit intus hätten, würden sie vielleicht begreifen, dass sie wie jedes Tier und jeder Ast und jedes Kind und jeder Greis ein klitzekleiner Baustein in einem wunderbaren Universum sind. Weil der Mehrzahl der Leute aber diese Gedanken fernliegen und viele den Bezug zu GOTT verloren haben oder aber vielleicht noch nie hatten, rennen sie halt herum und glauben, das, was sie gerade vorhaben, sei zwingend erforderlich, epochal und weltbewegend. Klar hat jeder seine Geschichte und seine Aufgabe im Leben und seine Befindlichkeiten, Schwächen, Vorlieben, sexuellen Phantasien, verwandtschaftlichen Verhältnisse, Sorgen, Geheimnisse, Bedürfnisse, Leiden, Ängste, Geschmäcker, Empfindungen, Begabungen, Meinungen und Stimmungen, aber ein festes Fundament für all unsere Handlungen muss vorhanden sein, das uns Vertrauen, Sicherheit und Sinn gibt, denn mit Gelassenheit und Lebensfreude gelingt einem alles garantiert besser als mit Rastlosigkeit und Überspannung. Das wussten schon sämtliche weisen Frauen und Männer von Mutter Teresa bis Charles Bukowski. Die waren wohl keine Berliner.

Als ich am Hostel ankam, wurde mir klar, dass mich der erste Eindruck, den ich von Berlin hatte, mehr stresste als jede gewagte Bergbesteigung. Es hatte sich ein leichter Schweißfilm auf meinem Nacken gebildet, und meine Gedanken waren den anderen Menschen gegenüber eher ins Negative geraten. Dazu kam, dass ich ständig in alle Richtungen geblickt und Ausschau nach dem Tinerl gehalten hatte.

Das Hostel hieß »City 54«, weil es sich in der Chausseestraße 54 befand. Alles war knallrot, die Sonnenschirme vor der Fassade, der Bär am Eingang, die Schilder, die Teppiche. Es roch nach asiatischem Essen, das sie vermutlich auf roten Tellern servierten. Die Halle war hell erleuchtet, denn draußen hatte sich inzwischen schon die Dämmerung breitgemacht. An der Rezeption saß eine junge Frau mit kurzen blonden Haaren und Brille. Gleich bei diesem ersten Zusammentreffen stieß es mir beim leichten Vorbeugen über den Tresen bitter auf, dass sie es mutwillig unternahm, neugierige Blicke auf ihre vermutlich wunderhübschen Beine durch die übertriebene Länge ihres Rockes zu verunmöglichen. So etwas tut eine schöne Frau doch nicht!

»Grüß GOTT«, sagte ich und fragte nach einer Schlafgelegenheit.

»Tachchen«, sagte sie, obgleich der Tag sich nun wirklich schon dem Ende zuneigte.

Dann sagte sie, dass ich Glück habe, weil eigentlich alles »ausjebucht« sei, aber irgendwelche Leute nicht gekommen und daher ein paar Plätze überraschend frei wären. Dann erklärte sie mir die Struktur der Zimmer. Es gab überwiegend Mehrbetträume und die Übernachtung kostete 12,- € inklusive Frühstück. Ein Spitzenpreis für eine Großstadt. Beim Schlemmerwirt kostet ein Zimmer mit Frühstück 75,- €. Beim Traubeckbauern immerhin 47,50 €, aber dafür riechts bei dem ja neuerdings nach Schweinestall.

Ich bekam einen Zimmerschlüssel und ging die Treppe rauf in den zweiten Stock. Mein Zimmer beinhaltete vier Etagenbetten, auf einigen lagen Gepäckstücke und Klamotten, die anderen waren leer. Ich entschied mich für eines der unteren Betten und legte meinen Rucksack drauf.

Da hörte ich plötzlich ein Wimmern. Es kam von einem der oberen Stockbetten und stammte von einem dunkelhäutigen etwa vierzigjährigen Mann. Ich ging zu ihm hinüber. Er lag auf dem Bauch und hatte die Hände vor dem Gesicht. Mir schien, als weinte er. Ich berührte sacht seine Schulter.

»Hello, everything okay with you?«, fragte ich – vorsichtshalber diesmal gleich auf Englisch.

»No, nothing is okay«, schluchzte er bitterlich.

»Do you speak German?«, fragte ich.

»Ja. Ig spregge ein bisgen Deus.«

»Was ist mir dir? Warum weinst denn so?«

Er drehte sich zu mir. Sein Gesicht war tränenüberströmt. »Frau weggehe. Nix dalasse. Honey weg, Money weg, alles weg. Handy auch!«

»Hast du denn keine Idee, wo sie hingegangen sein könnte?«

»Nix. Frau gehe andere Mann. Andere Mann gebe Geld zu Frau, jetzt sie ist gelaufen bis andere Mann.«

»Hast du mit ihr in Berlin gewohnt?«

»Nein. Mannheim wohne. Nur hier in Berlin wegen Arbeit in Gebäudereinigung. Aber Arbeit nix geklappt. Heute wolle fahre zurück. Aber jetzt ohne Frau.« Wieder fing er an zu schluchzen.

Ich überlegte, wie ich ihm helfen könne. Dann ging ich

zu meinem Rucksack und holte den Joseph heraus. Mein heiliger Joseph aus Silber trägt das Christuskind auf dem linken Arm, in der rechen Hand hält er eine Lilie.

»Mein Freund!«, sagte ich zu dem dunkelhäutigen Mann. »Kennst du den heiligen Joseph?«

Er blickte mich an. »Joseph?«

»Ja, Joseph, den Mann von der Heiligen Mutter Maria!«

»Ja, ich kenne. Joseph, die Vater von Ziesas?«

»Fast richtig, der Erzieher von Jesus. Der Vater von Jesus ist GOTT persönlich.«

»Ja, schon wisse diese, die Joseph war die Mann von Maria, aber Vater ist GOTT.«

»Genau. Kennst du die Geschichte vom heiligen Joseph, zumindest grob?«

»Ja, die Joseph sage, schon gut und isch bleibe bei die Maria und die Kind«

»Ganz genau!«

»Joseph sehr gute Mann mit Respekt.« Er hatte nun aufgehört zu schluchzen und sich auf den Bettrand gesetzt. Seine Beine baumelten herunter.

»Genau, er war ein wunderbarer Mensch voller Aufopferung und Nächstenliebe, darum hat er auch sämtliche Gnaden vom HERRGOTT bekommen.«

»Gnaden?«

»Ja, Begünstigungen, Möglichkeiten, verstehst du?«

»Ja, schon versteh, so wie Ab … äh … ab … so … lusion.«

»Richtig! Und nun kommt das Wichtigste: Wenn du dein Gebet an den heiligen Joseph richtest, hilft er dir. Er ist wirklich ein sehr entgegenkommender Mann, der Joseph, und herzensgut. Ich kann jedem nur empfehlen, sich an ihn zu wenden, vor allem in Liebesdingen. Wenn der Joseph nämlich beim HERRN um etwas bittet, wird ihm das auch gewährt. Der HERR kann ihm glaub ich nix abschlagen, weil er so ein herzensguter Mann ist. Das gilt auch für dich.«

Der dunkelhäutige Mann starrte an einen imaginären Punkt an der Zimmerdecke. Dann stand er auf und umarmte mich. »Vielen Dank!«, sagte er. »Vielen Dank!«

Er ging zur Tür, drehte sich noch mal zu mir um und lächelte. Dann verschwand er irgendwohin.

Und irgendwohin musste ich auch mal, also folgte ich ihm auf den Flur. Die Toiletten in dem Hostel waren direkt verbunden mit den Duschen und nicht getrennt zwischen Männern und Frauen. Ich hörte, wie nebenan Leute unter der Brause standen, während ich mein kleines Geschäft verrichtete. Mir gefiel die unkonventionelle Art in dieser Behausung.

Einer unter der Dusche, dem Dialekt nach vermutlich Amerikaner, übertönte mit lauter Stimme den Wasserstrahl. »Before breakfast I already had a shower, and now before going out, I'll also have a shower. I like these showers, they are more than amazing!«

»Like them, too, mate!«

Der andere war wahrscheinlich Australier, denn die sagen immer »mate«. Oder, wenn man ihnen in der Mehrzahl begegnet, »guys«. Das Wort »mate« sprechen sie allerdings »mait« aus und »guys« sprechen sie »gois« aus. Sowohl Amerikaner als auch Australier sagen immer »amazing« und »awesome«, was sie aber »ohsamm« aussprechen. Außerdem sagen Amerikaner, verbunden mit dem saublöden Getue, das man ihnen in ihren Filmen, in einem erstaunlich tiefgehenden Wirkungsgrad von Gehirnwäsche, eingetrichtert hat, in jedem Satz »like« und »you know«. So kann man Australier und Amerikaner ganz gut auseinanderhalten. Engländer erkennt man daran, dass sie außerordentlich höflich sind und sich sogar entschuldigen, wenn man ihnen auf die Füße tritt. Wenn man kein Wort versteht, sind es Schotten oder Iren. Neuseeländer habe ich noch keine kennengelernt, über die kann ich daher nichts sagen. Übrigens reden Leute aus den USA immer viel über Frühstücken und Duschen.

»It's like a good shower like we had in college like a good hot shower in the morning, know what I'm saying?«, sagte die amerikanische Stimme.

»Yeah, I know what you mean, mate!«

»These showers are awesome! Like really cool, you know?«

»Yeah, they are cool, mate!«

Belustigt wusch ich mir gründlich Hände und Gesicht. Ein Besucher aus Sydney sagte einmal bei uns in den Bergen, als wir einen Schweinsbraten im Schlemmerwirt aßen: »This is awesome, guys!« Ich dachte, er glaubte, dass wir eine Geiß essen würden und klärte ihn auf, dass es »pig« sei, da ich nicht wusste, dass Schweinefleisch auf Englisch »pork« heißt und »pig« eher ein Schimpfwort ist. Das fand er dann auch total unfreundlich, und ich wusste nicht, warum er sich so aufregt.

Ich ging hinunter in die Haupthalle des Hostels, wo auch die Rezeption und die blonde Frau mit den kurzen Haaren und dem leider nicht kurzen Rock waren. Links von der Halle war eine große Bar mit Bierausschank, in der ein paar Leute saßen, zwei Asiaten mit Kameras, an denen sie nervös herumfummelten, außerdem drei skandinavisch aussehende Frauen und zwei abgerissene Typen mit Baseballkappen. Daneben schloss sich ein kleiner Raum mit ein paar Rechnern an. Wohl eine Art Internetcafé. Ich wollte aber nicht den restlichen Tag in der Herberge bleiben, sondern die Abendstunden nutzen, um erste Bekanntschaft mit Berlin zu schließen. Vielleicht lief mir ja auch zufällig das Tinerl über den Weg. Dann würde ich mich vor sie auf den Boden werfen und sie anflehen, wieder mit mir nach Hause zu fahren … Oder vielleicht ohne das Auf-den-Boden-werfen. Und ohne das Flehen. Was würde ich tun, wenn ich sie tatsächlich treffen würde? Ich hatte eigentlich keinen Schimmer. Also versuchte ich erstmal, auf andere Gedanken zu kommen, und ging ins Freie.

Von außen sah ich mir noch mal meine Unterkunft an. Darüber befand sich anscheinend eine Tango-Tanzschule. Wenn es bei Pärchen mit der Leidenschaft nicht mehr so läuft, versuchen sie oft, irgendwo rumzuschrauben und durch überhöhte Freizeitaktivitäten gesteigertes Leben zu erreichen, da kommt ihnen so ein Tangokurs oft recht. Das ist natürlich völliger Unfug, weil: Wenn man vom anderen nicht mehr als attraktiv eingestuft wird, ändert ein Tangokurs vermutlich auch nix mehr. Da bringen sie einem dann bei, dass der Mann führt und die Frau ihm folgen soll. Sozusagen die Grundzüge einer Beziehung, obwohl das heutzutage so ja nicht mehr stimmt, weil die meisten Frauen, sobald die Wohnungstür von innen zugemacht wurde, deutlich mehr zu melden haben als ihre Hanswurschte. Das ist in den letzten Jahren beängstigend schlimm geworden, dass die Frauen immer cooler werden und die Männer auf ungute Weise verweiblichen. Für mich allerdings ist das zugegebenermaßen ein Vorteil, weil ich auf Partys oder Gesellschaften gern mal konkurrenzlos der einzige Kerl bin neben lauter weinerlichen Waschlappen. Sogar in den Bergen macht sich dieser Trend inzwischen schon vereinzelt breit. Aber ich glaub, bei uns setzt er sich so schnell nicht durch, weil wir schon ziemlich aufeinander aufpassen.

Als ich loszog, fiel mir auf, dass sich das Bild der Passanten im Gegensatz zu einer Stunde vorher auffallend geändert hatte. Statt der herumströmenden Berufstätigen und hektischen Käufer sah man nun lauter orientalische Menschen, Frauen mit Schleiern, Männer mit nahöstlicher Barttracht, Kinder mit fernöstlichen Kopfbedeckungen. Dazu bemerkte ich eine Menge Animierlokale und Spielsalons – die es vermutlich im Bahnhofsviertel jeder Großstadt gibt. So etwas interessiert mich allerdings nicht sonderlich, da wird man nur abgezockt! Ich hockte mich lieber in einen China-Imbiss und bestellte etwas mit Huhn und ein Bier. Das Bier schmeckte beschissen, das Essen war allerdings ganz gut.

Danach kaufte ich mir im Bahnhofsgebäude eine drei Tage gültige Fahrkarte für sämtliche Verkehrsmittel des Innenraums. Ich setzte mich in eine S-Bahn und fuhr einfach mal drauflos, um ein Gefühl für die Stadt zu bekommen, die im Lichterglanz erstrahlte.

Eine hübsche Frau mit großem Busen sprach mich an. »Sie ham ja n interessantes Outfit an, junger Mann. Wollnse nach Münschn zum Oktoberfest?«

»Haha, nein, ich lauf das ganze Jahr so herum.«

»Ach so, sind Sie denn wohl, nach Ihrm Dialekt zu schließn, eher ausm südlischn Raum?«

»Richtig!«

»Awa hoffentlich nisch aus Schwaben.«

»Um Himmels willen, nein! Schau ich vielleicht so aus?«

»Nee! Da binnick awa beruhischt, weil wissnse, Schwaben hamwa hier jenuch in Balin!«

»Ach so? Gibts da so viele Schwaben?«

»Ja, ick fraje mir manschmal, ob überhaupt no ürngwelsche Schwaben in Schwaben wohn überhaupt.«

Ich fand es sehr lustig, dass sie zweimal »überhaupt« in einem Satz gesagt hatte. »Tja. Nein, ich bin nur ein Tourist und will mir die Stadt anschaun.«

»Da haickn Tipp für Sie. Es jibt ne Buslinie, die 100, die fährt dursch die halbe Stadt, da sehn Se allet. Da müssen Se awa die näschste raus, beim Zoo.«

»Super. Den Ratschlag befolg ich gern! Dankeschön!«

»Nüscht für unjut, wie man bei uns nisch sagt«, sagte sie lächelnd, und ich stieg an der Station Zoologischer Garten aus.

Meine Güte, war hier was los! Sogar zur Abendstunde! Ein totaler Irrsinn. Ich fand erstaunlich schnell die Bushaltestelle der Linie 100. Der Bus stand schon da. Ein gelber, zweistöckiger Bus. Wie in London, nur eben nicht rot, sondern gelb. Der Action Schorsch hat seit einiger Zeit einen riesigen Bildschirm und da schauen wir ab und zu Filme an. Dabei sind mir die Unterschiede der Farben in den Großmetropolen aufgefallen. In London ist alles rot, auch die Telefonzellen zum Beispiel. Gelb dagegen ist ja nach meinen Erfahrungen aus Filmen die Farbe von New York.

Da sind die Ampeln gelb und die Taxis und eigentlich alles, so kam es mir vor.

Ich hockte mich in den oberen Bereich, damit ich besser sehen konnte, obwohl mir klar war, dass man im Gefahrenfall aus dem Erdgeschoss schneller aussteigen konnte. Das war mir aber egal, weil ich ja was sehen wollte und insgeheim natürlich auch hoffte, zufällig das Tinerl irgendwo zu erspähen.

Berlin bei Nacht – ich staunte über die ganzen erleuchteten Schaufenster, die bunte Leuchtreklame an den Geschäftsfassaden, die vielen von Scheinwerfern angestrahlten Sehenswürdigkeiten.

Die Leute hier im Bus wirkten weniger aufgeregt als die vom Bahnhofsviertel, sie waren eher erschöpft und relativ ernst. Mir gegenüber saß eine unscheinbare Frau um die fünfzig. Sie las ein Buch mit dem Titel: »Sorge dich nicht, lebe.« Das machte mich stutzig.

»Warum haben Sie denn das Buch überhaupt gekauft?«, fragte ich sie übermütig. »Sie hätten doch nur den Titel lesen müssen, der beinhaltet doch schon alles, was man wissen muss.«

Sie sah mich verwirrt an und las leicht kopfschüttelnd weiter. Dabei fand ich meine Bemerkung äußerst gescheit.

An der ersten Haltestelle erblickte ich eine Kirche ohne Kirchturm. Sie sah aus wie eine griechische Statue, wo ja auch manchmal Arme oder Beine oder der Kopf fehlen. Hinter mir unterhielten sich zwei Touristen, ein Mann und eine Frau um die fünfzig, dem Dialekt nach aus dem Rheinland.

»Dat is die Jedäschtniskürsche«, sagte er. »Neunzndreiunvierzisch im Kriege zerstört.«

Wir fuhren weiter und kamen nach einiger Zeit zu einem chinesisch oder indisch aussehenden Durchgang.

»Ditt is ditt Elefantentor, ebenfalls im Kriege zerstört worden, aber Neunznvierunachzisch wieder aufjebaut.«

Wusste der Mann das alles auswendig? Ich drehte mich kurz um. Tatsächlich! Er hatte keinen Reiseführer oder Ähnliches bei sich. Hut ab, der kannte sich echt gut aus. Aber vielleicht war er ja auch geisteskrank und erfand das nur alles? Elefantentor – das klang ja schon recht ausgedacht...

Dann fuhren wir ein wenig bergauf, was mich sofort sehr glücklich machte, weil ich sowohl an meine Heimat als auch an den Bergkönig denken musste. Leise summte ich mein Lieblingslied vor mich hin. Am Gipfel der zugegebenermaßen kaum nennenswerten Erhöhung war ein Gebäude, das sehr alt und imposant aussah. Dafür, dass es bestimmt hundertfünfzig Jahre alt war, war es auch erstaunlich gut in Schuss. Vor dem Gebäude wehte eine Deutschlandfahne. Unter einem gemeißelten Bild mit zwei Knappen, die ein Wappen zwischen sich hielten, stand: »Dem deutschen Volke.«

»Verzeihung«, fragte ich die Frau mit dem Buch. »Wie heißt denn dieses Gebäude?«

»Ditt is der Reischstach«, sagte sie mürrisch. »Wie ham Se denn ditt vorhin jemeynt, dass ick nur den Titel lesen soll?«

»Ja, weil ich glaub halt, dass das von dem Autor nicht besonders verkaufsfördernd ist, wenn er schon auf dem

Deckblatt verrät, was drinsteht. Mehr braucht man doch nicht zu wissen, oder?«

»Da ist wat dran«, sagte sie nachdenklich und starrte aus dem Fenster. Hoffentlich hatte ich ihr nicht den Spaß an der Lektüre verdorben mit meinem Schmarrn.

»Und dat is dat Brandenburger Tor«, sagte der Rheinländer hinter mir.

Ein beeindruckendes Gebilde.

»Komm, lass uns hier aussteigen!«, schlug er seiner Frau vor, und sie stiegen aus.

Der Bus fuhr unermüdlich weiter. Überall gefielen mir die Häuser. Sie waren alt und hübsch arrangiert. Ich fühlte mich wohl. Ich beschloss, bei der nächsten Station auch auszusteigen. Sie hieß »Unter den Linden«. Als ich gerade bei der vorderen Türe neben dem Fahrer hinauskletterte, sah ich einen Herrn mit Hut auf den Bus zurennen. Er wollte ihn offenkundig noch erwischen. Obgleich der Fahrer ihn auch sah, drückte er auf den Knopf, der die Türen verschließt, was ich an dem hässlichen Geräusch erkannte, das schon die ganze Fahrt lang immer ertönt war, bevor sich die Türen schlossen. Blitzschnell stellte ich meinen rechten Fuß zwischen Tür und Trittbrett, da gab es mit ziemlicher Sicherheit eine Lichtschranke. Ich behielt recht. Die Tür ging wieder auf.

»Geh von dem Trittbrett runter, du Arschgeige!«, herrschte mich der Busfahrer an.

»Gern, dauert aber noch«, antwortete ich freundlich.

»Runter, du Wichser!«

»Gleich.« Unbeirrt freundlich lächelte ich bis dahin den Fahrer an.

Ich blieb so lange auf dem Trittbrett, bis der Mann den Bus erreicht hatte, was etwa zwölf Sekunden dauerte. Ich benetzte meine Lippen mit Speichel, indem ich meine Zunge gut sichtbar im Uhrzeigersinn um meine Lippen kreisen ließ, sagte zu dem Busfahrer im gedehnt-langsamen Ton: »Du bist schöööööön«, ließ ihn hinein, zog, wie neulich der Maulwurf, in Richtung Chauffeur einen imaginären Hut und sprang leichtfüßig nach draußen. Der Bus fuhr an, und der Fahrer schüttelte noch mal eine Faust in meine Richtung. Ich grimassierte in einer Art, die in den schäbigsten Gassenjungen starke Unterlegenheitsgefühle hervorgerufen hätte, in seine Richtung und entsachlichte damit komplett die Situation. Ich war dem Fahrer nicht böse, schließlich wurde ich durch die guten Vibrations des Hutträgers entschädigt, der mir lächelnd einen gehobenen Daumen entgegenhielt.

Ich entschied mich, ein bisschen rumzulaufen.

*Mei, Tinerl, so viel Gutes konnte ich schon in der kurzen Zeit meines Hierseins tun, da wird mir der **HERRGOTT** doch vielleicht einen Fingerzeig geben, wo ich dich finden könnte.*

Vorbei an der Reiterstatue König Friedrichs des Großen kam ich schließlich zu einer rot gemauerten Kirche, umgeben von vielen Gaststätten und Geschäften. Der Backsteinbau gefiel mir gut, leider war die Kirche aber verschlossen. Das irritierte mich. Bei uns in den Bergen sind die Kirchen grundsätzlich offen, schließlich soll man in ihnen Trost finden können, wann immer man ihn brauchte.

Ich bummelte ein paar Minuten herum, dann ging ich zurück zur Haltestelle, von wo aus ich mit dem nächsten

Hunderterbus in die entgegengesetzte Richtung fuhr. Dabei ging es auch wieder – huiii – den Berg hinab. Ein unsägliches heimatliches Gefühl! Wir überquerten einen großen Fluss, vermutlich die Spree, über eine Brücke. Die war mir bei der Hinfahrt gar nicht aufgefallen.

Am Zoo stieg ich aus und gleich darauf in eine x-beliebige S-Bahn ein. Diese vielen Fahrmöglichkeiten! Und diese verwirrend vielen Namen. Wahrscheinlich würde ich es in dieser Riesenstadt niemals schaffen, das Tinerl zu finden. Das war schon brutal optimistisch gewesen, einfach auf gut Glück in diesem ganzen Wirrwarr jemanden finden zu wollen. Allerdings bin ich als Bergmensch ja auch gewohnt, im Reich der Berge vielerlei Gefahren gewahr werden zu müssen. Aber meine Mission hier … Ich wusste ja nicht mal, wie die Nikoläuse hießen oder in welchem Stadtteil sie wohnten. Vielleicht kamen die sogar von außerhalb Berlins. Leute, die von außerhalb kommen, geben oft den nächstgrößeren Ort an. Wahrscheinlich weil sie davon ausgehen, dass man ihren Außerhalb-Ort nicht kennt. *Mei, Tinerl, wohin haben dich die Nikoläuse bloß verschleppt?*

Die S-Bahn fuhr jetzt schon weit über zehn Minuten, und die Straßen glichen sich von meinem Platz aus gesehen ziemlich. Bei der nächsten Station stiegen zwei Jugendliche zu: ein Bursche und eine junge Frau. Er hatte einen kleinen Oberlippenbart und rötliche Haare, sie eine Bomberjacke und einen Pferdeschwanz. Außerdem hielt sie ein rundes, mit Silberpapier umwickeltes Ding in der Hand. Das Ding roch nach Essen. Dann wickelte sie es aus. Es war eine große Weißmehlsemmel, in deren Mitte sich ganz deutlich Fleischstücke, Zwiebeln, Salat, Tomaten und eine weiße Soße befanden. Und es roch wirklich aufdringlich und unangenehm. Die junge Frau fing an, die Semmel vor uns anderen Fahrgästen zu essen, oder besser gesagt: wenig appetitlich in sich hineinzustopfen. Sofort schritt ich ein.

»Sag amal, muss des sei?«, fragte ich etwas unfreundlich.

»Hast du ein Problem, du Mongo?«, fragte sie aufmüpfig zurück, wobei ihr ein kleines Stück Zwiebel aus dem Mund flog. Zum Glück landete es nicht auf mir.

»Ja, des Zeug stinkt grausam.«

»Halts Maul«, sagte ihr Begleiter.

Ich überlegte, ob ich den beiden einfach eine schmieren sollte, entschied mich dann aber dagegen. Immerhin war ich hier fremd und wollte mich nicht gleich aufführen wie ein alpenländischer Oberlehrer. »Dann friss halt deinen Scheiß«, sagte ich, zugegebenermaßen etwas unoriginell, stand auf und ließ beim nächsten Halt diese ungastliche Situation samt dem üblen Gestank hinter mir.

Die Haltestelle, an der ich ausgestiegen war, hieß »Hackescher Markt« und lag inmitten einer großen Hauptstraße mit Wohnhäusern, Geschäften und Lokalen. Schräg gegenüber der Haltestelle lockte mich ein angenehm aussehendes Lokal, vor dem ein paar Zigaretten in der Dunkelheit glühten. Ich ging hinein.

Sofort fühlte ich mich wohl, weil mich das Innere an den Schlemmerwirt erinnerte. Links vom Eingang saßen eher bürgerliche Leute, rechts vom Eingang mehr Menschen aus dem Volk. War das Zufall oder althergebrachte Tradition? Logischerweise hockte ich mich in den Bereich, in dem die einfacheren Leute saßen, weil: Über was soll ich mich mit feinen Pinkeln unterhalten? Überall saßen hier sympathische Menschen, und alle tranken Bier. Genau mein Wetter. An vielen Tischen waren noch Plätze frei, und es roch sehr gut nach Essen. Ich wusste auf Anhieb, dass ich hier einen Volltreffer gelandet hatte.

An einem Tisch saßen ein paar feiste Kerle mit roten Köpfen. Ich fragte sie, ob bei ihnen noch ein Platz frei wäre, und sie luden mich freundlich zum Dazusetzen ein. Ich bestellte mir Bier und eine Hühnerbrühe, beides kam in kürzester Zeit und schmeckte spitzenmäßig. Ein Süppchen geht ja quasi immer! Rasch kamen die Rotköpfe und ich ins Gespräch.

»Wo kommst duhn her?«, fragte der Erste.

»Vom Berg«, sagte ich.

»Vom Berg kommta! Hahaha! Vom Berg!«, lachte der Zweite mit rotem Kopf.

»Scho«, sagte ich und nahm einen kräftigen Schluck.

»Trinkste n Kurzn mit?«, fragte der Dritte mit rotem Kopf.

»Logisch«, sagte ich und winkte die Bedienung her.

Ich fragte sie, was sie zum Schnaps empfehlen würde, und bekam ein paar sonderbare Getränke angeboten. Zum einen etwas namens »Berliner Weiße«, ein herkömmliches bayrisches Weißbier, das allerdings in einem riesenhaften Kelch, der wie ein Eisbecher oder eine Früchteschale aussah, serviert wurde. Wahlweise konnte man dieses Getränk mit Waldmeister- oder Himbeersirup bekommen. Ohne wurde es nicht serviert. Selbstverständlich bestellte ich diesen Blödsinn nicht. Außerdem hatten sie Tee in Flaschen mit Schraubverschluss. Es sei ein besonderer südamerikanischer Tee mit einem hohen Teeingehalt und daher sehr beliebt. Das Zeug hieß »Club Mate«, die Bedienung sprach es aber nicht amerikanisch »Mait« wie die Australier, sondern deutsch. Matö. Tee in Flaschen. Völlig unsinniges Zeug. Dann gab es für einen Euro das Getränk »Eskimoflip«. Das klang gut, aber dann hörte ich, dass es nur aus einem Glas Wasser mit Eiswürfeln bestand.

»Und dann hätten wa noch ne ›Hacke-Halbe‹«, sagte die gute Dame und deutete auf einen riesigen Glasbottich an der Bar, der jenen Gefäßen glich, die sich in schaurigen Film-Laboratorien befinden, wo verrückte japanische Wissenschaftler neue Menschen aus Leichenteilen zusammenbasteln und versuchen, mit ihnen Bedrohungen wie Godzilla oder King Kong zu bezwingen. In dem Bottich befand sich eine dunkle Flüssigkeit, die mich an Bier erinnerte. Außerdem schwamm innerhalb des Gebräus ein Hackebeil mit einem langen Stiel. Was es damit auf sich hatte, habe ich nie herausgefunden.

Ich bestellte mir gewöhnliches Bier samt Schnaps, die Jungs am Tisch taten es mir gleich.

Drei Stunden später wankte ich stockbesoffen aus dem Lokal. Und glücklich. Oder zumindest so, wie man sich halt fühlt, wenn der Alkohol die Ängste und Schmerzen betäubt hat. Ich erwog zunächst, noch weiterzusaufen, entschloss mich dann aber, zurück zu meiner Herberge zu laufen. Es war eine lange Strecke, aber der Marsch und die kühle Nachtluft taten mir gut. Mein Verstand setzte nach und nach wieder ein.

Ich zog ein Fazit meiner ersten Stunden in Berlin. Was

hatte ich bisher erreicht? In meiner Mission Tinerl so gut wie nix. »Toni«, ermahnte ich mich laut selbst, »du musst anders vorgehen, durchdachter, strategischer. Du bist hier schließlich bei den Preußen, die haben die Strategie doch quasi erfunden.« Wie hieß noch die Statue vorhin? Ach ja genau, der Alte Fritz. An den konnte ich mich aus dem Geschichtsunterricht erinnern. Er war offen gegenüber Andersdenkenden und hatte – wenn mich nicht alles täuschte – irgendwann die Folter abgeschafft. Ob der wohl seine Schlachten ohne Strategie gewonnen hätte, einfach so wie wir Bergmenschen, frei, ungezwungen, dem Zufall vertrauend und dem Stand der Sterne am klaren, wolkenlosen Nachthimmel? Bestimmt nicht. Vielleicht könnte ich wirklich was von den Preußen lernen. Ich versuchte, im Stechschritt zu marschieren, geriet aber rasch ins Stolpern. Himmel, war ich betrunken! Ging ich überhaupt in die richtige Richtung?

Zum Glück kam ich irgendwann tatsächlich bei meiner Unterkunft an. Die Rezeption war nicht besetzt, dafür sah ich einen bläulichen Schimmer aus dem Bereich mit den Computern. Irgendwer hatte wohl vergessen, die Geräte abzuschalten. Ich setzte mich an eines. Es bestand eine Internetverbindung, und ich gab in die Maske einer Suchmaschine »Alter Fritz« ein. Ich strengte mich sehr an, mit meinen vom Alkohol schwerfälligen Augen etwas zu erkennen, und fand einen Lexikon-Eintrag über den ehemaligen König von Preußen. Tatsächlich, ich hatte mich richtig erinnert, er hatte im achtzehnten Jahrhundert die Folter abgeschafft. Außerdem hatte er sich für die Erhaltung der römisch-katholischen Schulen eingesetzt. »Die Religionen müßen alle Tolleriret werden und Mus der Fiscal nuhr das Auge darauf haben das keine der anderen abruch Tuhe, den hier mus ein jeder nach Seiner Faßon Selich werden.«, stand da als Zitat. Offenbar war der Fritz ein Legastheniker, aber die Aussage war großartig. Jeder soll auf seine Weise selig werden. Ein guter Mann.

Ich versuchte, den Computer auszuschalten, weil mir nicht einleuchtete, warum man nachts Strom verschwenden sollte, aber es gelang mir nicht. Also ließ ich den Eintrag mit dem alten Fritz so, wie er war, und ging rauf in mein Zimmer, das leer war, zog mich aus und genehmigte mir noch ein paar liebevolle Gedanken ans Tinerl und an daheim. Nur schöne Dinge gingen mir durch den Kopf, und ich dankte dem HERRN für diese wunderbare Welt: Ich dachte an die einzige Klassenfahrt, die wir zu meinen Schulzeiten unternommen hatten und wo wir beim Flaschendrehen alle mit dem Tinerl knutschen wollten. Ich dachte an Weihnachtsabende mit meinen Eltern voller Freude und warmem Kerzenlicht, an das gute Essen meiner Mutter und den guten Schnaps meines Vaters, ich dachte an meine Großeltern und an Schneeballschlachten mit dem Zirngiebl Thomas, an Versteckspielen und an die feinen Enziannocken beim Schlemmerwirt.

Kreuzberg

Als ich am nächsten Morgen aufwachte, hatte ich keineswegs die nächtliche Devise vergessen: Ein Stratege wollte ich sein! Natürlich brauchte ich Zeit, mir dieses neue Gewand überzuziehen. Also blieb ich eine Weile liegen und beanspruchte mein Hirn, dass man es schier knirschen hörte. Was konnte und sollte unternommen werden, um dem Tinerl auf die Spur zu kommen?

Ich zählte die entscheidenden Punkte an den Fingern ab. Erstens sollte ich mich vielleicht einfach mal wieder auf ihrem Handy melden. Vielleicht gab es ja eine überraschende Änderung oder irgendeinen Hinweis? Etwa so: »Lieber Anrufer, ich wohne jetzt in Berlin in der Chauseestrasse 99.« Na ja, ziemlich unwahrscheinlich, aber trotzdem musste ich es auf einen Versuch ankommen lassen. Zweitens wollte ich mir an der Rezeption einen Stadtplan von Berlin besorgen. Wichtigstes Utensil eines Feldherrn ist alleweil eine Geländekarte. Drittens würde ich mir überlegen, in welcher Reihenfolge die einzelnen Stadtbezirke durchkämmt werden sollten, was sich wunderbar während eines Frühstücks erledigen ließe.

Blöd war jetzt nur, dass ich keine Brigaden hatte, die

ich in Hauptstraßen, Nebenstraßen, Hinterhöfe und vielstöckige Häuser schicken könnte. Ohne Armee lebte es sich schwierig als Stratege. Aber ich war meine eigene Streitmacht. Und immerhin war ich erfahrener Bergsteiger und Kletterer mit GOTTvertrauen und Humor. Also strengte ich meinen Kopf noch etwas mehr an und versuchte, mich in das Tinerl hineinzuversetzen. Was würde ich tun, wenn ich das Tinerl und in Berlin wäre? Sicher würde ich versuchen, auch in dieser Wahnsinnsstadt ein paar gute Traditionen zu bewahren. Vielleicht gab es ja irgendwo ein alpenländisches Bekleidungsgeschäft, in dem das Tinerl arbeitete oder zumindest ab und zu einkaufte? Oder ein entsprechendes Gasthaus oder ein Lebensmittelgeschäft mit alpinen Spezialitäten? Ich glaubte nicht, dass das Tinerl sich hier von Döner Kebap und asiatischem Fastfood ernähren würde. Also beschloss ich, dieser Möglichkeit einmal nachzugehen.

Zunächst aber würde ich mit dem Naheliegendsten anfangen: aufstehen. Dann unter die Dusche, in die Lederhosn und ein frisches Hemd und dann die Handyverbindung zum Tinerl überprüfen!

»Griasseich, da is des Tinerl. I bin, wie ihr vielleicht gmerkt habts, grad ned erreichbar. Aber ihr versuchts es sicher später nomoi. Pfiat eich.«

Scheisse. Na ja, eigentlich hatte ich nichts anderes erwartet. Ich eilte die Treppen hinab zur Rezeption, wo nach wie vor die Frau mit den kurzen blonden Haaren und dem nach wie vor zu langen Rock saß.

»Wolln Se gar nich frühstücken?«

»Ja, schon. Aber erst bräucht ich einen Stadtplan. Gibts hier sowas?«

Er war sogar umsonst. Als ich ihn am Frühstückstisch ausbreitete, hätten mich die unendlich vielen Stadtbezirke mit ihren zum Teil brutal ausgedehnten Grünanlagen beinahe vom Sitz geworfen, wäre ich nicht zwischen den Armlehnen eines Rattanstuhles mit Polsterkissen fest im Sattel gesessen.

Es gab komische Brotsorten und noch komischere Wurschtsorten und Schmelzkäse-Ecken. Außerdem Marmelade und Butter. Ich aß zwei Brote mit Marmelade und trank einen Früchtetee. Dann fiel mir etwas ein: Ich hatte einmal davon gehört, dass es in Berlin einen berühmten Berg geben soll, den Kreuzberg. Da wollte ich anfangen. Von einem Berg herab hat man die beste Übersicht, und vielleicht zog es das Tinerl ja aus Sehnsucht dorthin.

Ich beendete mein Frühstück, steckte den Stadtplan ein, ging hinaus, stoppte ein Taxi und stieg ein.

»Wohin solls denn gehn?«, fragte der Fahrer.

»Zum Kreuzberg!«, anwortete ich vergnügt.

»Gerne. Jeht ditt eventuell nochn büßschen präzisa?«

»Äh, naa, i kenn mi da ned so aus. Oiso, i mecht zu dem Berg, oiso dem sogenannten Kreuz-Berg.«

»Ach so, denn möchten Se bestimmt zum Viktoriapark, da finn Se denn ooch Ihrn Beorg.«

Die Fahrt dauerte gute zehn Minuten und kostete 16,- €. Alles überschaubar. Der Kreuzberg erwies sich allerdings als kein klassischer Berg, eher als ein kleines Hügelchen, eigentlich nur eine winzige Geländeerhebung. Aber besser als nix. Ich marschierte ein wenig in dem Park herum, schaute mir das Nationaldenkmal an, las ein paar Informationen über Napoleon, sowie das »Gesetz zum Schutze der Jugend in der Öffentlichkeit« (JÖSchG)[13] und so weiter. Dann fand ich ein Lokal mit Bierbänken namens »Golgatha«, in dem einiges los war, und beschloss, ein Bier zu trinken. Das Bier stammte aus Bayern und kam frisch vom Fass. Es tat mir sehr gut. Hmm, Bier aus den Bergen … Vielleicht verkehrte das Tinerl ja mit ihren Nikoläusen auch in Lokalen, wo man solches ausschenkt.

Als ich meine zweite Halbe bestellte, fragte ich die Bedienung. »Entschuldigung, aber gibt es in Berlin viele Gaststätten mit Bier aus den Alpen?«

»Ohne Ende«, sagte die sympathische junge Frau. »Mittlerweile bekommste überall Augustiner, Tegernseer, Tannenzäpfle und teilweise auch Stiegl oder Gösser. Die alpenländischen Biere setzen seit einiger Zeit ihren Siegeszug über Berlin fort. Unaufhaltsam. Und zu Recht. Unsere Plörre kannste ja nich saufen.«

Verdammt. Der erste strategische Schritt erwies sich als unsinnig.

Gegenüber von mir saßen zwei Holländer, die ich für schwul hielt, weil sie ständig aneinander rumfuhrwerkten und außerdem ziemlich feminine Bewegungen vollzogen. Neben mir war ein junges Pärchen und dann noch drei Asiaten mit orangefarbenen Rucksäcken auf dem Rücken – bis sie ein korpulenter Berliner hinter ihnen harsch aufforderte, die Ranzen abzuschnallen.

»Nehmt doch einfach die Rucksäcke ab! Ihr stoßt mir die janze Zeyt in meyn Rückn rin. Dis muss doch nisch seyn!«

[13] Vom 25. Februar 1985 (BGBL. I S. 425), geändert durch Drittes Rechtsbereinigungsgesetz vom 28 Juni 1990 (BGBL. 1 S. 1221)

Sie verstanden erst nicht, dann aber schon, als der stämmige Mann die Riemen des ersten asiatischen Mannes resolut von dessen Schulter wischte.

Der eine der beiden Holländer hatte ein Kettchen um den Hals hängen, darauf stand »Hasi«. Ich überlegte, ob es wohl einen Stand gab, an dem man solche Anhänger selbst beschriften lassen konnte. Dann würde ich nämlich den Asiaten jeweils einen kaufen, auf dem »Asiate« steht. Praktisch wäre, wenn alle Leute in Berlin mit solchen Anhängern herumliefen, auf denen je nachdem zum Beispiel »Amerikaner«, »Depp«, »Rindvieh« oder »Wirt« draufstünde.

Das junge Pärchen neben mir wirkte sehr nett. Sie war eine brünette, ziemlich normal aussehende junge Frau mit wenig Schminke, aber einer gut gefüllten Bluse. Er war ein hagerer Mann mit Eierkopf und einer Haarsträhne, die er immer wieder aus dem Gesicht strich. Ich beschloss, bei ihnen meine ersten Erkundigungen einzuholen.

»Darf i mal was fragen?«, fragte ich bereits was.

»Logisch«, sagte der männliche Teil des Pärchens.

»I bin ned von hier.«

»Det ham wa uns fast jedacht«, schmunzelte er.

»Wissts ihr, mei Freindin is mir davonglaufa, mit am Berliner. Und i bin da, ums wieder zruckzumhoin.«

»Tut mir leyd, ick kann disch nur teilweise verstehen. Kannst du ooch deutsch spreschn?«

Oh, so nett war er offenbar doch nicht. Oder es lag an fehlender Intelligenz.

»Ich kanns versuchen«, sagte ich, nach wie vor höflich.

Immerhin wollte ich ja was von ihm. »Meine Freundin is mir weggelaufen.«

»Ha ick vastann.«

»Und sie ist hier in Berlin.«

»Ooch anjekomm.«

»Ihr neuer Freund sieht relativ auffällig aus. Er trägt einen Nikolausbart und eine Schlumpfmütze.«

Die beiden begannen herzlich zu lachen. Ich mag das Gefühl nicht, wenn mich jemand ohne ersichtlichen Grund auslacht.

»Sorry«, sagte das Mädchen. »Aber so laufen seitn paar Jahren alle rum. Die Vollbartfraktion triffste an jeder Ecke.«

»Auch mit Schlumpfmützn?«

»Unbedingt. Ditt is ne Art Moderischtung jeworn. Die tragen die Mützen sogar im Hochsommer.«

Schöne Bescherung! Da hock ich in einer Großstadt mit mehreren Millionen Menschen und mein einziger WIRKLICHER Anhaltspunkt löst sich quasi in Luft auf!

»Wie sieht se denn aus, deine Holde?«, fragte wieder der junge Mann.

»Sie ist auffallend hübsch, relativ groß gewachsen, ungefähr eins vierundsiebzig, sie hat wahnsinnig lange und schlanke Beine, ein bezauberndes Lächeln und spricht einen ähnlichen Dialekt wie ich. Außerdem trägt sie, ebenfalls wie ich, alpenländische Kleidung.«

»Ditt sinn bessere Anhaltspunkte wie der Nikolausbart. Übrigens n schöner Ausdruck. Darf ick den übernehm?«

»Sehr gern!«

»Mode is sowieso n großet Thema, nur will keener Mode tragen, weil jeder individuell bleim möschte«, sprach er weiter. »So versuchen alle, der Mode zu entkomm, woraus sisch wiederum neue Moden entwickeln.«

Seine Freundin verdrehte die Augen. Vermutlich hielt er gern Vorträge, und sie kannte jedes Wort auswendig.

Ich aber war hochinteressiert. »Mode kommt und geht, i bin eher altmodisch und trag halt schöne Sachen aus unserer Region«, steuerte ich bei.

»Janz ehrlich? Ditt wiederholt sisch sowieso alle paar Jahre. Denn is wieder Siebzijer, denn wieder Neunzijer, denn wieder Teschno, denn Hiphop, denn die Hosen, die den Leuten in den Kniekehlen hängg und auskiekn, als wenn se rinnjeschissn hättn …«

»Solche Hosen trägt der Nikolausbart auch!«

»Scheint ja n Spitzenjeschmack zu ham, deine Holde!«

In diesem Moment fiel mir erstmals auf, dass ich gar nicht wusste, mit welchem der beiden Nikolausbärte das Tinerl jetzt zusammen war!

»Janz ehrlich? Ick wees janisch, wie die Hosen heißn, wir sagen Windeln dazu«, fuhr er mit seiner Rede fort. Er hatte jetzt schon zweimal ziemlich belanglose Dinge mit den Worten »ganz ehrlich« eingeleitet. Nein, er hatte die Worte »ganz ehrlich?« als Frage formuliert, so als würde er jetzt gleich das Schonungsloseste und Gewagteste sagen, das je ein Mensch von sich gab.

»Hmmm«, brummte ich deswegen nur nachdenklich, »danke und noch an schönen Tag!«

»Dir ooch!«

Seine Freundin atmete erleichtert laut aus. Sein Referat war ja auch zu Ende. Beziehungsweise kurz unterbrochen, denn als ich mich vom Tisch erhob, um aufzubrechen, hob er ihr gegenüber zu einem neuen Vortrag an, der anscheinend die vielen Vorteile einer durch monatelanges Feiern gekennzeichneten Wohnung zum Inhalt hatte.

»Tschaui«, sagte sie schicksalsergeben zum Abschied.

Leihfahrrad

Ich bezahlte an der Kasse und ging kurz auf die Toilette, in manchen heimischen Gastronomiebetrieben gern scherzhaft »Befreiungshalle« genannt. Dort waren einige Herren mit der Verrichtung ihrer Notdurft beschäftigt. Dazu entstanden angeregte Gespräche zum Penisvolumen der jeweils Urinierenden.

»Wer zieht den Kürzeren?«, fragte einer mit einer bärigen, berlinerischen Stimme.

»In der Kürze liegt die Würze«, sagte da ein anderer mit eher westfälischem Dialekt.

Nun meldete sich ein Mann vermutlich slowenischer Herkunft und sagte: »Auch mit einem kleinen Clown kann man Zirkus machen!«

Ich hatte große Mühe, mein Geschäft ordentlich zu verrichten, so sehr musste ich lachen.

Dann ging ich hinaus und hielt ein Taxi an. Am Steuer saß ein türkisch aussehender Mann.

»Gibt es hier ein österreichisches oder bayrisches Lokal?«

»Ja, gibts shon, mei Freund. Ist das Schiller. Da kannsh du österreichish essen.«

Vom Dialekt her war er kein Türke, sondern ein Grieche. Ich mag Griechen.

»Dann fahren wir dahin!«, sagte ich und stieg ein. »Bist du Grieche?«

»Nä«, sagte er. Nä heißt auf Griechisch »ja«.

»Außerdem gibt es etwas außerhalb, in der Havelbucht, das Restaurant Moorlake, da gibt esh so bayrische Küche. Das ist auch sher gut. Da musst du mal an einem anderen Tag hinfahren, das ist ein kleiner Aushflug.«

Ich notierte mir auf meiner Fahrkarte, die ich sorgfältig in der Tasche verwahrte, die Namen »Moorlake« und »Havelbucht«.

Wir fuhren etwa fünfzehn Minuten, und es kostete 21,- €. So groß schien Berlin doch nicht zu sein, und die Preise waren annehmbar. Das Bier vorhin hatte nur 2,80 € gekostet. Dafür bekommt man beim Schlemmerwirt nicht mal einen Espresso.

»Können Sie mir für heut Abend noch eine typische Berliner Kneipe empfehlen?«

»Ja, klar. Gehen Sie ins Tattersall, das ist shuper dort. Gutes Bier, gute Leute.«

»Cool. Wo ist denn das?«

»Charlottenburg. Grolmannstraße. Gleich beim Savignyplatz.«

»Efcharisto poli!«

»Parakallo.«

Beim Aussteigen sagte ich die einzigen Worte, die ich außer »danke« und »bitte« auf griechisch sagen kann. Sie lauten: »Ime mono ena chondro Kounelaki. Alla echo chrimata!« Übersetzt heißt das: »Ich bin nur ein dickes kleines Kaninchen. Aber ich habe Geld.« Der griechische Taxifahrer lachte sich kaputt, und über die 4,- € Trinkgeld freute er sich auch.

Im Schiller gab es tatsächlich österreichische Küche, nämlich Wiener Schnitzel und Kaiserschmarrn, aber ansonsten nur ganz gewöhnliche deutsche Gerichte, und vor allem kein bayrisches oder österreichisches Publikum. Meine Lederhosen passten nur ganz bedingt zur Speisekarte. Aber wo ich schon mal da war, bestellte ich mir Königsberger Klopse mit Erdäpfelschmarrn, der hier »Kartoffelpüree« hieß, außerdem einen sehr feinen Rote-Bete-Salat. Dazu einen Weißwein, gespritzt.

Es war inzwischen nach 13:00 Uhr, und einige Geschäftsleute kamen in ihrer Mittagspause zum Essen, so war das Lokal rasch voll. Außerdem saßen einige junge Frauen dort. Sie hatten aber sehr verbissene Gesichter, daher interessierten sie mich jetzt nich so. Zudem hatten einige in großen Wickeltüchern ihre Kinder um den Bauch gebunden. Das sah nicht besonders bequem aus, vermutlich trug es zu ihrer Verbissenheit bei. Diese Frauen tranken allesamt aufgeschäumte Milch mit Kaffee, der laut Karte »Latte Macchiato« hieß. Schätzungsweise waren viele davon überraschenderweise alleinerziehend, so eine Mischung aus Frust und vermutlich in der nächsten Sekunde übertriebener Euphorie, wenn sie sich entschieden, vom Kaffee auf Sekt umzusteigen. Wieder fiel mir ein Goethezitat ein, das mein Freund, der Action Schorsch, bei passenden Gelegenheiten »auspackte«, nämlich: »Besonders lernt die Weiber führen / Es ist ihr ewig Weh und Ach / So tausendfach /Aus einem Punkte zu kurieren«[14].

[14] Goethe, Johann Wolfgang v.: »Faust I« (Vers 2024 ff.)

Dann geschah etwas Bemerkenswertes: Zwei der frustrierten Frauen bekamen Besuch von ihren Lebensgefährten. Diese Lebensgefährten hatten beide völlig ausdrucks- und geschlechtslose Gesichter, Idiotenfrisuren und, das gefiel mir besonders gut, einen Fahrradhelm auf, den sie während ihres gesamten Restaurantbesuches nicht abnahmen. Diese weichgespülten Volldeppen bestellten aber nicht, wie ihre Damen, Kaffeemischgetränke, sondern beide Rhabarberschorle. Pfui Deifi! Was waren das denn für Jammerlappen! Und dann säuselten sie auch noch so dümmlich mit ihren Tanten herum, dass mir fast schlecht wurde. Mit so hohen Stimmen, als wären sie kastriert. Die Frauen legten in beiden Fällen das gleiche Verhalten an den Tag. Sie machten ein beleidigtes Schmollgesicht und erzielten bei ihren weichgeklopften Pantoffelhelden exakt die gewünschte Wirkung: Diese Weichlinge fühlten sich offenbar wegen irgendetwas schuldig und begannen die Frauen zu fragen, was denn los sei, ob sie etwas falsch gemacht hätten, und dergleichen mehr. Damit hatten die frustrierten Hennen ihre beschnittenen Versager natürlich komplett im Griff und konnten nach Herzenslust ihre Macht über sie ausüben. Beide Pärchen bestellten dann noch jeweils zwei unterschiedliche Mahlzeiten, die sie dann untereinander austauschten, als der Teller zur Hälfte aufgegessen war. Was für eine sonderbare Gesellschaft!

Ich zahlte und sah zu, dass ich an die frische Lust kam.

Nachdem ich einige Zeit einfach rumgeschlendert war und die Stadt auf mich hatte wirken lassen, kam ich zu einem belebten Platz. Hier standen ein paar junge Männer und

Frauen auf der Strasse und sprachen sämtliche vorüberkommenden Passanten an. So auch mich.

»Guten Tach, junger Mann«, sagte ein ungefähr Fünfundzwanzigjähriger zu mir. »Möchten Sie von mir umarmt werden?«

»Was is des jetz scho wieder für ein Blödsinn?«, fragte ich unwirsch.

»Wir geben FREE HUGS, völlich ohne Hintergedanken oder finanzielle Interessen. Einfach nur umarmen lassen und wohlfühlen!«

»Naa, danke, Spezi, des hätt mir jetzt grad noch gefehlt«, lehnte ich ab.

Etwas weiter vorne lungerten ein paar Punks herum. Punks mag ich, die sind immer ehrlich und machen nicht viel Trara um ihre eigene Person.

»Wisst ihr, wie ich von hier nach Charlottenburg ins Tattersall komm?«, fragte ich.

»Da jehn nur olle Typn rinn, geh lieber innen Irish Harp Club, da gibts Guinness«, empfahl mir einer der Punks.

»Naa, i mecht ins Tattersall. Woaß jemand den Weg?«

»Klaro, immer gradaus bis Ernst-Reuter-Platz. Denn reschts inne Hardenberg und die zweete reschts heißt Knesebeckstrasse. Nu noch immer n Tickn gradaus, und denn kommts reschter Hand«, sagte eine Punkerin mit extrem schwarz geschminkten Augen.

»Danke! Mögts a Bier?«

Natürlich wollten sie ein Bier, und ich schenkte ihnen einen Zehn-Euro-Schein, damit sie sich selbiges besorgen konnten.

Etwas weiter vorne blinkte ein Fahrrad, das scheinbar zu einer Art Ausleih-Fahrrad-System gehörte. Über ein Fahrrad zu verfügen war eine verlockende Idee. Es würde meine Suchaktionen enorm erleichtern. Ich las die auf einem hinten am Rad befindlichen Blechschild stehende Anleitung, sie war relativ einfach: Man musste sich einmal per Handy freischalten lassen und seine Kreditkartennummer angeben. Ich hatte schon länger eine Kreditkarte, weil das den Einkauf von Kletter-Utensilien im Internet sehr vereinfacht. Ich hatte die Karte zwar nicht dabei, aber die Nummer war in meinem Handy eingespeichert. Gewusst wie.

Genau in dem Moment, als ich das Telefon zückte, fing es an, die Melodie vom »Kufsteinlied« zu spielen. Auf dem Display stand »Mischa von der Capellen«. Der Mann aus dem Zug!

»Ja, Grüß GOTT!«, sagte ich erfreut.

»Tachchen«, sagte Mischa von der Capellen. »Na, was treiben Sie Schönes?«

»Ich bin grad auf dem Weg ins Tattersall.«

»Gute Wahl, den Laden mag ich. Wäre es genehm, wenn ich gegen halb sieben auf zwei Schluck Bier dazustoßen würde?«

»Oh, ja, das würde mich sehr freuen!«, sagte ich und freute mich in der Tat, einen vernünftigen Gesprächspartner treffen zu können. »Bis gleich!«

»Primstens. Bis gleich!«

Nun rief ich die angegebene Nummer von dem Leihfahrradunternehmen an.

»Guten Tag, lieber Anrufer«, sagte eine Computerstimme. »Wollen Sie sich anmelden? Bitte sagen Sie nach dem Signalton JA. Wenn Sie sich nicht anmelden wollen, sondern eine andere Frage haben, sagen Sie NEIN.«

»Ja«, sagte ich.

»Haben Sie eine Frage zu Ihrer aktuellen Rechnung? Sagen Sie nach dem Signalton JA. Wenn Sie keine Frage zu Ihrer aktuellen Rechnung haben, sagen Sie NEIN.«

»Äh, j… nein!«

»Leider konnten wir Ihre Eingabe nicht verstehen. Bitte sagen Sie JA oder NEIN.«

»NEIN!«

»Leider konnten wir Ihre Eingabe nicht verstehen. Sie werden nun mit einem Mitarbeiter verbunden.« Tuut, tuuuut…

Dann setzte Warteschleifenmusik ein, meiner Einschätzung nach eine nicht näher zu verortende Instrumental-Phrase des Zirngiebl Hupfis Lieblingsoper »Wozzeck« von Alban Berg.

»Sehr geehrter Anrufer, bitte haben Sie einen Augenblick Geduld. Ihr Anruf ist uns wichtig. Sie werden mit dem nächsten freien Mitarbeiter verbunden.«

»JA«, sagte ich zur Sicherheit. Dann hörte ich die ewig gleiche Melodie und den ewig gleichen Satz eine Zeitlang an. Dabei beobachtete ich herumfahrende Autos und Fahrräder.

Eine Sekunde, bevor ich aufgeben und mir ein Taxi nehmen wollte, meldete sich tatsächlich ein Mitarbeiter. »Guten Tag, mein Name ist Marcel Mohammadi, was kann ich für Sie tun?«

»Grüß GOTT, ich wollt mich gern anmelden.«

»Gerne. Haben Sie Ihre Kreditkartennummer zur Hand?«

»Ja.«

»Dann schalt ich Sie einfach wieder in den Anmeldemodus rüber.«

»Moment mal, das funktioniert irgendwie nicht.«

»Wieso? Was funktioniert nicht?«

»Ich soll immer JA oder NEIN sagen und das Gerät erkennt meine Stimme nicht.«

»Oh. Da kann ich Ihnen einen Trick verraten: Statt JA können Sie die EINS drücken, statt NEIN die ZWEI.«

»Ach so.«

»Genau. Ich schalt Sie jetzt rüber!«

»Aber, ich ...«

»Guten Tag, lieber Anrufer! Wollen Sie sich anmelden? Bitte sagen Sie nach dem Signalton JA. Wenn Sie sich nicht anmelden wollen, sondern eine andere Frage haben, sagen Sie NEIN.«

Ich drückte die EINS.

»Leider konnten wir Ihre Eingabe nicht verstehen. Bitte sagen Sie JA oder NEIN.«

Ich drückte noch mal die EINS.

»Vielen Dank für Ihre Eingabe. Mit welcher Kreditkarte möchten Sie bezahlen? Bitte nennen Sie den Namen Ihres Kreditkarteninstituts nach dem Signalton.«

»Visa!«, sagte ich laut und deutlich.

»Gut. *American Express*. Wenn das korrekt ist, sagen Sie JA. Wenn das nicht korrekt ist, sagen Sie NEIN.«

Ich drückte die ZWEI.

»Bitte nennen Sie den Namen Ihres Kreditkarteninstituts nach dem Signalton.«

»Visa!«

»Gut. *Visa.* Wenn das korrekt ist, sagen Sie JA. Wenn das nicht korrekt ist, sagen Sie NEIN.«

Ich drückte die EINS.

»Bitte geben Sie über die Tastatur Ihres Telefons die Kreditkartennummer ein, und beenden Sie Ihre Eingabe mit der Rautetaste.«

Ich tat wie geheißen.

»Vielen Dank. Bitte geben Sie die Nummer des Rades ein, das Sie ausleihen oder zurückgeben wollen.«

Ich tippte die Nummer des Fahrrades ein.

»Der Öffnungscode lautet 4723.«

Der Code stimmte! Ich konnte das Fahrrad tatsächlich entleihen. Manchmal bringen einen die Großstädter doch noch zum Staunen.

Leider war das Fahrrad relativ ramponiert, man konnte den Sattel nicht vernünftig fixieren, und die Kette sprang nach ein paar Metern raus. Da bemerkte ich am Rahmen viele dort angebrachte Aufkleber mit der Aufschrift »Freiheit für Rudi Dutschke«, was mich etwas irritierte. Ich schob das Rad ein Stückchen und fand zum Glück nach wenigen Metern ein anderes, konnte mein erstes mühelos per Telefon zurückgeben und das neue Fahrrad ohne Umstände ausleihen. Die Betreiber machten es einem nur schwer, Kunde zu werden, wenn man aber mal angemeldet war, funktionierte das ganz gut.

Das zweite Fahrrad war spitze und fuhr einwandfrei. Die Punkerin hatte den Weg toll beschrieben, aber bereits an der nächsten Kreuzung wurde ich beinahe von einem militanten Taxifahrer überrollt, der mir durch sein rasantes Abbiegen und ohne zu blinken den Weg abschnitt.

»Drecksau!«, rief ich ihm hinterher, doch er konnte mich nicht hören.

In der Folge bemerkte ich, dass in Berlin fast kein Autofahrer blinkt, wenn er rechts abbiegt. Einem Autofahrer, der nicht nur nicht blinkte, sondern mich auch noch böse schnitt, haute ich aufs Heck.

»Blinken!«, rief ich ihm hinterher.

Er reagierte nicht, vermutlich hatte er es entweder nicht gehört. Oder er war gerade auf der Flucht vor seinen Gläubigern oder einer verflossenen Lebensabschnittsgefährtin. Oder er ignorierte mich aus Sturheit.

Vierer

Das Tattersall war zum Glück echt nicht weit entfernt, sodass ich trotz der ganzen Verkehrsrowdys heil dort ankam. Allerdings machte es erst um 18:00 Uhr auf. Es war 16:50 Uhr. Ich sperrte das Rad ab und schlenderte ein bisserl herum. In einer Seitenstraße standen viele Menschen. Was machten die denn da? Neugierig ging ich hin und sah, dass die Leute einen merkwürdigen Mann beobachteten. Er kniete auf der Straße und übte konzentriert seine Kunst aus, die darin bestand, dass er einen Pflasterstein mittels einer Gießkanne bewässerte. Dann stellte er die Gießkanne beiseite und trocknete den Stein mit einem Föhn, der an einem enorm langen Kabel hing, das in ein anliegendes Haus führte. Diese Handlung wiederholte der Mann ununterbrochen mit einer stoischen Ruhe. Die Zuschauer schienen fasziniert und richteten gebannt ihre Blicke auf ihn. Vollkommen geisteskrank, diese Menschen. Und dann warfen sie ihm auch noch Geldstücke in einen kleinen Kasten, der neben dem Pflasterstein stand. Anscheinend war der Kerl eine Art Straßenkünstler.

Im Hintergrund stand ein etwa zehnjähriger Knirps mit einer Schiebermütze und schaute, wie ich, zweifelnd auf die staunende Meute samt dem Verrückten. In seiner Hand hielt er eine silberne Hupe mit einem Gummiball. Er zwinkerte mir zu und drückte kurz das Gebläse des schwarzen Gummiballs, worauf es laut hupte. Er lachte mir zu und rannte davon. Ich merkte gleich, dass wir Brüder im Geiste waren. Doch da schoss mir ein unglaublicher Gedanke durch den Kopf: War der Knirps nicht Gustav, der Junge mit der Hupe aus »Emil und die Detektive«? Manchmal belohnt einen das Schicksal mit derlei wunderschönen Erlebnissen.

Als das Tattersall endlich öffnete, stand ich schon bereit, trat ein und setzte mich an einen der herrlich altmodischen Tische. Zunächst hatte ich ja geargwöhnt, dass der Laden eine Art Seniorentreff war und ich hier nur Tattergreise vorfinden würde, aber, wie ich von der freundlichen Bedienung erfuhr, handelte es sich um eine ehemalige Pferde-Reithalle.

Ich bestellte ein Pils und einen Schlehenschnaps. Der Schnaps war nicht schlecht, aber bei uns gibt es bessere. Das Bier schmeckte indes spitze. Dann bestellte ich noch ein Pils und eine Bulette mit Kartoffelsalat. Auf der Speisekarte stand ausdrücklich, dieser sei ohne Mayonnaise angemacht, was ich lustig fand, weil Kartoffelsalat bei uns automatisch ohne Mayonnaise zubereitet wird. Die Bulette war so etwas Ähnliches wie ein Fleischpflanzerl, nur kompakter, aber geschmacklich einwandfrei. Das Lokal begann sich zu füllen, und ich beschloss, für heute den Strategen an den Nagel zu hängen und mir hier gehörig einen anzusaufen. Ich fragte die Bedienung, ob sie mir noch einen anderen

Schnaps als den Schlehenbrand anbieten könne, was typisch Berlinerisches. Sie empfahl mir »Mampe Halb und Halb«, ein Magenbitter, der, wie sie mir eifrig erzählte, im neunzehnten Jahrhundert in Apotheken als Medizin gegen alles Mögliche verkauft worden war. Ich bestellte ihn und liebte den Geschmack nach Kräutern und Bitterorangen gleich sehr.

Da schälte sich ein junger Mann, der aussah wie ein Indianer, durch die Umsitzenden und kam auf mich zu. »Na, wie isses?«, erkundigte er sich. Es war Mischa von der Capellen.

»Basst!«, antwortete ich.

»Schon n Wunsch?«, fragte ihn die äußerst flinke Bedienung.

»N Pils. Und haben Sie auch Underberg?«

»Klar hamwa den.«

»Dann zwei bitte.«

Underberg ist ein wunderbares Getränk, das gab es bei uns nicht allzu oft – und wenn, dann hatte ich immer eine große Freude an diesem enorm bitteren und nach Nelken schmeckenden Kräuterschnaps. Außerdem kam in seinem Namen das Wort »Berg« vor.

»So, mein Lieber«, sagte Mischa von der Capellen. »Sie wundern sich sicher, warum ich Sie treffen wollte. Ich habe da einen kleinen Anschlag auf Sie vor. Ich arbeite für das Berliner Stadtmagazin Zitty, und da such ich immer interessante Köppe, die in Berlin umherspazieren. Alldieweil wäre es mir ein durchaus charmantes Vergnügen, wenn ich Sie interviewen und porträtieren dürfte.«

»Oh, ja, von mir aus schon, aber nicht heute, wenns geht. Ich will mich nämlich gern gepflegt betrinken.«

»Sie sehn auch mächtig durstig aus, mein Lieber. Nee, klaro, das machen wir im Verlag, von mir aus gleisch morgen. Und betrinken is nie verkehrt. Was dagegen, wenn ich mich anschließe?«

»Naa, überhaupt nicht!«

»Hört sich nach nem amtlichen Plan an.«

Wir zwitscherten uns gepflegt einen hinter die Binden.

»Wie wärs, wenn wir das förmliche ›Sie‹ weglassen würden?«, fragte ich.

»Absolut meine Meinunk«, sagte er munter. »Mischa mein Name.«

»Sehr angenehm, i bin der Toni.«

Wir stießen mit unseren kleinen Underbergflaschen an, was ein merkwürdiges Geräusch erzeugte, da Underbergflaschen in beiges Packpapier eingewickelt sind und daher beim Anstoßen kein klassisches Klirren, sondern vielmehr ein dumpfes Ploppen erzeugt wird. Nicht allzu hellen Damen-Bekanntschaften, die meine Intelligenz und Autorität von Zeit zu Zeit gerne zu überschätzen pflegen, mache ich manchmal weis, dass jene Packpapier-Umwickelung alleinig dazu bestimmt sei, etwaige Fingerabdrücke auf der Flasche zu verunmöglichen. Stets erfreue ich mich dann an ihrer Beeindrucktheit ob meines Wissens, aus der mir schon viele schöne Erlebnisse erwuchsen.

»Du meintest neulisch im Zuch, du würdest in einer privaten Angelegenheit nach Berlin reisen. Ich will nich neugierig erscheinen, aber: Haste schon was erreicht?«

Mit steigendem Alkoholkonsum verstärkte sich auch Mischas Berlinerisch.

»Naa, leider noch nix. Weißt, es geht um meine Jugendliebe. Da hat es eine kleine Meinungsverschiedenheit gegeben, und kurz darauf ist sie nach Berlin abgehauen. Mit einem anderen Kerl.«

»Oh, das is aber kein feiner Zuch von der Dame.«

»Noch dazu glaub ich übrigens, der Kerl schießt gern ohne Erlaubnis auf Wildtiere. Hat er jedenfalls mal geäußert.«

»Der Sache sollte man nachgehen, das is ne ganz üble Angewohnheit von dem Herrn.«

»Genau! Aber ich will ihm kein Unrecht tun, es ist wie gesagt nur eine Vermutung meinerseits.«

»Na ja, das lässt sich vermutlich rausfinden. Und die Kleene is einfach Hals über Kopf getürmt?«

»Ja, aber ich hab mich offen gestanden auch blöd verhalten vorher. Na ja, jedenfalls bin ich halt gleich hinterhergefahren, aber ich hab bis zum jetzigen Zeitpunkt keinen Schimmer, wie ich sie finden soll.«

»Setz doch ne Anzeige in die Zeitung.«

Ich sah ihn erstaunt an. Diese Möglichkeit war mir trotz allem strategischen Denken bisher nicht in den Sinn gekommen.

»Oder, noch besser, ich bau die Story in meinen Bericht über dich mit ein. Weißte, so ›Alpenmensch sucht seine davongelaufene Geliebte im Berliner Großstadtdschungel‹. Das is doch n feiner Aufhänger für ne Reportage!«

Ich nickte langsam. »Ja … des gfoit mer ganz guad!«

»Wann wolln wir uns denn treffen? Morgen gegen 12:00 Uhr zum Mittagessen?«

»Optimal, da kemma uns no schee ausschlafen!«

»Die Adresse is Askanischer Platz 3. Ich bin hocherfreut. Das is übrigens meine Karte.«

Er gab mir eine Visitenkarte. Ich hatte keine Visitenkarte dabei, wohl aber eine verknitterte Ansichtskarte des Schlemmerwirts, die ich ihm spaßeshalber überreichte, aber unsere Nummern hatten wir ja eh schon ausgetauscht, somit war er ja mit dem Wichtigsten versorgt.

»Übrigens nur noch ma was zum Thema Jäger und Wildverbiss. Wusstest du, dass im Schweizer Kanton Genf bereits im Jahr 1974 die Jagd durch demokratische Wahl abgeschafft wurde? Seither gibt es dort keine Jäger mehr!«

»Das ist ja wirklich interessant! Und ist der Wald seither in dieser Gegend ausgestorben?«

»Selbstverständlich nicht. Die jungen Triebe gedeihen dort wie eh und je.«

»Da hast du ja einen tollen Beweis für die Lügen der Jäger herbeigezaubert«, lobte ich ihn.

Wir tranken noch ein paar Bierchen nebst Underberg. Irgendwann verabschiedete sich der Mischa dann. Ich blieb noch sitzen. Es war erst Viertel nach neun, um mich herum war kein Platz mehr frei, und die Leute begannen, sich zu anderen Gästen dazuzuhocken, was mich sehr an zuhause erinnerte. Auf einmal kamen zwei hübsche Mädchen daher und fragten, ob sie sich an meinen Tisch setzen dürften. Aber natürlich durften sie. Sie waren beide entzückend, reizvoll und hübsch, wie im Märchen, eine blond, die andere brünett. Ich schätzte sie so Mitte zwanzig. Genau meine Kragenweite. Sie bestellten sich ebenfalls Pils und Schnaps. Wie es sich gehört.

»Wie heißts denn ihr zwei Hübschen?«

»Maria«, sagte die Brünette.

»Sonja«, sagte die Blonde.

»Toni«, sagte ich, und wir stießen an.

Ich war auf einen Schlag noch besserer Dinge als zuvor. Am Nebentisch saß ein komisch aussehender Mann mit dicker Hornbrille und starrte neidisch zu uns rüber.

»Wo seids her?«, fragte ich die beiden.

»Aus Potsdam«, sagte Maria. »Und Sie?«

»Bitte sagts ned Sie zu mir. Sagts du.«

»Ja, gern. Hihi, also, und du?«

»Ich komm aus den Bergen.«

»Des sieht man gar nicht«, sagte Sonja und lachte, weil ich vermutlich der einzige Mensch bin, der in Berlin im rotweiß karierten Trachtenhemd und Lederhose herumrennt. Ich mag Frauen, die nicht auf den Mund gefallen sind.

Da kam der Hornbrillenmann von nebenan daher. »Darf ich mich zu Ihnen setzen?«, fragte er.

»Ja, wenn du uns nicht siezt«, antwortete Sonja.

Erstklassige Mädchen. Ich war hocherfreut, allerdings auch auf der Hut ob des plötzlich aufgetauchten Konkurrenten. Er nahm seinen Weißwein und setzte sich neben Sonja, ich saß neben Maria.

»Dolle Stimmung heute, wa?«

»Jetzt schieß einmal los, was bist du für ein Mensch!«, sagte ich zu dem Kerl und klopfte ihm kumpelhaft auf die Schulter.

»Ich bin Unternehmensberater bei einer großen Firma«, sagte er im Plauderton.

»Oh, du bist einer von denen, der Firmenchefs rät, ihren Mitarbeitern zu kündigen«, fragte ich angriffslustig.

»Haha, ja, so kann mans nennen. Manche Leute sitzen ja nur da und drehen Däumchen, das können die von zuhause aus genauso!«

»Stimmt, die faulen Säcke sollen ruhig stempeln gehen«, sagte Maria mit einer guten Portion Ironie. Offensichtlich war die Gute ebenso wie ich auf Krawall gebürstet.

»Tja, ich hab dieses Jahr schon einige Köpfe rollen lassen«, brüstete sich das Arschloch.

Ich fand den Mann wirklich durch und durch unsympathisch und eklig. Schon legte ich mir einen herausfordernden Satz zurecht, um ihm zu zeigen, wo der Wildbach Toni den Most holt, verwarf ihn aber sofort wieder. Stattdessen überlegte ich, ihn einfach höflich zu bitten, sich woanders hinzusetzen und andere Leute zu behelligen, als er seinen Weißwein, der übrigens in einem sogenannten Römer serviert wurde, also einem klassischen deutschen Weinglas mit grünem, geriffeltem Stiel und eingravierten Weinreben auf dem Glasrand, fast in einem Zug leertrank und aufstand.

»So, jetzt muss ich noch ins Buck and Breck, da ist heut eine geschlossene Gesellschaft«, sagte er.

»Oh, da kommt man doch normalerweise nur sehr schwer rein«, antwortete Maria, die sich scheints spitze in der Berliner Szene auskannte. »Das ist doch ein ziemlich exklusiver Laden.«

»Doch, ich hab ne offizielle Einladung. Von Doktor Schellenberg, das ist ein Kunde von uns, der feiert dort seinen Geburtstag. Ich kenn ihn zwar persönlich nicht, aber wenns was umsonst gibt, bin ich natürlich dabei. Hahahaha.«

»Schade«, sagte Maria da komischerweise. »Wir können uns ja nächste Woche mal zusammenrufen, vielleicht gehen wir ja mal zusammen einen trinken. Hast du eine Visitenkarte?«

»Natürlich«, sagte der Idiot und überreichte ihr feierlich ein weißgoldenes Kärtlein. Darauf stand *Hubert Fallenbach, Unternehmensberater, Berlin.* Maria bedankte sich artig. Was führte sie nur im Schilde?

Hätte diese Szene bei mir zuhause in den Bergen in der Nähe eines Wildbaches stattgefunden, hätte er sich nach fünf Minuten mit Fug und Recht »Hubert Fiel-in-den-Bach« nennen können.

»Tja, ich werd jetzt noch mal kurz Wasser abschlagen, und dann fahr ich mit den Öffentlichen. Bis zum nächsten Mal!«

»Gern, ich meld mich bei dir«, sagte lieb lächelnd die Maria, und er verzupfte sich.

Jetzt war ich gespannt, was das Ganze sollte.

Kaum war er außer Sichtweite, sprang sie auf. »Los! Schnell!«, rief sie und rannte zur Schänke.

Sonja und ich begriffen und flitzten hinterher. Wir zahlten am Tresen und waren draußen, bevor der Angeber wieder aus der Toilette gekommen war.

Maria hielt ein Taxi an und nannte ihm die Adresse: Brunnenstrasse 177. Die Fahrt dauerte diesmal etwa zwanzig Minuten und kostete 27,- €. Ich bezahlte das Taxi. Wir stiegen vor einem Polizeirevier aus.

»Ich hab gmeint, wir fahren in eine Bar?«, fragte ich erstaunt.

»Abwarten«, sagte Maria und klingelte im Haus neben der Polizei an einer Klingel, die zu einem privaten Haushalt zu gehören schien. Kurz darauf summte der Türöffner, und wir gingen hinein.

Ein kleiner, freundlicher Mann mit Glatze stand da und strahlte. In der Hand hielt er eine Gästeliste. »Heute jeschlossene Jesellschaft. Habter ne Einladung?«

»Klar, von Doktor Schellenberg«, sagte Maria. »Hubert Fallenbach und zwei Begleitungen.« Sie überreichte ihm Fallenbachs Visitenkarte, die sie jetzt ja nicht mehr benötigte.

»Alles klar«, sagte der Sicherheitsmann und strich den Namen »Fallenbach« auf seiner Liste durch. Wie es dem Echten später erging, ist mir nicht bekannt.

Ein feiner Herr in Schwarz begrüßte uns. »Mein Name ist Goncalo, und wenn es Ihnen recht ist, bringe ich Sie, nachdem Sie mir Ihre Garderobe gegeben haben, zu Ihren Plätzen. Bleiben Sie zu dritt, oder erwarten Sie noch Gesellschaft?«

»Wir bleiben zu dritt«, sagte Maria.

So saßen wir nun am Tresen einer großartigen Bar, stilvoll, chic, gemütlich, elegant. Alle Getränke befanden sich dort in gleich aussehenden Flaschen, die mittels eines Farbcodes von den hochprofessionellen Barkeepern auseinandergehalten wurden. Ein durch und durch stimmiges Konzept. Ich war begeistert.

Der Barkeeper hatte längeres, braunes Haar und einen Schnurrbart. Auch er stellte sich vor. »Schönen guten Abend, die Herrschaften, mein Name ist Holger, ich bereite Ihnen die gewünschten Drinks zu. Auf was hätten Sie denn Lust?« Er sprach mit fränkischem Akzent. Ich mochte Franken sehr. Auf dem Berg waren sie mit die angenehmsten Leute, hintersinniger Humor, manchmal etwas wortkarg, aber im Zweifelsfall ausgesprochen schlagfertig.

»Ich hätte gern etwas mit Gin und Limette«, sagte Sonja.

»Für mich bitte einen Saigon Sling«, sagte Maria.

»Mir bitte einen Gin Tonic«, sagte ich.

»Mit welchem Gin?«, erkundigte sich Holger.

»Haben Sie Monkey 47?«, fragte ich. Mit Gin kenn ich mich aus, der Schlemmerwirt hat eine umwerfende Auswahl. Monkey 47 kommt aus dem Schwarzwald und zeichnet sich, gleich den in Unkelbach tätigen Amtsrichtern, durch besondere Milde aus.

»Selbstverständlich. Welches Tonic Water? 1724, Thomas Henry oder Fever Tree?«

Ich kannte keine der genannten Marken. Eigentlich mochte ich schon immer am liebsten Schweppes, weil das die meiste Kohlensäure hat, und bei einem Gin Tonic brauch ich eine Kohlensäure. Kann es sein, dass in einer so gut sortierten Bar kein Schweppes vorhanden war? Ich ließ es auf einen Versuch ankommen.

»Haben Sie auch Tonic Water von Schweppes?«

»Selbstverständlich. Und den Damen zaubere ich zwei schöne Cocktails.«

Unaufgefordert stellte er uns drei Schälchen mit Oliven, Nüssen und Chips hin.

Kurz darauf kamen die Drinks.

»Ich wünsche angenehmes Terminieren«, sagte Holger.

Die Drinks waren sagenhaft. Ich hatte inzwischen meine Arme um die Hüften der beiden Süßen gelegt.

»Des hast schön gmacht, Maria!«, sagte ich anerkennend und merkte in dem Moment, dass ich, seit die beiden Damen aufgetaucht waren, gar nicht mehr an das Tinerl gedacht hatte. Was zur Abwechslung mal ganz erleichternd war.

Maria lächelte stolz. Ich lächelte auch. Dann gab ich ihr ein Bussi und anschließend auch Sonja, der Fairness halber, und weil sie ja beide sehr gut ausgeschaut haben. Wenn man angetrunken ist, ist man ja manchmal ein bisschen hellsichtig und oft recht couragiert, und in diesem Fall gelang es mir auf eine sonderbare Art, abwechselnd mit den beiden Mädchen rumzuschmusen. Eine links, eine rechts.

Da kamen schon die ersten Typen, denen man ansah, dass sie aus gutem Hause stammten. »Hey, gib uns doch eine ab«, sagte einer. »Du brauchst doch nicht zwei für dich alleene.«

»Sucht euch selber welche, ihr Schwachköpfe.«

Um die Jungs noch mehr zu ärgern, nahm ich sanft die Köpfe meiner beiden Begleiterinnen und forderte sie auf, sich doch mal vor meinen Augen so richtig schön saftig zu küssen, was sie anstandslos taten. Die Burschen waren fassungslos. Die Nacht, der Nebel und der Rausch sogen uns zärtlich ein. Es war wie in einem gut gemachten Film. Da kam Maria auf die Idee, dass wir alle drei zu ihr fahren könnten. Wir tranken also unsere zweiten (oder dritten?) Drinks leer, verabschiedeten uns von den großartigen Gastronomieprofis Holger und Goncalo und trollten uns in Richtung Ausgang, als ein junger Mann auftauchte und

Maria ansprach. Er war dürr, hatte ein verklemmtes Lächeln und sah aus wie ein dunkelgefiederter Storch.

»Da geht ja die Sonne auf, wenn ich dich seh!«, sagte der Adebar. Was ein anderes Wort für Storch ist.

»Danke«, freute sich Maria.

Das gefiel mir gar nicht. Die beiden unterhielten sich eine Weile, während ich mich Sonja widmete. Mit einem Auge verfolgte ich aber das Geplauder der beiden anderen.

»Der Sascha trifft noch Freunde im La Bohème, lasst uns da noch hingehen, nur kurz, ja?«, schlug Maria schließlich vor. Sie sprach La Bohème übrigens »Labo Emm« aus, was ich lustig fand. Allerdings wollte ich unter keinen Umständen dort hin. Der Typ war ziemlich lächerlich. Ich versuchte zu widersprechen, hatte aber keine Chance.

»Der Laden ist total super, und ich kenn den Türsteher«, sagte der Idiot namens Sascha.

»Aha, vielleicht kennst ja auch den Hauselektriker, den stellvertretenden Ballett-Meister und den dort tätigen Dramaturgen?«, versuchte ich ein wenig Heiterkeit in diese trübe Situation zu bringen, was aber keinerlei Eindruck auf ihn zu machen schien, geschweige denn einen »Zweidruck«, wie der von mir seit jeher verehrte und geliebte Karl Valentin dies bei einer solchen Gelegenheit hätte wohl ergänzend hinzufügen können.

Trotz innerer Widerstände ließ ich mich also breitschlagen. Das La Bohème war mit dem Taxi etwa zehn Minuten vom Buck and Breck entfernt. Diesmal bezahlte Sascha, der vorne saß. Der Laden war entsetzlich langweilig, und wir waren weitgehend die einzigen Gäste. Nicht einmal Saschas angebliche Freunde waren erschienen.

»Da ist ja der Hund begraben«, beschwerte ich mich.

»Die kommen gleich alle«, meinte Sascha.

Maria und Sonja bestellten Club Mate. Die Erotik wich von Sekunde zu Sekunde. Die Situation drohte mir zu entgleiten. Drum bat ich Sascha aufs Herrenklo, um unter vier Augen mit ihm zu sprechen.

»Wenn es überhaupt noch eine Möglichkeit geben soll, dann müssen wir gemeinsam handeln. Lass uns an der Tankstelle oder irgendwo anders was zu trinken holen und zur Maria fahren. Dann können wir sozusagen einen Vierer machen.«

Der eher unerfahren wirkende Sascha antwortete darauf mit sich überschlagender Fistelstimme. »Okay, ja! Ich bin dein Mann. Ich bin dein Mann.«

Dabei hob er seine rechte Hand in die Höhe. Ich schlug ein.

Das konnte ja heiter werden. Maria klagte zunächst über Müdigkeit, dann aber überredeten wir sie. Wir nahmen uns also ein Taxi, fuhren zur Tankstelle, kauften Unmengen Bier, Wein, Schnaps und Zigaretten und ließen uns schließlich vor der Tür von Marias Behausung absetzen.

Sie wohnte in einem Eckhaus im dritten Stock, die Wohnung war klein, aber gemütlich. An den Wänden hingen Poster von weiß geschminkten Rockmusikanten, die mich an die Band KISS erinnerten. Es waren aber andere Leute. Sonja und ich fackelten nicht lange und legten sofort auf dem Teppich vor Marias Bett los. Auf dem Bett selbst waren Maria und Sascha, die aber nichts machten außer leise zu reden. Ich war ja, wie gesagt, gerade charmant beschäftigt, trotzdem richtete ich immer wieder verstohlen meinen Blick nach oben, um zu schauen, ob sie nun endlich auch zur Tat geschritten waren, wurde aber jedes Mal enttäuscht. Ihr Gesicht sah aus, als hätte sie mit Zahnschmerzen auf eine geschälte Zitrone gebissen. Sein Gesicht hingegen war begeistert. Immer wieder sagte er unfassbare Dinge zu ihr.

»Wahnsinn, du bist so hübsch«, flötete er ihr beispielsweise zu, während Sonja herrliche Dinge mit ihrem schönen Mund in meiner Leistengegend vollbrachte.

»Hmm, du riechst so gut!«, sagte er, während ich fröhlich von hinten in Sonja eindrang.

»Keine Angst, ich fass dich nicht an«, sagte er, während Sonja lustvoll auf mir saß.

So ging das einige Zeit, und der Typ kam einfach nicht in die Pötte. Irgendwann, während wir gerade voll bei der Sache und kurz vor dem Höhepunkt waren, krabbelte der Idiot zu uns her und tippte mir nervig auf die Schulter.

»Ich hab meine auch gleich soweit!«, sagte er begeistert.

Ich verdrehte die Augen, Sonja auch.

»Störts euch, wenn ich ein bisschen mitfilm?«

Das war jetzt ja wohl nicht sein Ernst! Er wollte uns beim Sex filmen! So eine Unverschämtheit!!! Mir fiel im wahrsten Sinne des Wortes alles zusammen. So kurz vorm Ziel! Mir reichte es jetzt.

»Ich glaub, es ist an der Zeit heimzufahren«, sagte ich.

»Ich fahr auch heim«, sagte Sonja. »Mein Freund wundert sich sicher schon, wo ich bleib.«

»Du hast an Freund?«, fragte ich erstaunt.

»Ja, aber mit dem bin ich schon fünf Jahre zusammen. Da läuft seit Ewigkeiten nix mehr.«

Ich bedauerte den Freund.

Sascha blieb noch da, wir sagten auf Wiedersehen, und Sonja kam mit mir hinunter auf die Straße. Wir hielten zwei Taxis an, küssten uns unverbindlich auf die Wangen und fuhren in unterschiedliche Richtungen davon.

Ich ließ mich direkt zu meiner Herberge kutschieren, legte mich auf mein Bett und schlief sofort ein.

Im Traum erschienen mir dralle junge Bedienungen mit schönen, roten, vollen Lippen und hübschen Brüsten. Sie servierten mir Bier und komischerweise Bobtails statt der von mir gewünschten Cocktails, wobei mir da schon eher Cocker-Spaniel genehm gewesen wären, aber das tut nichts zur Sache, und viele Leute prosteten mir zu. Dazu spielte Musik. An einer Bar sah ich den Barmann Holger, er winkte mir lachend zu. Etwas weiter hinten saß Mischa von der Capellen. Auch einige Mädchen waren in der Menge, ich konnte aber ihre Gesichter nicht richtig erkennen. Dann lag ich auf einmal auf einer Bahre in einem Operationssaal. Ich stand unter Narkose und bekam alles nur schemenhaft mit. Ein Arzt im grünen Kittel, mit grünen Gummihandschuhen und grünem Mundschutz beugte sich über mich und begann an meinem Hals herumzudoktern, im wahrsten Sinne des Wortes. »Wir müssen ihm noch zwei kleine Löcher beibringen«, sagte er leise und begann auch gleich mit einem spitzen, nagelähnlichen Gegenstand in meinen Hals hineinzustechen. Ich wollte schreien, aber es kam kein Laut heraus. Stattdessen kam von der dem Arzt gegenüberliegenden Seite der Bahre eine höchst attraktive Schwester ins Bild. Auch sie trug grüne Gummihandschuhe und einen grünen Kittel, allerdings keinen Mundschutz. Sie sah mich mit kessem Augenaufschlag an und sagte durch den Nebel meiner Wahrnehmung: »Der Herr Doktor macht jetzt zweimal pieks, und dann haben wirs schon. Sie sind doch tapfer, oder?« Wieder wollte ich etwas sagen, brachte aber nicht mal ein Krächzen zustande. Die Schwester fasste nun mit Zeige- und Mittelfinger der rechten Hand in meinen Mund und schob diese sanft hin und her. Ich roch den Gummihandschuh und sah ihr scharfes Lächeln. Sie trug rosa Lippgloss. Während sie ihre Finger jetzt etwas schneller bewegte, aber ohne den Rhythmus zu verlieren, stöhnte sie lustvoll auf. Als ich erwachte, war ich sexuell ziemlich aufgeladen.

Zu blöd zum Blinken

Ich schlief nicht allzu lange, schon so gegen 8:00 Uhr stand ich auf, duschte mich, versuchte vergeblich, die amerikanische Geräuschkulisse abzudrehen, was mir nicht gelang, weil ich hierzu keinen strafrechtlich-unbedenklichen Schalter fand, putzte mir gründlich die Zähne und zog frische Wäsche an. Es war Zeit, endlich wieder etwas für meine Mission zu tun. Ich wollte, bevor ich das Interview für die Zitty gab, unbedingt noch ein paar Dinge recherchieren.

Ich schaltete mein Handy an. Es zeigte zwei Anrufe in Abwesenheit. Einer vom Zirngiebl Thomas und der andere von einer unbekannten deutschen Telefonnummer. Als Erstes rief ich beim Koch Tinerl an, aber ihr Handy war nach wie vor ausgeschaltet. Sie hatte allerdings ihre Ansage geändert: »Hallo, richtige Nummer, falscher Zeitpunkt. Bitte versucht es später noch mal.« Sie verleugnete ihren Heimatdialekt und ihre Herkunft! Ich war fassungslos und brauchte erst einmal eine Minute, um mich zu beruhigen.

Dann wählte ich die Nummer vom Zirngiebl Thomas.

»Toni, habe die Ehre«, begrüßte mich mein lieber Freund.

»Seass. Und, basst ois?«

»Na. Kompletter *Fale.*«

»Was neis vom Tinerl?«

»Nix.«

»Scheiße. Und sunscht?«

»Großstadt hoit. Ein totaler Wahnsinn.«

»Des glaub i, da hast dei Freid, ha? Du, gestern hab i an Traubeckbauern auf der Strass truffa, er hat gfragt, wost du bist, weil er di scho a boo Dog nimmer gseng hat.«

»Und was hast eam gsagt?«

»Keine Ahnung, wo der Toni isch. Vielleicht beim Wandern. Hahaha!«

»Hahaha!«

»Dann habe ich ihm noch gesagt, dass es mir nun eingefallen sei, der Toni recherchiere nämlich momentan im Landesarchiv Tirol über die üblen Machenschaften eines noch lebenden Bewohners unseres Dorfes in den letzten Kriegstagen 1945.«

»Hoho, und, wie hat er reagiert?«

»Er ist kreidebleich angelaufen und hat sich hastig verabschiedet.«

Der Zirngiebl Thomas war einfach einer der Besten! Ich stellte mir schon vor, wie der Traubeckbauer herumspringt und es ihn wahnsinnig macht, weil er nicht weiß, wo ich bin. Und die Gerüchte über die sonderbaren Manipulationen seines Vaters während des Kriegsendes waren seit jeher ein wunder Punkt beim Traubeck.

»Und bei dir, Toni?«

»Gestan an perversen Rausch ghabt.«

»Wiavui Hoibe hastn backt?«

»Woass i nimma, auf jen Foi wars krawutisch.«

»Krawutisch is oiwei guad.«

»Da sagst was gscheids! Du, wennst an Schorsch sigst, sag eam, des Buach is spitze!«

»Wasn für a Buach?«

»Emil und die Detektive.«

»Is des ned a Kinderbuach?«

»Scho.«

»Guad, richt i eam aus. Sonst no was?«

»Naa, nix.«

»Dade song: Bleima in Verbindung!«

»Guad, da mach i weida.«

»Seass.«

»Pfirte!«

Die Sache mit den beiden Frauen behielt ich erstmal für mich. Immerhin war ich ja wegen dem Koch Tinerl da, und da durfte ich kein Risiko eingehen. Wenn die auf Umwegen erfahren würde, dass ich hier mit irgendwelchen Mädchen rumschiebe, wäre sie wahrscheinlich noch wütender auf mich. Und würde mir nie im Leben glauben, dass sich mein Herz nach ihr schier zerreißt.

Nach dem Telefonat war ich erstmal beruhigt. Daheim war also nichts Außergewöhnliches geschehen. Dann rief ich die unbekannte Nummer an. Am anderen Ende meldete sich Mischa von der Capellen.

»Hallo Mischa!«, sagte ich erfreut.

»Grüß dich!«

»Ich hatte einen Anruf in Abwesenheit.«

»Ja, wollt mich nur erkundigen, obs bei zwölfe bleibt. Nur, falls es gestern noch spät geworden sein sollte …«

»Haha, nein, mir gehts gut, und wir können es bei zwölf lassen!«

»Prächtig, mein Lieber, prächtig!«

In diesem Moment kamen ein Mann und eine Frau mit Rucksäcken in das Hostel-Zimmer. Ich nickte ihnen zu und verabschiedete mich von Mischa. Dann steckte ich mein Handy ein und stand auf.

»Good bye«, rief ich den Neuankömmlingen beim Rausgehen zu.

»Good bye«, riefen sie mir hinterher.

Ich fragte die Blondine, deren Garderobe anscheinend nur aus zu langen Röcken bestand, an der Rezeption nach einem Fotokopiergeschäft. Sie kannte eines in der Nähe.

Es stand sogar ein Leihfahrrad vor meiner Schlafstätte. Ich nutzte die Gunst der Stunde und radelte zu dem Kopierladen. Dort ließ ich fünfzig beidseitig bedruckte Aufkleber mit der Aufschrift »Zu blöd zum Blinken« anfertigen. Schon den ersten Autofahrer, der ohne Signal abbog, verfolgte ich bis zur nächsten Ampel und klebte ihm einen meiner Aufkleber auf die Windschutzscheibe.

»Bist du nüsch mehr janz bei TROST?«, regte er sich fürchterlich auf.

»Haha, selber schuld, Depp! Blink halt!«, rief ich schadenfroh.

Da Fahrräder kein Nummernschild haben und der Armleuchter die Leihnummer auf dem Rad in der Eile sicher nicht hatte lesen können, konnte ich unerkannt entkommen. Gut, die Lederhose ist schon etwas auffällig, aber darauf ließ ichs ankommen. Ich würde diese restlichen neunundvierzig Aufkleber sicher in den nächsten Tagen auch noch loswerden.

Doch nun musste ich etwas bezüglich dem Tinerl anstellen. Gefechtsmäßig vorgehen. Wie Emil und die Detektive. Oder der alte Fritz. Wo anfangen? Ich entschied mich, meinen bereits ins Werk gesetzten Plan fortzuführen und alpenländische Stätten aufzusuchen, um dort Erkundigungen einzuholen. Ich stellte also das Rad am Hauptbahnhof ab und ging direkt zur Information. Eine dickliche Frau mit Brille saß neben einem dicklichen Mann mit Brille. Der Mann sprach gerade mit zwei verschmierten Herren in Jogginganzügen, während die Frau regungslos und monoton in ihren Bildschirm hineinstarrte. Ich holte meine etwas verknitterte Fahrkarte hervor, auf der ich die beiden Namen »Moorlake« und »Havelbucht« notiert hatte.

»Grüss GOTT, ich muss heut Nachmittag zur Havelbucht, wie komm ich denn da hin?«, fragte ich.

»Havelbucht? Meinn Se die Havelbucht bei Potsdam?«, fragte die Dicke zurück, ohne dabei ihre Augen vom Bildschirm wegzubewegen.

»Glaub schon.«

»Wo wolln Se denn genau hin?«

»In das Restaurant Moorlake.«

Jetzt schien sie sich doch auf ihre Rolle als Angestellte eines Auskunftsbüros zu besinnen, denn plötzlich schenkte sie mir voll und ganz ihre geschätzte Aufmerksamkeit, indem sie mir nun ihre grüngrauen Augen unter kräftig nachgezogenen Brauen zuwandte. »Sehn Se, müssen doch nur spreschn mit mir. Da fahrn Se am jeschicktesten mim Regionalexpress bis Potsdam Charlottenhof und von dort aus könn Se loofn.«

»Wunderbar, vielen Dank. Und wie komm ich von hier zum Askanischen Platz?«

»Da fahrnse mit der S-Bahn zur Friedrischstraße und steigen in de Ess Zwo Rischtung Blankenfelde um. Die bringt Sie jenau bis zum Anhalter Bahnhof. Von da aus wie vorhin schon: loofn.«

»Super, ganz herzlichen Dank!«

»Dafür nüsch.«

Ich notierte die Auskunft auf der Fahrkarte und ging in Richtung S-Bahn. Vor meinem Moorlaken-Besuch wollte ich zunächst erst mal das Interview mit Mischa machen. Die Möglichkeit, so das Tinerl zu finden, war ja durchaus auch gegeben.

Zitty

Die S-Bahn fuhr in den Bahnhof Friedrichstraße ein. Vor mir stiegen zwei Frauen mit großen Rollkoffern aus. Das heißt, sie stiegen nicht aus, sondern machten lediglich einen kleinen Schritt auf den Bahnsteig und blieben dann direkt vor der Tür stehen, um sich in Ruhe zu orientieren, sodass keiner hinter ihnen durchkonnte.

»Verzeihung, es sind noch andere Menschen in der S-Bahn«, sagte ich zu den Damen, die mich vollkommen verständnislos ansahen. Ich bekam langsam das Gefühl, in Berlin zum allgemeinen Erziehungsberechtigten zu mutieren.

Ein Mann mit einem Stapel Zeitschriften stieg ein. Er hatte eine wirre Frisur und war schlecht rasiert. An seiner Weste war ein in Folie verpackter Ausweis angebracht.

»Schön Tach allerseits«, sagte er ziemlich laut. »Mein Name ist Robert Havelmann, ick bin neunnvörzisch und verkaufe die Obdachlosenzeitung MOTZ. Damit versuche ick, wieder n vernünftijes Leben zu erzielen. Sie könn mir eine abkoofn, aber ooch jewöhnlischen Spenden bin ick nisch abjeneigt. Danke für Ihre Aufmerksamkeit.«

Ich kaufte eine Ausgabe der MOTZ und gab ihm einen

Zehneuroschein. »Da kannst dir ein Bier kaufen!«, schlug ich ihm vor.

»Ick trink keen Alkohol«, sagte Robert Havelmann.

Obdachlose, die keinen Alkohol trinken, hatte ich bislang nicht kennengelernt. Abgesehen davon haben Leute, die nie einen saufen, meistens gehörig einen an der Waffel.

»Na kaufst dir halt was zum Essen.«

»Ditt is durschaus möglisch«, sagte er und lächelte mit zusammengebissenen Zähnen.

Er ging weiter, aber außer mir kaufte ihm keiner eine Zeitschrift ab. Vermutlich gibt es von diesen Verkäufern viele in Berlin, und die Leute reagieren so ähnlich wie bei Rosenverkäufern. Allerdings finde ich, dass man Menschen, die in Not geraten sind, unterstützen muss. Das ist der christliche Urgedanke. Ohne Kompromisse seinen Nächsten lieben. Sofort fiel mir dabei wieder das Koch Tinerl ein, und ich wurde etwas traurig. Ich schlug schnell die MOTZ auf und las einen Artikel über Waschgelegenheiten.

Dann stieg ich um und fuhr mit der S2 zum Anhalter Bahnhof. Über ein Labyrinth aus Treppen und Gängen verließ ich das Bahnhofsgebäude.

An einem der Ausgänge entdeckte ich eine Litfasssäule mit einem Plakat, auf dem stand: »Atmen mit Shanti, dem Vollweisen aus dem Morgenland«. Und darunter die Adresse von irgendeinem Yoga-Zentrum. Was für ein Zufall! Ich freute mich riesig, denn Shanti war ein guter, lieber alter Freund von mir, der mir schon oft geholfen hatte und den ich sehr schätzte. Ich notierte mir auf meiner Fahrkarte die Adresse und die Kurstermine, zwei davon waren schon am morgigen Tag. Da würde er ganz schön schauen, wenn ich plötzlich in seinem Atemkurs auftauchte!

Der Shanti kommt von weit her, aus Indien oder Pakistan, schätz ich. Ich hab ihn aber noch nie gefragt, weil mir das unhöflich schien und weil es letztlich auch egal ist. Jedenfalls ist er sehr schlau, hat einen beeindruckenden spirituellen Zugang und hat mir schon oft schöne Gedanken und Lebensweisheiten verraten. Er handelt mit Geschmeiden, Teppichen, Schmuck und Kleidungsstücken und mit in Silberpapier eingeschlagenen getrockneten Exkrementen von hochangesehen Lamas aus Tibet, veranstaltet zwischendurch Seminare und begreift sich wie ich und alle Leute in meiner Region als ein Geschöpf GOTTES. Wir haben dem Shanti mal einen Spitznamen gegeben, nämlich der »Vollweise aus dem Morgenland«. Weil er eben so weise ist.

Auf meinem Weg in die Zitty-Redaktion begegnete ich sieben gleich angezogenen jungen Kerlen. Sie wirkten leicht angeduselt und trugen sämtlich T-Shirts mit der Aufschrift: *Hajos Abschied von der Freiheit.* Ich warf dem, den ich für Hajo hielt, einen aufmunternden Blick zu. Wahrscheinlich musste er wegen irgendeines Verbrechens hinter Gitter, der arme Kerl.

Ich kam zum Gebäude, in dem die Zitty-Redaktion ihre Räumlichkeiten hat. Mischa stand bereits vor der Tür.

»Pünktlich wie die Eisenbahn«, sagte er. »Wolln wir ne Falafel essen gehn?«

»Gern, obwohl ich nicht weiß, was das ist«, sagte ich.

»Was janz was Feines, wird dir gefallen«, sagte Mischa.

Wir liefen ein paar Minuten und kamen zu einem kleinen, hübschen Lokal namens »Neksted's Imbiss«. Die Betreiber hatten wieder mal einen Apostroph eingefügt, was aber im Deutschen ein grober Unfug ist, weil hier das Genitiv-s ja gleich ans Wort angehängt wird. Aber die Apostroph-Krankheit ist im gesamten deutschsprachigen Gebiet verbreitet, weil die Leute sich gern mit dem angelsächsischen Genitiv wichtigtun. Und grade bei uns im Alpenraum werden Apostrophe äußerst gern verwendet, weil es halt in den Augen mancher Betreiber besonders gemütlich oder ursprünglich ausschaut. Ich aber halt mich, soweit ich kann, lieber an die Grammatik.

Wir gingen rein, und Neksted frittierte uns kleine Bällchen aus Kichererbsenteig, die er dann mit viel buntem Salat und großartiger Sauce in Fladenbrote packte. Dazu tranken wir Joghurt mit Wasser und Salz. Ein sonderbares Getränk, aber sehr erfrischend.

»Was stellst dir jetzt genau vor?«, fragte ich neugierig.

»Ich stell dir n paar Fragen, du antwortest, denn mach ich n Satz Fotos von dir, arbeite das Ganze aus, und übermorgen kommste vorbei und guckst noch mal drüber, ob alles in deinem Sinne is. Guter Plan?«

»Guter Plan«, sagte ich.

Nun zückte Mischa ein Diktiergerät und fing mit seinen Fragen an. »Was hat dich nach Berlin verschlagen?«

»Die Liebe.«

»Können wir das n Ticken genauer haben?«

»Ja, also, meine Jugendliebe, das Tinerl, die is nach Berlin abgehauen, und ich hab keinen Anhaltspunkt, wo ich nach ihr suchen soll.«

»Hat sie besondere Merkmale?«

»Ja, sie ist blond, sehr attraktiv, relativ groß gewachsen, hat makellose, lange Beine, ein bezauberndes Lächeln, spricht alpenländisch und trägt gerne Dirndl.«

»Das is doch mal n Ansatz. Und wenn sie das hier liest, soll sie sich melden, oder?«

»Das wär natürlich sensationell!«

»Bisten Romantiker?«

»Wenns mir zeitlich ausgeht: ja.«

»Du trägst hier ja Trachtenkleidung. Ist das jetzt nur so aus Spaß, oder machst du das immer?«

»Ich trag immer Tracht. Von früh bis spät. Nur zur Nacht häng ich die Lederhose am Haken auf.«

»Kommt das bei den Frauen an?«

»Wie moanst des? Die aufgehängte Lederhose?«, feixte ich.

Mischa ging nicht auf meine kleine Anzüglichkeit ein. »Was gefällt dir am besten an Berlin?«

»Die Leihfahrräder.«

»Und was am wenigsten?«

»Die Fahrweise der Autos.«

»Möchtest du den Lesern noch irgendwas mit auf den Weg geben?«

»Ja. Gehts mal in die Alpen, da kommts auf gute Gedanken!«

»Dankeschön!«

»Gern gscheng!«

Dann machte er mit einem kleinen digitalen Fotoapparat noch ein paar Bilder von mir, und wir verabredeten uns für den übernächsten Tag, damit ich das Interview noch mal überfliegen konnte. Sehr professionelle Arbeit. Das gefiel mir, ich hatte mit Journalisten schon anderes erlebt.

Moorlake

Ich fuhr zurück zum Hauptbahnhof. Mit mir stieg ein glattrasierter, gut gekleideter Mann ein. Wie der MOTZ-Verkäufer hatte auch er einen Stapel Zeitschriften im Arm.

»Wunderschön Tach allerseits. Mein Name ist Peter Krumpe. Ick verkaufe den STRASSENFEGER. Ditt is ne Obdachlosenzeitschrift. Bitte koofn Sie mir eine ab, oder spenden Sie mir wat. Dankeschön.«

Die redeten im Prinzip alle dasselbe. Ich kaufte ihm ein Exemplar ab und zahlte wieder mit einem Zehner. »Kauf dir ein Bier davon«, sagte ich, weil ich dachte, wenn die immer dasselbe reden, mach ich das auch.

»Werd ick machen!«, sagte er.

Na also, geht doch! Ein vernünftiger Obdachloser, der Bier trinkt! Ich blätterte im STRASSENFEGER und las einen Artikel über Mobbing.

Am Hauptbahnhof kaufte ich mir einen Beförderungsberechtigungsnachweis nach Potsdam und zurück, dann fuhr ich mit dem Zug nach Potsdam Charlottenhof und fragte mich zur Havelbucht durch. Es war ein kurzer Fußmarsch, und schon stand ich vor einem durchaus alpenländisch anmutenden Wirtshaus mit Biergarten. Es war eines jener Wirtshäuser, von denen man erwartet, dass sie von Wirten geführt werden, in deren Gürtel Pistolen stecken. Es war ja erst früher Nachmittag, und die Sonne schien, so setzte ich mich in den Außenbereich. Ich hatte Lust auf Weißwein, drum bestellte ich ein Glas Cep du Soleil Sauvignon Chardonnay, dazu einen kleinen Salatteller.

Die sächsisch sprechende Bedienung erklärte mir die Geschichte des Lokals. »Do preußische Könisch Friedrisch Wilhelm do Vürdde ließ im Jahre Achtznhundotvürzsch zu Ehren seino bayrischn Ehefrau Elisabeth aus dem Hause Wittelsbach ein präschtiges Forsthaus im obobayrischn Stil erbauen. Der Baumeister hieß übrigens Ludwisch Persius. Das Gebäude wurde zunäschst als Sommoresidenz genutzt, ab und zu fanden ooch festlische Empfänge statt. Ende des neunzehnten Jahrhundots wurde das Könischshaus als Gaststädde vopachtet. N Festsaal wurde angebaut. Hio vokehrdn abbo nach wie vor nur Adlische, bis man sisch endlisch entschloss, das Restaurant ooch für Normalsterblische zu öffnen. Drum könn Sie heude hio sein, jungo Mann!«

Das wär doch was für das Tinerl, dachte ich mir. »Ich hätte eine Frage. Ich suche eine Freundin, die aus den Bergen kommt. Vermutlich trägt sie ein Dirndl oder etwas Ähnliches. Sie ist sehr hübsch und heißt Tinerl. Also mit eigentlichem Namen Bettina Koch. Kennen Sie sie zufällig?«

»Nee, da muss sch passn, jungo Mann.«

»Schad!«

An meiner Enttäuschung merkte ich, dass ich mir doch ziemlich viel Hoffnung gemacht hatte, endlich einen Hinweis auf das Tinerl zu bekommen. Ich schaltete mein Handy an. Keine Anrufe. Tja. Ich trank meinen Wein aus, aß den Salat auf und marschierte zurück zum Bahnhof.

Heim und Welt

Ein Mann mit einem Stapel Zeitungen ging durch den Zug. Er blieb stehen und sagte: »Halli Hallo. Mein Name ist Georch Kleiner. Ick verkaufe die Berliner Morgenpost. Damit verdiene ick mir, salopp jesacht, meine Brötchen. Ick hätte die morgige Ausgabe dabei. Früsch ausse Druckpresse. Könnse koofn. Könns aber ooch lassen. Ditt is Ihre Entscheidung.«

Ich kaufte ihm eine ab und bezahlte mit einem Zweieurostück. Er war ja nicht obdachlos, drum dachte ich, ein Euro Trinkgeld reicht aus. Ich lehnte mich zurück und las einen Artikel über den Berliner Sänger Peter Fox.

Wieder in Berlin angekommen, kaufte ich mir am Hauptbahnhof die aktuelle Ausgabe der Zitty. In Sachen Tinerl würde ich heute vermutlich eh nix mehr rausbekommen, darum wollte ich einfach irgendwas unternehmen, Kino oder so. Ich blätterte die Zitty durch und fand den aktuellen Tag. Da war eine Empfehlung für eine Lesebühne mit dem Namen »Reformbühne Heim und Welt«. Das gefiel mir gut. Die Veranstaltung war im Kaffee Burger in der Torstraße. Ich erkundigte mich an der Information, wo inzwischen andere Bahnmitarbeiter saßen, nach dem Weg und nahm mir wie immer ein Leihfahrrad.

Nach zwei Auseinandersetzungen mit mordlustigen Nichtblinkern samt Beflyern ihrer Fahrzeuge kam ich im Kaffee Burger an und ging rein. Es war inzwischen 19:00 Uhr, also eine Stunde vor Beginn der Show.

Drin empfing mich eine wirklich gemütliche, fast private Atmosphäre.

Das Publikum bestand aus erfrischenden Leuten verschiedener Altersstufen. Dazu gab es sehr nettes Personal, bestehend aus einem zwar finster dreinblickenden, doch, wie sich später herausstellte, sehr frohgemuten jungen Mann mit gepflegtem und geschmackvoll geschorenem Vollbart, einer putzigen jungen Frau mit stolzen Brüsten und einem Frechdachs mit Mütze und einem lausbubenhaften Grinsen, das durch den einen etwas vorstehenden Schneidezahn noch unterstrichen wurde. Wie ich am selben Abend erfuhr, studierte er Latein auf Lehramt. Ich bestellte mir ein Bier in der Bügelflasche, was süffig war und gut hineinlief.

Langsam füllte sich das Lokal, und zuletzt waren ca. fünfzig Zuschauer da. Dann ging das Licht aus, und die Show begann. Durch den Abend führte ein pfiffiger Ostberliner namens Ahne, der sehr lustige Texte vortrug, unter anderem ein Zwiegespräch zwischen ihm und dem lieben GOTT. Ich hatte große Freude. Danach betrat ein sagenhafter Komiker namens FIL die Bühne, der Gitarre spielte, grandios die Toten Hosen parodierte und schließlich einen Dialog mit seiner Hai-Handpuppe »Sharky« führte. Ich war völlig aus dem Häuschen, so eine coole Show hatte ich noch nie gesehen. Und das für ein paar Euro Eintrittsgeld, das war wirklich der gröbere Oberhammer. Man ließ sich gern hineinziehen in eine Welt voller sonderbarer Scherze, großartigen Texten, durchgeknallten Songs und Literatur. Er erinnerte mich, nebenbei bemerkt, an einen schwäbischen Kunstpfeifer, der vor Jahren beim Schlemmerwirt unter dem obskuren Namen »Arri Zankl, der Geruchlose« aufgetreten war und glaube ich ursprünglich aus der Gegend um Donaustauf stammte.

Zwischendurch allerdings sah man nicht viel von den auftretenden Künstlern, weil ständig irgendwelche Zuschauer ihre Mobilfunkgeräte in die Höhe hielten, um einzelne Passagen mitzufilmen. Der Eintritt war zwar wirklich günstig, aber ich wollte für mein Geld doch schon gerne die Veranstaltung sehen.

Ich tippte einer jungen Dame, die besonders eifrig mitfilmte, auf die Schulter. »Entschuldige«, flüsterte ich.

»Ja?«, fragte sie überraschend freundlich. Ich hatte eher mit Abwehrhaltung gerechnet, aber sie kannte ja mein Anliegen noch nicht.

»Könntest du dich für deine Filmaufnahmen an den Rand stellen, weil ich sonst nicht die Show seh, sondern nur deine Hand und dein Telefon.«

»Oh, ja, sehr gerne.« Ohne Murren stellte sie sich einfach an den Rand. Das klappte ja wunderbar.

Ich ging zu einem jungen Mann, der ebenfalls filmte und sagte das Gleiche zu ihm.

»Nee, dann wird die Aufnahme nicht mittig.«

Schade. Ein Versuch war es wert. Aber im Prinzip fragte ich mich, warum die Leute sich nicht anschauen, was auf der Bühne passiert, sondern lieber mitfilmen. Schauten die sich das lieber daheim als live an?

Dann kam der nächste Künstler dran. Er war Tscheche, wohnte in München, und sein Name war Jaromir Konecny. Irgendwo hatte ich den Namen schon einmal gehört… Da fiel es mir ein: Zu der abenteuerlichen Zeit, als das Zacherl, das heilige Wahrzeichen unseres Ortes, abhandengekommen war, hatte ich mit einem betagten Seminarteilnehmer über ihn gesprochen und mir im Anschluss auch einige seiner Bücher besorgt. Ich war hocherfreut, ihn nun einmal persönlich zu erleben. Konecny stellte sich auf die Bühne und begann mit tschechischem Akzent und leicht heiserer Stimme zu lesen:

Wie die Materie den Geist besiegte. Wegen meiner Nikotinsucht habe ich eine brutal busige polnische Geistheilerin besucht, die unentwegt mit einem kleinen Holzengel hantierte, der wie ein Dildo aussah. Nach der Behandlung rauchte ich Kette. So lud mich Frau Schrammel, eine Patientin der Polin und ansonsten eine Siddha-Yoga-Jüngerin, zu einer Gruppenmeditation in ihre Villa am Starnberger See ein. Bei dieser Meditation würde Frau Schrammels Guru den Sieg des Geistes über die Materie demonstrieren. Jeder Teilnehmer sollte zum Abendessen der Yoga-Party etwas mitbringen. Tschechisches Bier hab ich in München leider nicht auftreiben können, tschechisches Gulasch aber würde die Yogis bei ihrem mentalen Flug sicher beflügeln. Mit Zwiebel und Knoblauch hatte ich auf jeden Fall nicht gespart. Ein Gulasch wie ein Gedicht. Ich verputzte zwei fette Portionen, packte den Gulaschtopf und fuhr nach Starnberg.

Diese Geschichte kannte ich! Ich hatte ein Büchlein mit Kurzgeschichten von ebendiesem Konecny, und gerade diese Story mochte ich besonders. Während seiner Darbietung rollte er mit den Augen und gestikulierte mit den Händen wie ein amerikanischer Rap-Musikant beim Sprechsingen. Es machte mir ein großes Vergnügen, ihm zuzuhören und -schauen. Selbst seine dramaturgischen Pausen waren von erlesener Köstlichkeit.

Doch gleich in der Küche von Frau Schrammel erlebte ich einen Kulturschock: Nudeln über Nudeln! Eine Nudelorgie der gröbsten Sorte! Nudelsalat neben Nudelsalat! Verdammt! Wollten sich die Yogis heute zunudeln? Was aber das Schlimmste war: Kein verdammtes Stück Fleisch klebte an den Nudeln! Kein Speck! Kein winziger Hackfleischbrösel! Keine Spaghetti Bolognese! Nur Erbsen und Broccoli und anderes ekliges Gemüse! Ja, sag mal! Haben die alle Magenkrebs, oder was?

Die Gastgeberin guckte in meinen Gulaschtopf. Die Knoblauchfahne trieb ihr Tränen in die Augen. »Fleisch?«, fragte sie.

Was sonst, verdammt? Wohl nicht Tofu!

»Wir sind alle Vegetarier!«, sagte sie.

»Da ist auch Knoblauch drin!«, sagte ich. »Und zwei Kilo Zwiebeln!« Angewidert stellte sie den Topf auf ein kleines Tischchen in der Ecke, damit das Gulasch die schwulen Nudeln auf dem großen Küchentisch nicht ansteckte. Die restlichen Yogis beglotzten mich, als hätte ich sie vergiften wollen.

»Fleisch behindert den Energiefluss zwischen den Chakren!«, sagte ein Mann, der wie eine lebende Leiche aussah.

»Chakren?«, fragte ich.

»Chakren sind multidimensionale Energiewirbel inner-

halb multidimensionaler, hochenergetischer Energiekörper des Menschen aus reinen Licht-Geometrien«, sagte eine Magersüchtige.

»Alles klar!«, sagte ich. Zum Glück schlug der indische Guru unten im Meditationskeller den Gong. Doch ans Glück hätte ich gar nicht denken sollen. Als ich die Treppe hinunterlatschte, verspürte ich im Bauch eine kleine Blähung, die schnell größer wurde. Nanu? Fingen die Gulaschzwiebeln und der Knoblauch bereits zu gären an?

Unten warteten auf ihren Meditationskissen an die dreißig Leute. Mann, oh, Mann! Warum bloß habe ich mich mit dieser Zwiebel- und Knoblauchbombe zugeknallt? Der Schneidersitz drückte meinen Darm zusammen, aus allerletzter Kraft konnte ich die Gase zurückdrängen, tief in meinen Bauch, wo sie sich in einer Darmblase zu konzentrieren anfingen. Jesses! Wozu ein Meditationskissen? Ich hatte Gas genug, um mich ein paar Stunden lang einige Zentimeter über den Boden frei schwebend zu halten. Levitation, was, ihr Yogis!

Der dicke Guru tönte den Om-Laut an. Wir machten mit: »Ommmmm!« Vor lauter Freude, dass die Körperschleusen endlich geöffnet wurden – so oben wie unten! – begann mein Darm zu schlingern und sich zu schlängeln und zu wellen und zu wenden und trieb die Darmblase, die bereits zu einem kleinen Zeppelin angeschwollen war, im Sauseschritt zum Ausgang. Ich klappte den Mund zu und schickte einen resoluten Befehl an den Schließmuskel. Das Burgtor verteidigen! Nicht nachgeben! Damit keine Feinde entweichen! Zu spät! Die Gasblase riss den Schließmuskel auf wie ein Orkan, und in das herzergreifende »Om« der Yogi-Jünger donnerte mein »Bummmmm« herein und fegte das »Om« davon. Die ganze Yogi-Sippe hörte auf, das Mantra zu singen. Und ich noch zweimal: »Bummmmm, Bumm!« Aller guten Dinge sind drei!

Mit Schreck in den Augen starrten mich die Chakristen an, nur der indische Guru lächelte kurz und sagte: »Bumm auch schön Mantra!« Leider konnte er mir den Sieg des Geistes über die Materie nicht mehr demonstrieren. Ich spürte, wie sich in meinem Bauch ein neues Mantra formte. »Entschuldigung!«, rief ich, sprang auf und ließ mich aus dem Haus des Geistes hinausdüsen. Die Sonne schien. Die Erde nahezu expressionistisch bunt hingemalt. Heute hatte sich die Materie in Schale geworfen. Dankeschön!

Die köstliche Geschichte war zu Ende. Der war schon wirklich ein begnadeter Vortragskünstler, dieser Jaromir Konecny. Die Show war echt sehr unterhaltsam, und das Bier in den Bügelflaschen schmeckte. Die Vorführung ging bis kurz vor 23:00 Uhr, und ich scheiterte am Versuch, neun etwa zwanzigjährige Besucherinnen auf einmal abzuschleppen. Dafür trank ich noch etwas mit den Künstlern und hatte eine Menge Spaß.

Irgendwann kam der nette Gastgeber Ahne und erinnerte uns daran, dass das Lokal bald schließen würde.

»Da ist heut noch so ne Ü-30-Party!«, schlug Jaromir vor.

»Du bist doch aber schon weit über fünfzig!«, sagte Ahne lachend.

»Ja, damit bin ich doch über dreißig und darf hin!«, sagte Jaromir.

Ich fragte nach, wovon sie redeten, und ließ mich aufklären, dass es in Berlin Partys für Leute über dreißig gab, auf denen Musik gespielt wurde, die modern gewesen war, als die heute über Dreißigjährigen noch unter zwanzig waren. Das erinnerte mich an Tanzlokale in unserer Gegend, wo ältere Leute hingingen und Schlager aus ihrer Jugend anhörten. Die waren aber über siebzig, da konnte ich das noch irgendwie nachvollziehen.

»Oder wir fahren nach Moabit, da ist heute eine Bad-Taste-Party«, ließ Jaromir nicht locker.

»Nee, komm, ditt is doch völlige Kinderkacke!«

Ich fragte erneut nach, und man berichtete mir, dass es seit einiger Zeit Feten gab, zu denen man sich möglichst unpassend und hässlich kleiden musste, um eingelassen zu werden. Wer gut angezogen war, musste den dreifachen Eintrittspreis bezahlen. Dass die Leute in der Stadt einen Schlag haben, war mir ja klar, aber dass sie sich so einen totalen Schmarrn ausdachten, war mir bis zu diesem Moment noch nicht klar gewesen.

»Lasst uns doch noch ins Peng Lily Peng gehen!«, schlug einer vor.

»Gern!«, sagte ich. »Was ist denn das Peng Lily Peng?«

»Das Peng Lily Peng«, sagte Ahne, »ist ein großartijes Berliner Weinlokal, was sogar ick aufsuche, alldieweil ick jewöhnlisch Schultheiß trinke. Im Volksmund sagen wir kurz *Peng*. Ditt Peng is neben dem Kaffee Burger quasi ne Art Wohnzimmer für Künstler. Beides sind in mein Augen jesechnete Orte.«

In diesem Moment fiel mir der von Gunter Sachs und James Graser betriebene »Altplayboystammtisch« ein, eine Institution, die man unbedingt wieder einführen sollte. Sowohl Altplayboys wie Altplayboystammtische. Ich versuchte so zu schauen wie James Graser und überlegte, ob es in Berlin auch Gaststätten mit Namen wie »Hupsi-Hapsi«, »Harems special«, »Tölle-Wahn«, »Schlabbi-Babbi«, »Handy-Dandy«, »Iphone-Sucht«, »Tuntig«, »Blöde-Sau on demand«, »Camelia light«, »Oxi-Moxi«, »Brunzdumm«, »Herber Tand«, »Raudi-Maudi«, »Schnittlauch Beben«, »Barale«, »Hirsch-Kirsch«, »Achsel-Zucken«, »Brombeer-Macht«, »Kalbshirn«, »Finger-Abonnement«, »Hirntumor« oder gar »Stavros unterm Tresen« gebe. Vielleicht gab es sogar das »Becken-Boden« oder gar das »In-der-Not-schmeckt-die-Wurst-auch-ohne-Brot«? Angesagte Läden, in denen garantiert immer etwas los ist.

»Da schaut der HERRGOTT schon drauf«, sagte ich, »dass ein gesegneter Ort auch weitgehend beschützt wird. Lediglich gegen korrupte Politiker und Immobilienmakler ist selbst der HERRGOTT machtlos, denen schenkt er es halt dann später ein, wenn ihre Zeit gekommen ist.«

Wir gingen also ins »Peng«. Wirklich ein schnuckliger Laden im Untergeschoss eines Altbaus, mit gutem Wein und einem sehr reizenden Inhaber namens Markus.

Wir waren insgesamt sieben Leute: neben mir der Bühnen-Gastgeber Ahne, zwei sehr nette Künstler namens Frank und Wehwalt, außerdem ein listig-frech feixender rothaariger junger Mann um die dreißig, der aussah wir Moritz von Max und Moritz sowie ein sympathisch wirkender, kräftiger Mann mit fröhlich-kindlichem Lächeln, neben sich eine ebenso fröhliche blonde Frau.

Wir bestellten ein paar Flaschen Wein, dazu Mineralwasser ohne Sprudel, das ist wichtig, weil dadurch die Geschmacksnerven immer wieder neutralisiert werden. Außerdem ist es gut, neben einem Wein, der viel Säure enthält, ein basisches Beigetränk zu sich zu nehmen. Und: Es ist gut gegen den Durscht.

»Trink mer auf das Wohl des HERRN und auf an wunderschönen Abend!«, rief ich aus, starrte dabei mit halbgeöffneten Augen in die Ferne, ließ meinen Mund nach dem Gesagten etwas offen, als ob ich Luft holen würde, atmete aber nicht, sondern verharrte scheinbar geistesabwesend vier oder fünf Sekunden in dieser Haltung, benahm mich dann so, als ob ich mich gerade in diesem Moment wieder fangen würde, und nickte mit einer gespielten Erleichterung den Herrschaften zu. Ich habe mal beobachtet, dass solches Verhalten den Worten zusätzlich Nachdruck verleiht. Dann stießen wir an und tranken. Der Wein war für meinen Geschmack etwas zu süß, hatte aber einen beeindruckenden Abgang.

Ahne erzählte mir, dass die Reformbühne die älteste Lesebühne der Welt sei. Dann sangen sie alle gemeinsam ein Lied namens »Rauch Haus Song«. Ich kannte den Text nicht, bewegte aber meine Lippen so, als ob ich mitsingen würde. Keiner spannte etwas.

Ein wenig später standen Wehwalt und Frank auf.

»Gehts ihr schon heim?«, fragte ich.

»Wenns genehm ist, ja. Falls du noch was unternehmen willst, kann ich dir das Treibhaus empfehlen«, sagte Wehwalt.

Alle lachten. Wie ich mir später erklären ließ: Das Treibhaus ist eine Schwulensauna mit einem sogenannten Darkroom. Das hab ich übrigens bis auf die höchsten Gipfel unserer Berge noch nie verstanden, wieso Leute in einen

Darkroom gehen, von dem mir schon der eine oder andere meiner Kursteilnehmer erzählt hatte. Da sieht man nicht, wer um einen herum ist, und am Ende fummelt man mit einem Rentner oder mit irgendwelchen Unsympathen!

»Anjenehm!«, sagten Wehwalt und Frank im Chor, bevor sie rausgingen.

Wir anderen tranken zum Abschluss noch einen köstlichen Artischockenschnaps.

Artischocken mochte ich von Haus aus, am liebsten gekocht und dann mit zerlassener Butter mit Zitrone und etwas Salz – ein Gedicht! Außerdem wusste ich von meiner Mutter, dass Artischocken die Galle stärken und dafür sorgen, dass sich kein Cholesterin in der Leber bilden kann. Ein wunderbares Gewächs, das ein italienischer Gemüsehändler manchmal an seinem Mittwochs-Stand unter unserem Zacherl verkauft!

Ich verabschiedete mich einige Zeit später von der wirklich netten Runde und fuhr mit dem Taxi heim. Die Fahrt dauerte nur wenige Minuten und ich musste nur 5,- € bezahlen. Das ist schon eine feine Stadt, dieses Berlin, wirklich wahr!

Schrippenbrösel

Ein neuer Tag, und noch immer gab es keine Spur vom Tinerl. Ich fuhr mit dem Fahrrad zum Bärenzwinger, weil mir die Hostelempfangsdame gesagt hatte, das sei sehenswert. Das stimmte, dort waren echte Bären, die unter offenbar optimalen Bedingungen gehalten wurden. Wenn man mich mit einem Tier vergleichen würde, wäre ich gewiss ein Eisbär, daher fühle ich mich diesen Tieren sehr verbunden.

Ich setzte mich auf eine Bank, die Sonne schien, die Bären lagen gemütlich da, vor mir spielten Kinder mit einem Fußball herum, ein paar Ältere fuhren mit Skateboards, ich war mit mir und meinem Leben im Reinen. Nur das Tinerl fehlte, klar.

Ein paar Meter neben mir hatten ein paar junge Leute einen Tapeziertisch aufgestellt und warben für irgendetwas. Ich entzifferte, dass sich der Verein »Leskos« nannte. Unter dem Namenszug stand die vollständige Bezeichnung: »Lesbische Konservative«, wohl eine Abspaltung aus einer Partei. Ich schaute genauer hin, es waren drei Frauen in Latzhosen und komischen Kurzhaarfrisuren.

Ich stellte mir vor, ob es vielleicht extra Friseursalons für lesbische Frauen gibt, wo dann eine reinkommt und sagt: »Hallo, ihr Lieben!«, und die Friseurmeisterin sagt: »Hallo Bettina!«, die anderen Friseurinnen winken. Eine trägt ein T-Shirt mit der Aufschrift »Ich bin doch keine Friseuse!«, die anderen Netzhemden über Sweatshirts oder klassische lesbische Wanderklamotten. Überall liegen szenetypische Illustrierte herum, und Bettina bekommt die Haare gewaschen. Während der Haarwäsche sagt die Friseurin mit tiefer Stimme: »Stell dir vor, der geplante Ausflug zum Lesbenboxen fällt für mich flach, meine Liebste muss leider das ganze Wochenende auf Montage!«. Dann werden die Haare mit einem Frotteehandtuch frottiert und die Bettina auf einen Friseurstuhl gesetzt. »Wie wolln wers denn heut machen?« – »Ach du, ich hätt glaub ich heut n normalen Lesbo.« – »Ach so, nicht Macho wie sonst?« – »Nee, ich will mal wieder nen traditionellen Lesbenschnitt.« – »Aber schon mit Farbe, oder?« – »Ja, klar!« – »Pink, minze und ocker?« – »Super!« – »Ineinander überlaufend oder straight?« – »Straight, bitte! Und an der Seite irgendwo willkürlich ausrasiert!« – »Gern! Bis gleich!« Solche Gedanken versüßen mir mein Dasein ungemein.

Ich kramte in meiner Tasche nach meinem Mobiltelefon, da fiel mir die vollgekritzelte Fahrkarte von gestern in die Hände. Richtig! Heut Nachmittag war ja einer der Kurse meines Freundes Shanti, dessen Ankündigung ich auf dem Plakat gesehen hatte. Da ich ein ebenso vergesslicher wie wohl organisierter Mensch bin, hatte ich mir den Termin neben den diversen Fahrzielen auf meiner Fahrkarte notiert. Der Kurs begann um 16:00 Uhr. Da musste ich unbedingt hin!

In dem Moment klingelte das Handy.

»Hier Großstadt Berlin, der Toni«, sagte ich.

»Gaststätte Schlemmerwirt, der Mike am Apparat«, sagte der Zirngiebl Mike in den Hörer. »Habe die Ehre, Toni. Stell dir vor, das Tinerl hat ihren Eltern a Kartn gschickt, dass s ihr in Berlin gar ned a so gfoit!«

»Des gibts ja ned!« Ich atmete deutlich hörbar durch aufgeplusterte Lippen aus. Wenn ich ein Comic-Held wäre, hätte ich: »Puh« gesagt, aber das sagt ja keiner. Das Geräusch, was man beim Ausatmen mit aufgeplusterten Lippen macht, hört sich eher so an: »Pää«, wobei das »ä« wie ein »h« artikuliert wird. Genauso wie ich nicht müde werde, den Touristen zu erklären, das Kühe nicht »Muh« sagen, sondern »Mmmm«. Kühe können keine Konsonanten aussprechen. Aber das hatten wir ja schon mal.

»Hastas scho aufgspürt?«, fragte er.

»Naa, leider no immer ned!«, sagte ich. »Aber ich geb ned auf. Wennst wieder was weißt, meldst dich, ja?«

»Machi! Bis bald, Toni!«

»Bis bald, Meickh!«

Da traf mich der Fußball der Kinder am Bein. Ich stand auf, verwarf den Gedanken an eine Watschn oder zumindest eine saftige Strafanzeige nach § 223 StGB und schoss ihn zurück.

»Auf geht's, zeigt es eurem Gegner!«, munterte ich die Bengels auf.

»Ich darf nicht mit fremden Männern sprechen«, sagte einer der Jungs.

Perplex marschierte ich davon. In den Bergen freuen sich die Kinder immer über Spielkameraden.

Ich hatte noch fast vier Stunden bis zu meinem Termin mit dem Shanti. Ich beschloss, die Stadt weiter zu erkunden. Diesmal aber zu Fuß. Ich bekam Appetit auf eine Wurschtsemmel, fand aber keine Metzgerei – dafür einen Supermarkt. Ich ging rein. Hinter der Wurschttheke stand eine sehr feiste Dame mit roten Bäckchen und blütenweißer Schürze vor ihren ansehnlichen Wölbungen.

»Grüß GOTT«, sagte ich.

»Wenick ihn treff«, machte sie den Witz, den neulich schon einer der beiden Nikoläuse gemacht hatte. Der ist anscheinend recht populär, obwohl er ja weder besonders lustig noch originell ist.

»Bei dem Lebenswandel, den ich bei Ihnen vermute, wäre ich da nicht so sicher«, gab ich ihr die gleiche Antwort wie weiland den Nikoläusen. »Belegen Sie auch Semmeln?«

»S gibt hier keene Semmeln. Da müssen Se schon nach Bayern zu den Seppeln fahren.«

So ein unverschämtes Weibsstück! »Wie heißen denn die hellen Backwaren bei euch, Metzgersfrau?«

»Ich bin keene Metzgersfrau, sondern eine Fleischfachverkäuferin.«

Ich überlegte mir, dass sie bei ihrer unfreundlichen Art vermutlich keinen Metzger gefunden hatte, der um ihre Hand anhalten würde. »Ja, is guad, Fleischfrau. Wie heißen jetz also die hellen Backwaren bei euch? Brötchen oder welchen Ausdruck verstehen Sie, Fleischdame?«

»Hier jibbs ooch keene Brötchen. Bei uns heißen die Schrippen.«

»Ah, Schrippen. Wie schön. Und belegen Sie die auch, Schrippenfleischmagd?«

»Nee, Se könn sisch am Brotstand Schrippen koofn, ick schneid die Ihnen ausnahmsweise ooch auf. Aber belegen müssen Se selber. Un bitte hörn Se uff, meine Berufsbezeischnunk zu verhohnepiepeln.«

Ein schönes Wort! Verhohnepiepeln! »Guad, dann geh ich mal zum Brotstand.«

Auf dem Weg durch den Supermarkt überlegte ich, wie hier wohl Semmelbrösel genannt werden. Ich ging also nicht zum Brotstand, sondern zu dem Bereich, wo es Mehl und Zucker gibt. Ich suchte ein wenig und fand schließlich neben Backmischungen und Paniermehl eine Tüte mit Semmelbröseln. Sie hießen interessanterweise »Semmelbrösel«. Aha!

Schnurstracks ging ich zurück zur Fachfleischfrau und fragte, den Geist des großen Karl Valentins in mir spürend: »Bitte entschuldigen Sie, aber wo haben Sie denn hier Schrippenbrösel? Ich möchte nämlich heut Abend Schrippenknödel kochen!«

Eins zu null für mich. Semmelbrösel heißen nun mal überall Semmelbrösel, weil sie halt aus Semmeln gemacht werden, das ist eben eine Tatsache, wie mans auch dreht und wendet. Sie brachte kein Wort mehr heraus und ich ging zufrieden und ohne etwas gekauft zu haben wieder aus dem Supermarkt.

Abgehangen

Ich spazierte etwas in der Gegend rum, kam zu einer hübschen Brücke, die »Jannowitzbrücke« hieß. Nach gut zehn Minuten kam ich zu einem großen Platz, dem Alexanderplatz. Ich kannte den Alexanderplatz aus dem gleichnamigen Roman von Alfred Döblin, aber auch von den beiden Verfilmungen, die eine mit Heinrich George und die andere von dem unappetitlichen Fassbinder, dem die Schnurrbarthaare immer in den Mund reinhingen. Ja ja, selbst bei uns in den Bergen erfährt man so einiges vom großen Kulturgeschehen!

Mitten auf dem Platz war ein hässliches Kunstwerk mit wirren Drähten und Zahlen. Eine Mutter kam mit ihrem Kind vorbei.

»Watt isn ditte?«, fragte das Kind.

»Ditt is ne Weltzeituhr«, antwortete die Mutter und schleifte das Kind weiter. Ich war nicht in der Lage, hier die Uhrzeit abzulesen, aber vielleicht gab es da ja einen Trick. Keine Ahnung.

Ich setzte mich an den Rand einer runden Brunnenanlage, die eine angenehme Ruhe ausstrahlte. Vor mir hatten schon wieder junge Leute einen Tapeziertisch mit Büchern, Postern und Zetteln aufgestellt. Sie hießen diesmal aber nicht Leskos, sondern »Schwusos«, ausgeschrieben: »Schwule Sozialdemokraten«. Ich freute mich schon darauf, beim Schlemmerwirt am Stammtisch von den Verrücktheiten der Großstadt zu berichten.

Von links hinten hupte es plötzlich. Ich erkannte das Geräusch, wendete meinen Kopf und freute mich wie ein Schnitzel: Es war der Junge mit der Hupe! Noch ehe ich ihn ansprechen konnte, war er allerdings wieder weg. Ich hätte mich gern mit ihm unterhalten. Schade.

Um mich herum saßen ebenfalls Leute aller Nationalitäten, Güte- und Verdienstklassen. Ein paar Trinker mit einem Ghettoblaster hörten Schlager und prosteten sich immer wieder zu, dabei unterhielten sie sich relativ laut. Ein älteres Paar genoss den milden Herbsttag. Zwei Afrikaner lachten sich über irgendetwas kaputt. Drei Jugendliche mit Baseballkappen saßen nebeneinander und tippten, ohne sich dabei anzusehen, in ihre Handys. Und an mir vorbei gingen mehrmals junge Herren in Anzügen, die an ihren Ohren feuerzeugähnliche silberne Gebilde befestigt hatten und allesamt Selbstgespräche führten. Vielleicht waren es Rechtsanwälte, in die Jahre gekommene Heiratsschwindler, wahrheitsliebende Politiker, idealistische Hilfs-Zuhälter, entkrachte Studenten, für ihre Heiterkeit bekannte Beamte der bayerischen Justiz oder Jungautoren, und das Ding ein modernes Diktiergerät? Das musste irgendeine Großstadtkrankheit sein, was mit der Psyche.

Direkt neben mir saßen zwei junge Burschen mit Wichtelmützen und Vollbärten. Ich drehte den Kopf etwas zur Seite und musterte sie genau. Leider waren es nicht die beiden Nikolausbärte aus den Bergen, obwohl auch sie diese komischen Windelhosen trugen. Sie verbreiteten mit ernstem Blick düstere Stimmung, tranken Kaffee aus Pappbechern, auf denen KAFFEE TOGO stand. Ich überlegte, ob ich sie fragen solle, ob es dort, wo sie den KAFFEE TOGO gekauft hatten, auch KAFFEE ANGOLA oder SENEGAL geben würde, entschied mich aber dagegen, weil sie nicht so aussahen, als ob sie einen ausgeprägten Sinn für Humor hätten.

Weil mir langweilig war, tat ich so, als ob ich über irgendetwas nachdenken würde. In Wirklichkeit wollte ich jedoch die beiden Wichtelmänner belauschen.

Der eine war ziemlich groß und hatte einen Mund wie Udo Lindenberg. Er sprach, soweit ich das beurteilen kann, schwäbisch, zog die Worte aber beim Sprechen etwas in die Länge, auch so ähnlich wie Udo Lindenberg. Der andere war klein und gedrungen, hatte eine Stupsnase und sprach ganz unverkennbar schwäbisch. Sie führten ein Gespräch über Fleisch.

»In Spanien kannsch viel besores Fleysch kaufa als bei uns in Deutschland«, wusste der Große.

»Moinsch? Warum moinsch isch des aso?«, wollte die Stupsnase wissen.

»Du, weil bei uns die Bestimmunga oifach zum Kotze han. Du musch hio Fleysch unter bestimmde Umständ lagre und kannsch besdimmde Sodde niet aanbieta, weil sich da sofodd do Staaaat eimiescht.«

»Awa! Und was für Sodde han dess?«

»Haja, beschdimmde Worscht-Sodde, dann au extrem feddo Schpeck, densch in Spanien an jeder Ecke kaufe kannsch, und dann vor allem die Laaagerzeide.«

»Wie? Die Lagozeide?«

»Ja, klar, ma darrf in Deutschland Fleysch nur e bestimmte Zeyt lagon.«

»Abbo des isch doch siennvoll, weyl ürgedwenn ischs ja au nimmo haltbar. Des isch doch bei alle frische Saacha so.«

»Bullshiet. Des wollet sie euch nur weissmachar, des stimmt aber itte. In Spanien kannsch teilweise acht Jahr altes Fleisch kaufa, des isch noch immo eynwandfrei.«

»Acht Jahr? Des glaubi itter.«

»Doch! Weil zum Beispiel Riendfleysch wird ersch dann so richtich geil zatt, wenns exträäm lang abghangar isch.«

»Abghangar?«

»Ja, gut abghangnes Fleysch kannsch quasi roh esse, je längo des abghanga isch, desto zaddo ischs.«

»Awa!«

»Ja, klar, gäh doch mal inera spanische Metzgorei, da hänget überall de Schinga rum und de Steaks, die henn teilweis schon e ganz dunkelbraune Farb. Des is richtiech geils Fleysch.«

Vollkommen kaputt, diese Typen.

»Mei Muddo hat früho immo vom Fleyscher e Blutwurscht mitbracht, die henni als Kind gön gessa. Die waar ausse ganz schwatz.«

»Geil. Geil. Blutwursch is eh cool. So richtig schön mit viel Speck drin und dann aufs Brot mit erem Quändle Buddo und Salz und Pfeffo. Isch extrem geil.«

»Haja. Aabo da fällt mer ei: Warsch du it früher emal Vegatarier?«

»Ja, brülls halt gley übern ganzen Platz.«

»Noi, sorry, isch dir des peinlich?«

»Ja, also, Vegetarier sei isch ja wohl mega-out.«

»Awa.«

»Ja, des war emal vor drey, vier Jahre agsagt, genau wie diese Taschen, die mer so ganz loggo an der Hüfte trage hat. Das kannsch heut nimmo bringa.«

»Aha, des war mir it klaar.«

»Wennsch Frage zu Mode, Livestyle oder Zeitgeist hasch, fragsch oifach mich.«

»Subbo.«

»Woisch überhaups, da gips so e neue Epp fürs Smartphone, da kannsch Leut orten.«

»Oddn?«

»Ja, also rausfinde, wo sich wer aufhält.«

»Ach so? Und wie funktioniert des?«

»Musch die Nummo von dem andon Händy wisse und na zeigts dir auf der Kadde an, wo die gewünschte Person isch.«

»Des isch ja subbo-loggo. Wie heißtn die Epp?«

Das interessierte mich jetzt aber auch.

»Spy-Master!«

Ich holte sofort mein Handy raus und öffnete meinen »App-Store«. Bisher hatte ich nur zwei Apps runtergeladen. Zum einen die höchst praktische Regen-Radar-App, die ich besonders gut bei meinen Klettertouren und Seminaren verwenden kann. Zum anderen die Skihütten-App, die mir immer sagt, wo Après-Ski-Partys stattfanden.

Mein Handy fand sofort den »Spy-Master«, und ich lud die App für 1,49 € herunter. Die App war installiert, und auf meinem Display öffnete sich eine Satelliten-Weltkarte.

Mann, das war aufregend! Ich tippte die Nummer vom Tinerl in das dafür vorgesehene Feld ein. Dann drückte ich die Taste »Search«. Eine virtuelle Kamera zoomte auf die Erde zu. Europa. Deutschland. Berlin. Ich war äußerst beeindruckt! Die Kamera zoomte näher. Berlin Mitte! Das Tinerl war möglicherweise ganz in der Nähe, weil der Alexanderplatz ja im Stadtteil »Mitte« liegt. Oder? Der Zoom fuhr noch näher ran. Das konnte es nicht geben! Alexanderplatz!!! Sie war vermutlich nur ein paar Meter von mir entfernt!

Doch dann erschien eine Schrift: Berlin Mitte Alexanderplatz Brunnen. Ich sah mich um. Kein Tinerl weit und breit. So ein Betrug! Der Satellit hatte lediglich MEIN Handy geortet. Ich tippte vorsichtshalber auch die Nummer vom Action Schorsch ein. Wieder zeigte die App meine Position. Vollkommener Schmarrn diese App. Kundenverarschung. Oder wie man vermutlich in Berlin sagte: Kundenverarsche.

»Hol mo uns noch en Coffee to go?«, fragte der Udo-Lindenberg-Mund.

»Gern. Nimmsch du ou mit Zimtgschmack?«

»Um Himmels willen, noi! Zimt isch komplett out. I nähm Ingwer-Orange.«

Ich stand auf, weil ich mich allmählich auf den Weg zum Shanti machen wollte. Am Alexanderplatz fragte ich einen Passanten, wie ich in die Danziger Straße kommen würde, denn dort sollte der Kurs vom Shanti stattfinden. Er erklärte mir den Weg zu einer Straßenbahn, die direkt dorthin führe. Er behielt recht, ich fand die Straßenbahnhaltestelle und fuhr bis zur Haltestelle »Greifswalder Straße / Danziger Straße«. Die Fahrt dauerte zehn Minuten.

Im Haus mit der Nummer 11a befand sich das Yoga-Zentrum, in dem der Shanti seinen Kurs gab. Ich öffnete die Tür des leicht kaputt wirkenden Hauses. Sie war nicht verschlossen. Das Yoga-Zentrum befand sich im Keller. Der Atemkurs vom Shanti begann in einer Stunde und fünf Minuten. Ich war also reichlich früh dran. Aber vielleicht war er ja schon da? Ich klopfte an die Tür, keiner öffnete. Ich drückte die Klinke, und wieder war offen. Ich schlussfolgerte, dass die Kriminalitätsrate in diesem Viertel relativ gering sein musste.

Geburtserlebnis

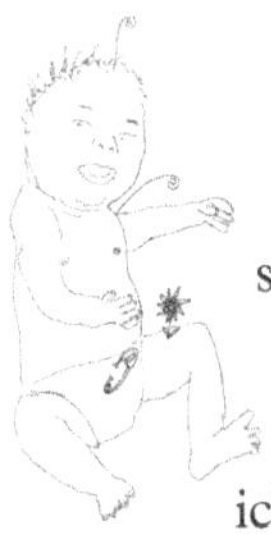

Es roch nach Räucherstäbchen, und alles war beige und weiß. Ich zog vorsichtshalber die Schuhe aus, meine Socken rochen noch nicht, ich hatte ja grad heut Morgen geduscht. An den Wänden hingen ein paar Tücher, außerdem Bilder mit Regenbögen, mit Landschaften, mit vollbärtigen Indern und mit beleibten orientalischen Frauen in langen Gewändern. Im Nebenraum schien gerade ein anderer Kurs stattzufinden. Die Türe war angelehnt und hatte außerdem im Mittelteil ein Fenster, sodass man durchschauen konnte. Einige Leute saßen im Kreis, ein Mann im mittleren Alter saß auf einem Hocker. Er war vermutlich der Seminarleiter, denn er war derjenige, der die meiste Zeit redete. Sein graumeliertes Haar war lang und zu einem Pferdeschwanz zusammengebunden. Auch er trug einen Vollbart, dazu indische, wallende Gewänder. Wie es schien, hatte der Kurs gerade begonnen. Er sah mich und rief: »Wolltest du zum Rebirthing-Schnupperkurs?«

»Nein, ich will zum Atemseminar und bin zu früh. Darf ich hier warten?«

»Ja, klar, du, klar.«

Dann sprach er weiter zu den Seminarteilnehmern. Die Tür blieb angelehnt, sodass ich verstehen konnte, was er sagte. Ich setzte mich auf ein Sitzkissen und sah dem Treiben im Seminarraum durch die Scheibe zu.

»So, wir haben uns ja hier heute versammelt, um durch zirkulares Atmen eine Bewusstseinserweiterung zu erlangen. Lasst euch einfach fallen, und erschreckt auch nicht, wenn ihr anfangt zu hyperventilieren. Düs is ganz normal und für manche auch echt ne spannende Sache. Ich möchte aber zunächst, dass wir uns n bisschen kennenlernen. Deshalb werd ich jetzt mal was machen und bitt euch, das einer nach dem anderen nachzumachen.«

Was für eine umständliche Art, sich auszudrücken. »Das einer nach dem anderen nachzumachen.« Wie hätte ich den Satz gesagt? »Ich bitte euch, mir das einer nach dem anderen nachzumachen.« Vermutlich.

Daraufhin stand er auf, ging langsam zu einem lausbübisch aussehenden, sehr großen und kräftigen Mann, bedeutete ihm, sich aufzurichten, und umarmte ihn liebevoll.

»Hallo, ich bin der Rüdiger, und ich mag dich«, sagte der Seminarleiter. Er verharrte noch einige Sekunden in der Umarmung und hieß den kräftigen Mann dann, ihm nachzueifern. Der suchte sich ein hübsches Mädchen aus, nahm sie bei den Händen, zog sie nach oben, umarmte sie leidenschaftlich und sagte: »Hallo, ich bin der Rüdiger, und ich mag dich.«

Das daraufhin entstehende Gelächter und der sich von Teilnehmer zu Teilnehmer wiederholende Satz »Hallo, ich bin der Rüdiger, und ich mag dich« missfiel allein dem armen Rüdiger, der sich in eine Ecke des Raumes setzte und jammerte: »Ich finds n bisschen schade, dass ihr euch hier n Ulk aus der Kennenlernübung macht.«

Sofort kamen zwei Mittvierzigerinnen auf ihn zugeeilt und spendeten Rüdiger Trost, indem sie ihm durchs Haar strichen und ihre großen, mütterlichen Brüste an ihm rieben. Er genoss das offensichtlich. Dann ging das Seminar weiter. Die Seminarteilnehmer mussten sich in einen Kreis setzen.

»Hat jemand von euch irgendwas auf dem Herzen, irgend ne Sehnsucht, ne Wut, n Verlangen?«, fragte Rüdiger in die Runde.

Ein kleiner Mann um die fünfzig mit Teenagerflaum um den Mund meldete sich. »Ja, ich habe ein Problem mit meiner geschiedenen Frau. Ich bin noch immer wütend auf sie, obwohl wir uns inzwischen geeinigt haben«, sagte der kleine Mann.

»Gut, dann möchte ich mal ne kleine Aufstellung machen. Wie heißt du?«

»Benjamin.«

»Gut, Benjamin, bitte stell dich mal in die Mitte. Jetz brauch ich ne Frau, die deine Exfrau verkörpert. Wer möchte?«

Eine dicke Frau mit feuerroten Bäckchen meldete sich.

»Prima«, sagte Rüdiger. »Wie heißt du?«

Jetzt konnte er die Namen endlich rauskitzeln, der Fuchs!

»Gundi.«

»Gundi, bitte stell dich mal dem Benjamin gegenüber. Sehr gut. Jetzt möchte ich, dass du dich vor ihr verneigst, Benjamin.«

Der viel kleinere Benjamin verbeugte sich nun vor der viel größeren Gundi.

»Wenn Gefühle kommen, lass sie zu, Benjamin«, sagte Rüdiger nun mit sanfter Stimme. »Jetzt richte dich bitte wieder auf. Nun will ich, dass du dich vor deinem Exmann verneigst, Gundi.«

Gundi verbeugte sich jetzt etwas unbeholfen vor Benjamin. Der fing an zu weinen.

»Lass uns wieder Freunde sein!«, sagte er und fiel der Gundi um den Hals. Auch sie weinte jetzt etwas.

»Ganz prima, ganz prima macht ihr das«, sagte Rüdiger. »Ausgezeichnet.«

Die beiden wollten ihre Umarmung lösen, doch Rüdiger rief begeistert dazwischen: »Nee, komm, nehmt euch die Zeit, besser: Spürt n bisschen in euch rein, wies euch damit geht.«

Die beiden blieben noch eine halbe Minute engumschlungen so stehen.

»So, toll. Gundi, bitte setz dich wieder hin. Wie geht's dir jetzt, Benjamin?«

»Total gut, irgendwie auch befreit.«

»Sehr gut. Dann setz dich bitte auch wieder in den Kreis zurück.«

»Ja. Aber ich hätt noch eine Bitte. Ich hab auch ein Problem mit meinem Vater, das quasi seit Jahren unausgesprochen in der Luft liegt.«

»Okay, klar, das können wir gern noch klären«, sagte Rüdiger, leicht ungeduldig, weil das vermutlich nicht zu seinem Konzept passte, dass jemand zweimal etwas möchte. »Was issn des fürn Problem mit deinem Vater?«

»Wir hatten vor fünf Jahren mal eine Auseinandersetzung, und da hab ich ihm eine Kaffeetasse an den Kopf geschmissen. Er hatte eine Platzwunde, und wir haben seither nicht mehr miteinander gesprochen.«

»Dann möchte ich noch mal jemanden bitten, den Platz des Vaters einzunehmen.«

Es meldete sich ein spindeldürrer Mann um die fünfzig mit schneeweißem Haar, das ebenfalls zu einem Pferdeschwanz gebunden war. Es machte mir wirklich viel Spaß zuzusehen.

»Wie heißt du?«

»Sascha.«

»Stellt euch bitte mal gegenüber hin. Und jetzt Benjamin, möchte ich, dass du deinen Vater um Verzeihung bittest.«

Er tat wie geheißen. »Ich möchte, dass du mir vergibst, Papa«, sagte er und musste schon bei dem Wort »vergibst« anfangen zu weinen. Wieder fielen sich beide in die Arme.

»Bitte sag ihm, dass du ihm vergeben hast, Sascha.«

»Ich habe dir verziehen, lieber Sohn«, sagte Sascha mit feuchten Augen.

»Sehr schön. So, jetzt setzt euch bitte wieder in den Kreis zurück. Wir …«

»Ich wollte nur sagen«, unterbrach Benjamin, »dass ich da noch eine Sache mit meinem Bruder …«

»Ganz ehrlich, aber: sorry. Sei mir nich bös«, sagte Rüdiger sichtlich erzürnt. Da war es wieder, dieses *ganz ehrlich*. Was das wohl zu bedeuten hatte? »Aber du kannst das hier nich bis zum Exzess ausreizen.«

Benjamin, obgleich er die zunehmende Gereiztheit des

Rüdiger vermutlich durchaus spürte, sprach dennoch tapfer-verbissen weiter. »Bitte, Rüdiger, bitte, nur kurz, ich wollt unbedingt noch das Traumata wegen der angeheirateten Halb-Cousine meiner Arbeitskollegin klären, und meine Probleme mit der motzigen Stuttgarter Busfahrerin, und dann die Sache mit der frechen Frau im Trödelmarkt, die sich so gemein über meine Schuhe lustig gemacht hat, außerdem der unschöne Vorfall mit der unterkühlten Kiosk-Geschäfts-Inhaberin, und nicht zuletzt der Stress mit der stellvertretenden Geschäftsführerin dieses angesagten Freiburger Szene-Clubs …«

Rüdiger setzte sich, nachdem er den nunmehr deutlich lästig gewordenen Benjamin mittels eines teuflisch fiesen Blickes schnurstracks zum Schweigen gebracht hatte, wieder hin. Darauf schaute er, als sei er kurz davor zu niesen, was von der versammelten Horde wohl als Zeichen einer außergewöhnlichen Erleuchtung aufgefasst wurde.

Ich ließ meinen Blick schweifen. Manche Teilnehmer lagen herum, andere saßen im Schneidersitz da, manche gaben brummende Geräusche von sich. Dann mussten sich die Seminarteilnehmer gegenseitig streicheln, um sich körperlich frei zu fühlen und aus Raum und Zeit zu lösen. Die Hübsche streichelte einen kräftigen Mann namens Jörg und er sie, was seine Gedanken vermutlich in durchaus gewohnte, aber von Rüdiger bestimmt nicht gewünschte Richtungen lenkte. Als er das Mädchen, das übrigens Gaby hieß, schmeichelnd in der Halsregion zu küssen begann, griff Rüdiger ein.

»Nur streicheln bitte!«

Dann schleppte er einen großen Stein in die Mitte des

Raumes, den die Teilnehmer berühren sollten, um sich besser an ihr Geburtserlebnis erinnern zu können.

»Ihr dürft ruhig auch n paar Geräusche dabei machen, wenn euch danach ist.«

»Wie wärs denn, wenn wir bei diesem schönen Wetter raus auf die Wiese gehen und die Übung im Freien machten?«, fragte Jörg, der kräftige Mann.

Rüdiger schüttelte genervt den Kopf und fragte Jörg: »Was macht das hier mit dir?«

Jörg sah Rüdiger verständnislos an.

Rüdiger setzte nach: »Nee, erklär uns bitte, was gerade mit dir passiert.«

Jörg antwortete: »Das schöne Wetter macht mit mir, dass ich gern im Freien wäre, und ich glaube, dass auch andere Lust darauf hätten, rauszugehen und die Übung im Freien zu machen. Das würde, finde ich, auch thematisch gut passen.«

Rüdiger, der rot angelaufen war, sagte mit mühsam unterdrücktem Groll: »Überlass düs bitte mir, ja? Wir gehen nirgends hin, wir bleiben hier im Raum. Okay?«

Das war der erste Teil des Seminars, den ich nachvollziehen konnte. Jeder Stein hat seine eigene Kraft, sei er auch noch so klein. Egal ob Kiesel oder Achttausender, in Steinen wohnt ein geheimes, mächtiges und wunderschönes Energiefeld. Und dass man sich durch das Berühren eines Felsstückes besser an sein Geburtserlebnis erinnern kann, erschien mir mehr als logisch. Auch ich kann mich, wie schon erwähnt, sehr gut an die Szene meiner Geburt erinnern, wie übrigens die meisten meiner Freunde in der Heimat. Allein das Vergessen dieses wichtigen, für jeden

Menschen einschneidenden und gigantischen Vorganges beweist, dass den Menschen in der Stadt all ihr Urwissen schon früh verlorengeht, weil sie sich viel zu viel mit den urbanen Verrücktheiten herumplagen müssen.

Nun kam Rüdiger zur Abschlussübung des Rebirthing-Schnupperkurses. »Zu guter Letzt wollen wir mal die Kraft verschiedener Schreie ausprobieren, angefangen mit dem Urschrei, dann werden wir mit verschiedenen Schreien rumexperimentieren, so zum Beispiel den Schrei, den ne Mutter bei der Geburt ausstößt oder auch der Schrei, den n Mann ausstößt, wenn er beschnitten wird.«

»Kann ich auch den Schrei versuchen, den ein Kind ausstößt, wenn es in den Brunnen fällt?«, fragte Jörg.

»Bütte mach hier einfach mal mit, und stör hier nicht die ganze Zeit, ja?«

Sascha, der mit dem Pferdeschwanz, fing mit einer fürchterlichen und grellen Stimme an zu schreien. Dann begannen alle zu brüllen wie die Gestörten. Wahnsinniger konnte es in keinem Irrenhaus zugehen. Ich schüttelte fassungslos den Kopf. Wenn sich ein einziger Mensch bei uns im Dorf nur zehn Sekunden so aufführen würde, würde man ihn vermutlich sofort im Wildbach ertränken oder den Berg runterschmeißen.

Im Anschluss daran sollten die Leute von ihrem Geburtserlebnis erzählen.

»Es war alles so leicht, so hell«, sagte die dicke Gundi mit zitternder Stimme.

»Ich habe mich beschützt gefühlt«, sagte der Benjamin.

Eine leicht entrückte Frau Mitte fünfzig sagte mit sächsischem Dialekt: »Mh, düs war seor indoressant, alsou schab dutt würgklisch befreiende Gefühle gehabt und s woor örgndwie ni alles sou wie sonst belastnd, sondon eho im Gehngteyl also eho ni belastnd.«

Ein junger Kerl, der mit seiner Mutter angereist war, sagte: »Ja, keine Ahnung halt irgendwie extrem so schreien und so hat mir schon irgendwie getaugt und weil halt du denkst halt passt schon und so und keine Ahnung halt dir vorstellst du hast halt irgendjemand halt vor dir den du halt hasst oder so und du denkst dir halt wenn du schreist äh keine Ahnung äh du Mongo halts Maul du Missgeburt und so.«

Danach verabschiedeten sich die Seminarteilnehmer und gingen an mir vorbei ins Freie. Rüdiger blieb sitzen und ließ sich von einigen reifen Frauen streicheln und trösten, während er sich darin gefiel, mit Feldherrnblick auf die Decken-Lampe zu starren.

Inzwischen waren schon an die zehn weitere Männer und Frauen hereingekommen, die zum Atemkurs wollten. Da öffnete sich die Tür – und vor mir stand er in voller Pracht: mein lieber Freund Shanti!

Und durch die linke wieder heraus

ie immer, wenn wir uns trafen, reagierte Shanti so, als ob wir uns gerade vor drei Minuten das letzte Mal gesehen hätten. Wir umarmten uns, und er sagte mit seinem unnachahmlichen, weichen und kindlichen Gesichtsausdruck: »Was mags du in Berlin?«

»Ach, das ist eine längere Geschichte, die erzähl ich dir später!«

»Moshtes du warten, ich habe jetzt gleish die Kurs.«

»Darf ich an dem Kurs teilnehmen?«

»Es wäre mir nicht nur Ehre, sondern aug Vergnugen!«

So ging ich mit Shanti in einen Raum, der sich neben dem Raum befand, in dem gerade der Rebirthing-Schnupperkurs stattgefunden hatte. In den hätten wir ja auch nicht reingehen können, weil der Rüdiger da war und sich in den kräftigen Armen mütterlicher Esoterikerinnen ausheulte. Auf dem Boden waren Gymnastikmatten ausgelegt, und jeder setzte sich im Schneidersitz auf eine drauf. Der Shanti legte eine CD in ein kleines CD-Abspielgerät, und kurz darauf ertönte meditatives Gedudel.

»Guten Tag«, sagte er. »Wir machen nun gemeinsam eine gleine Ubung sor Entspannung unseres Swerschfells«, leitete der Shanti seine Atemstunde ein. »Das Swerschfell ist unser wischtigster Atemmuskel. Wir atmen gemeinsam und ganz ruhisch und stellen uns das Rauschen eines Waldes vor. Wir atmen ein. Und aus. Und ein. Und aus. Wir spüren, da ist jemand rechts neben uns und jemand links neben uns. Wir denken an eine angenehme Situasion und lauschen dabei der Musik.«

Seine Stimme klang immer, als würde er ein Lied singen. Sehr angenehm. Ich dachte an Wald und an Blumenwiesen und an Sonja und Maria. Und bekam eine leichte Erektion.

»Wenn Sie eine bestimmte Gefuhl haben, das Ihnen wischtig und stark vorkommt, lassen Sie es zu«, sagte Shanti.

Ich beschloss, seinen Rat ausnahmsweise einmal nicht zu befolgen. Wir atmeten einige Zeit auf verschiedene Arten ein und aus, dann sollten wir uns zusammenrollen und in einer Art embryonalen Haltung weiteratmen und dabei darauf Acht geben, was für Gedanken uns kommen würden. Ich dachte nun an meine lieben Eltern und wurde fast ein bisschen sehnsüchtig nach meinen Kindestagen, wo alles so unbeschwert war. Ich schloss die Augen.

Plötzlich war ich wieder acht Jahre alt und mit meinen Eltern beim Schwammerlsuchen, als plötzlich ein schwarzer Alpensalamander unseren Weg kreuzte. Ich war überrascht, weil ich solch ein Tier noch niemals zuvor gesehen hatte. Mein Vater war hocherfreut.

»A Bergmolch!«, rief er. Bis zum heutigen Tag behauptet mein Vater, der korrekte Ausdruck für Alpensalamander sei Bergmolch. Wir lassen ihn in seinem Glauben, aber meine Mutter und ich machen mit der Hand Wischbewegungen vor der Stirn, wenn er solch einen ausgemachten Blödsinn behauptet. Natürlich so, dass er es nicht sehen kann.

»Man sieht Bergmolche eigentlich nur in der Dämmerung, denn sie sind nachtaktiv«, sagte mein Vater gern.

Meine Eltern und ich standen noch ein paar Minuten da, und der Alpensalamander ließ sich von uns anschauen. Es sind sehr schlaue Tiere mit einem tollen Instinkt, daher hat er gleich gemerkt, dass wir ihm keinesfalls Übles wollen. Zuletzt gab er einen kleinen Krächzlaut von sich, scharrte kurz mit den Hinterbeinchen und lief dann ins Gestrüpp.

Ich merkte, dass ich Heimweh bekam, und dachte schnell an etwas anderes. Wie lang würde ich noch hierbleiben? Würde ich das Tinerl überhaupt jemals finden? Ich musste mir eine zeitliche Grenzlinie setzen, weil ich ja nicht ewig in der Metropole bleiben konnte. Der Wildbach Toni muss in den Bergen wohnen, das war ganz klar.

Die Stimme von Shanti erlöste mich von den kniffligen Überlegungen. »Nun moshte ich, dass wir gemeinsam in die Bauchnabelregion hineinatmen. Und wieder aus.«

Man hörte alle Kursteilnehmer gleichzeitig atmen. Das hatte schon etwas sehr Meditatives, wie bei einem Rosenkranz-Gebet.

»Nun atmen wir sosammen in die reschte Knie hinein. Und durch die linke wieder heraus.«

Das fiel mir nicht leicht, ich hatte ja noch nie solche Atemübungen gemacht, und ich glaube, dass man beispielsweise durch die Knie nur dann atmen kann, wenn man bereits ein erfahrener Yogi ist. Da fiel mir die Yoga-Story von Konecny ein, und ich musste kichern. Shanti sah mich freundlich an und erinnerte mich in seiner Offenheit etwas an den mir sehr sympathischen Dalai Lama. Ich war nun wirklich entspannt, was dazu führte, dass ich kurz einnickte.

Ich wachte in dem Moment auf, als der Shanti sagte: »In meiner Heimat gibt es einen Spruch. Er lautet…« Daraufhin machte er einen kurzen Laut, wie einen Huster, anscheinend war das der Spruch, denn er begann den Hustlaut zu übersetzen. »Es bedeutet: Wenn man im Leben auf einer steinigen Brucke geht und sie scheint nisch su enden, es geht weit hinunter in die Tiefe und aug ein Ruckweg ist nisch möglisch, weil man von einer Meute wildgewordener Tiere verfolgt wird, kann es manschmal sein, dass die Brucke plötzlisch eine reparaturbedurftige Stelle hat und man nisch weitergehen kann. Dann muss man sich entscheiden… Auf Wiedersehen.« Er verbeugte sich.

Das Seminar war zu Ende. Ich hatte nicht alles verstanden, fühlte mich aber sehr wohl. Die Seminarteilnehmer gingen hinaus, bedankten sich beim Shanti und jeder zahlte ihm zehn Euro. Ich fand das sehr günstig für diese wirklich intensive Arbeit. Als alle gegangen waren, beschlossen der Shanti und ich, noch eine Tasse Tee trinken zu gehen. Als ich meine Schuhe anzog, sah ich durch die Glasscheibe der Tür, wie der Rüdiger ohne Oberteil auf dem Bauch lag und sich von den zwei Frauen massieren ließ.

Weisheiten

Der Shanti kannte sich gut aus in der Gegend. Wenige Gehminuten von dem Yoga-Center kannte er ein nettes Café, wo es lauter gesunde und ungewöhnliche Teesorten gab. Shanti bestellte einen Matetee mit Orangenblüten, ich einen Katzenkrallentee mit Schafgarbe. Der Herr, der uns bediente, war bis unter den Hals tätowiert, hatte aber, wie viele stark tätowierte Menschen, einen klugen und gewinnenden Ausdruck. Sein Bart war das grimmigste an seinem Gesicht.

»Er fühlt sisch wie eine Rockmusikant, dabei ist er so sanft wie ein Kalb«, sagte Shanti im vertraulichen Flüsterton. »Seine Dasein als Rock'n'Roller er begrundet damit, dass er sisch seine Brille ausschließlich an T-Shirts abputzt. Antistatische Brillenputztücher lehnt er ab.«

Wir lachten. Und der Rock'n'Roller servierte unseren Tee.

»So, jetzt verrat mir, warum du bis in Berlin, liebe Freund?«, fragte nun der Shanti.

Ich erzählte ihm alles von dem Heiratsantrag, den Nikolausbärten, der Flucht vom Tinerl, meiner Anreise und meiner Suche.

Shanti hörte wie immer sehr aufmerksam zu, dann dachte er nach, während er in seinem Tee herumrührte. Schließlich schloss er die Augen und sprach leise zu mir. »Du wirs dem Tinerl nisch finden, wenn du sie suchs verswaifelt. Du wirs sie finden, wenn du bist relaxed. Es ist wie bei die Beischlaf, wenn du nisch bist relaxed, es wird nischs werden.«

Einmal wieder hatte mir der Shanti mit seiner sehr eigenen, wunderbaren Art Kraft und Mut gegeben. Ich beschloss, das Thema zu wechseln, schließlich wollte ich auch etwas plaudern. »Und«, fragte ich also. »Sonst?«

»Isch kann nisch klagen.«

»Gschäfte laufen?«

»Es gibt auch an diese Front nur Grund zur Freude. Und bei dir, Toni? Wie gefällt dir Berlin?«

»Eine tolle Stadt mit schönen Bauwerken und teilweise sehr netten Leuten. Nur ab und zu muss ich mich schon sehr aufregen, weil einige Herrschaften halt nicht mehr alle Tassen im Schrank haben. Viele sind einfach auch zu gestresst und geraten daher in Verwirrung.«

»Das habe ich aug beobachtet, es wird eher mehr als weniger. Es ist mir generell aufgefallen: Viele Menschen haben es verlernt, sish su freuen und su zeigen die Freude. Sie moschten allas am liebsten behalten for sich selbs. Egal was, ob Lebenslust, Liebe, Genuss oder Ubermut. Diese Leute behandeln diese Geschenke wie Güter, mit denen man haushalten muss, wie ein Sparbuch, in das sie immer wieder bezahlen Geld ein, und sie beshutzen diese Sparbuch wie ihren Augapfel.«

In Shantis Blick trat ein Ausdruck von Entrücktheit. So

als beobachte er aufmerksam und staunend ein Geschehen in einer nur ihm zugänglichen Welt. Dann sprach er weiter: »Sie hoffen naturlish, eines Tages so bekommen Rendite, aber sie bekommen niemals etwas. Sie bezahlen in ihr Lebenssparbuch ein und sind mit materiellen und emotionalen Dingen geizish, sie haushalten mit ihren Gefuhlen, und dadursch werden sie im Lauf von Zeit mürrisch und unsofrieden. Sie sind nur großzügish zu sish selbst. Sie vergessen ihre kindliche Urwünsche und Ursehnsuchte. Mansche haben als Kind vielleish gesagt: Ish mogte die Welt verändern, oder ish mogte die höchsten Gipfel beswingen. Und dann haben sie diese Sehnsuschte vergessen. Wenn man mit Freunden unbeschwerte Abende und Tage und Feierlichkeiten haben kann, dann soll man es doch tun! Weil irgendwann vielleisht es geht nicht mehr. Dann merken sie, dass es kein Sparbuch des Lebens gibt und andere Menschen frei sind und ongeswungen und vor allem sie merken ihre eigena Bedeutungslosigkeit. Dann sie laufen schnell nach Hause und bezahlen weiter in ihre imaginäre Sparbuch. Sie bleiben gefangen, während andere leben schwerelos. Aber sie merken nisht, dass sie sind gefangen, sondern reden sish selbs ein, dass sie anderen Menschen oberlegen sind und nennen sich ›vernunftig‹ und ›erwachsen‹. Denn sie glauben und wunschen, dass eines Tages kommt die Ausschüttung und sie dann die wahren Sieger sind. Aber sie rennen nur in ihr Verderben.«

Ich liebe den Shanti, seine Gedanken sind ein einziger Genuss. In diesem Augenblick ertönte von hinter der Bar ein klirrendes Geräusch. Jemand hatte ein Glas fallen lassen. Der Shanti erwachte wieder aus seiner Trance.

»Sie sind wie religiose Fanatiker«, sprach er weiter. »Jeder Mensch sollte haben eine gesunde Glauben und eine gute Draht zu GOTT. Aber man sollte sisch vorher schauen an, was die einzelnen Religionen bewirken. Das kann man am besten, indem man sisch die gläubigen Menschen anschaut. Sehen sie glucklisch aus? Fuhren sie ein sufriedenes Leben? Strahlen sie Ruhe und Freude aus? Die wahren Religionen nämlich bringen frohlische Menschen hervor, und die Menschen, die in ihrem Glauben immer unsufrieden sind und als einzigen Halt sehen ihre Erlösung dursch den Tod, sind sisher auf dem falschen Weg. Der liebe GOTT will doch bestimmt keine Leute, die jeden Tag missgelaunt am Eck von Straße stehen und Hefte ihrer religiösen Vereinigung verkaufen. Sie sagen sich: *Ich investiere doch, ich investiere.*

GOTT sagt aber nisch: Isch möschte lauter lebensunlustige Menschen haben, die sich von fruh bis abends selbst geißeln, sisch innerlisch abkapseln und vor sich hin darben. Die Sehnsucht nach GOTT ist in jedem Menschen vorhanden. Man darf sisch nur nisch fehlleiten lassen, sondern muss auf sein inneres Streben hören und dem folgen. Dann kann man nischs machen falsh.«

Ich nickte. Der Shanti ist so ein toller Mensch, ich bin sehr glücklich, ihn zu kennen.

Kino

Zurück im Hostel hielt ich das ewige Warten nicht mehr aus und rief noch mal beim Tinerl an. Diesmal mit unterdrückter Rufnummer. Das ist zwar überhaupt nicht meine Art, aber ich wusste mir nicht anders zu helfen. Ihr Telefon war angeschaltet, und … tatsächlich! Sie ging ran!

»Ja?«, sagte sie.

Ich zögerte kurz, weil ich mir überhaupt nicht überlegt hatte, was ich sagen sollte. »Tinerl …«, stammelte ich schließlich.

»Doni, i hab koan Bock, mit dir zum ren. I wohn jetz woanders und mecht di bitten, dass du mi in Ruah lasst. Ciao!«

Es piepte, weil sie auf irgendwelche Tasten drückte. Wahrscheinlich wollte sie auflegen, was ihr aber misslang. Drum hörte ich zu, was sie nun tat. Erst schluchzte sie und sagte: »Mei Doni, du dummer Hund.« Es war schrecklich, weil ich merkte, dass sie mich immer noch liebhatte, aber eisern bei ihrer Entscheidung bleiben wollte. Dann betete sie leise, aber hörbar. Ich war völlig verzweifelt, weil ich ihr doch so viel sagen wollte …

Aber dann hörte ich noch etwas. Eine Männerstimme.

»Was flennstn?«, sagte die Stimme.

»Mir geht's ned guad. I hab grad an unangenehmen Anruf ghabt.«

»Kann vorkomm. Wollnwer büschn zusamm unter de Brause?«

»Naa, i mecht jetz koan Sex.«

»Wir könn ja ooch brausen ohne Sex, Bettina.«

Bettina! Der Typ nannte sie Bettina! Und offensichtlich war sie tatsächlich immer noch mit einem von den Kerlen zusammen. Mein Herz schlug wie verrückt. Ich spürte, wie mir das Blut in den Kopf schoss. Ich war sicher knallrot im Gesicht. Dann wurde ich zornig. Bloß, weil ich nicht so reagiert hatte, wie sie sich das vorgestellt hat, ist sie davongerannt und lässt sich jetzt von einem nikolausbärtigen Vollpfosten durchbürsten. Ob das mit der ganzen Berlinsache von mir wirklich so eine gute Idee gewesen war? Und diese Zitty-Reportage jetzt? Na ja, ich war nun einmal hier, und den Artikel konnte ich ja noch mal Korrektur lesen und mich immer noch gegen den Part mit dem Tinerl entscheiden. Aber das mit dem Nikolausbart war mir gerade zuviel. Ich hatte die Schnauze voll. Musste irgendwas unternehmen. Mich irgendwie ablenken. Ich schnaufte erst mal ein paarmal aus. Shanti-mäßig. Das tat gut.

Was nun? Ich spürte zwar den Alkohol der letzten Tage, war aber wieder weitgehend ausgenüchtert und noch nicht müde, es war ja erst früher Abend. Also nahm ich eine Dusche und ging dann mit meiner unguten Stimmung ein bisschen in der Gegend herum.

In der Nähe meiner Unterkunft fand ich ein großes Kino

und beschloss hineinzugehen. Ich hatte mich lang nicht mehr mit Filmen befasst und kaufte ein Ticket für irgendeinen Film, von dem mir das Plakat gefiel und der kurze Zeit später losging. Die Frau, die die Karten abriss, drückte jedem eine Brille aus Pappe in die Hand. Irgendeine Optikerwerbung wahrscheinlich, ich hatte daran kein Interesse.

»Danke, aber mein Augenlicht ist hervorragend!«, sagte ich zu ihr und ging ohne Brille weiter. Im Kino hatten viele Leute diese Brillen auf. Die machten aber auch jeden Schmarrn mit, die Großstädter.

Neben mir saß ein junges Pärchen, das sich stritt, weil sie wohl eigentlich in einen anderen Film hatte gehen wollen und der aber gar nicht in diesem Kino lief. So mussten sie halt in diesen Film gehen, der die Frau aber offenkundig nicht interessierte. Immer wieder sagte sie: »Ich steh halt nicht auf 3D.«

Hinter mir saßen ein paar junge Menschen, die sich mit viel Proviant eingedeckt hatten. Einer hatte einen riesigen Pappeimer voll mit Popcorn in der Hand, seine Nachbarin eine Papiertüte mit Tortilla-Chips, ein anderer Weingummi in einer Tüte aus Plastik, außerdem alle große Becher mit Cola oder Limonade. Dieser Umstand sollte zu einem kleinen Eklat zwischen diesen Leuten und mir führen … Als nämlich nach der ewigen Werbung endlich der Hauptfilm anfing, begann es meinen Hintermenschen erst so richtig gut zu schmecken. Da wurde geknistert, geknuspert, geschlürft, geraschelt und geschmatzt, dass es für sie gewiss eine Freude war, für die Umsitzenden jedoch nicht, weil man die Dialoge im Film kaum noch mitbekam. Am schlimmsten war die Trommel mit dem Popcorn, die, weil sie aus harter Pappe bestand, einen sehr guten Resonanzkörper besaß und somit als eine Art Percussion-Instrument funktionierte. Bei jedem Griff des Knaben ins Popcorn wurde das Rascheln etwa fünffach verstärkt – und weil er nicht gleich mit einem Griff die gewünschte Menge erwischte, wühlte er jedes Mal ein paar Sekunden lautstark in seinem Topf herum, um seine Ausbeute dann mit auffälligen Knuspergeräuschen zu vertilgen.

Der Film war nicht besonders interessant und total seltsam aufgenommen, alle Bilder waren verschwommen, vermutlich wollte der Regisseur, dass sein Werk besonders künstlerisch rüberkommt, und ich musste mich ziemlich anstrengen, um zu verstehen, um was es ging. Zumindest hätte ich gerne akustisch der Handlung folgen wollen. Als in einer vermeintlichen Schlüsselszene auch noch jemand Kartoffelchips auspackte und die Geräuschkulisse durch das zusätzliche Knistern der Chipsverpackung von hinten wirklich unerträglich wurde, drehte ich mich um und sagte: »Kriegts ihr dahoam nix zum Fressen?«

Ich hatte mich in der Tat schon seit meiner Ankunft in Berlin immer wieder gewundert, wie die Menschen hier mit ihrer Ernährung umgingen. Für Essen muss man sich viel Zeit lassen und die einzelnen Zutaten der Speise sorgsam auswählen, da es (zumindest in meinen Kreisen) sehr wichtig ist, was man isst und wie sich das Essen zusammensetzt. Ich zum Beispiel versuche Weizenmehl zu vermeiden, weil ich davon immer so leicht müde werde. Ab und zu schon mal eine Pasta oder ein Weißbrot, aber überwiegend esse ich Reis oder Kartoffeln, wenn ich Appetit auf Kohlenhydrate habe. Oft lasse ich die Kohlenhydrate aber auch komplett weg und esse nur Fisch oder Fleisch mit Gemüse, das hat den Vorteil, dass ich nicht laufend zunehme, weil ich dazu leider eine Veranlagung habe, und außerdem fühlt man sich dadurch fitter. Auf jeden Fall habe ich kein Verständnis, wenn man sich nebenbei und völlig unbewusst »auf der Durchreise« irgendetwas Essbares hineinschiebt und dabei absolut überhaupt keinen Wert darauf legt, was es ist. Hier schien das normal zu sein. Möglichst schnell gehen sollte es auch noch. Pfui Deifi!

Meine Hintermenschen sahen mich perplex an. Dann ging das Gemaule los.

»Bleib halt daheim, wenn es dir hier nicht gefällt.«

»Hast du ein Problem, du Spacko?«

»Halts Maul, du Hurensohn.«

Hurensohn?! Das ließ ich mir natürlich nicht gefallen. Ich stand auf, riss dem vorlauten Kerl den noch immer halbvollen Kübel Popcorn aus der Hand und entleerte ihn über seinem Kopf. Dann verließ ich den Saal, weil ich keinen wirklichen Eklat wollte und die anderen Leute im Kino nicht auch noch um den Genuss des Filmes bringen. Ich hörte noch ein paar Nachmauler wie »Arschloch« und »Mongo«, war aber schon draußen.

Ich ging schnurstracks zu der Verkaufstheke, wo viele Menschen anstanden, um sich ihr Abendbrot aus Zuckerzeug und Knabberkram zu kaufen. Ich schaute mir, während auch ich mich anstellte, an, was dort verkauft wurde. Es handelte sich ausschließlich um minderwertige Speisen, die man nicht geräuscharm verzehren konnte oder die zumindest in laut raschelnden Verpackungen verkauft wurden. Dann war ich an der Reihe.

Eine junge Frau mit ausdruckslosem Gesicht und einem Kopfhörer-Headset sagte mit sehr leiser und gelangweilter Stimme: »Bitte?«

»Wie kann des sein, dass ihr nur Zeug verkauft, das raschelt oder knistert und das man nie im Leben ohne laute Kaugeräusche von sich zu geben verzehren kann?«, fragte ich sie fassungslos. »Ihr seids doch ein Kino! Da gehts doch in erster Linie um die Filme, oder? Warum verkaufts ihr ned Sachen, die man geräuschlos essen kann und die in Verpackungen dargereicht wern, die ned so an Mordslärm machen? Zum Beispiel Mandarinen, die riechen gut, die machen keinen Lärm beim Schälen und beim Essen auch nicht, außerdem sind die gesund! Oder verkaufts von mir aus einen Bierschinken! Den kann man wunderbar in ein Pappschälchen geben, und der schmeckt auch ohne Brot! Oder Würschtl! Oder Käsewürfel!«

Die junge Frau, die offenbar durch betont unempathische Kleidung ihre Skepsis gegenüber der Männerwelt zum Ausdruck zu bringen versuchte, hatte meinen gesamten Monolog ohne eine Miene zu verziehen angehört. Dann sagte sie: »An der Stirnseite der rückwärtigen Wand befindet sich ein Wandhalter mit Beschwerdebögen. Da können Sie Ihr Anliegen schriftlich festhalten und danach in den daneben hängenden Briefkasten einwerfen.«

Ich atmete verächtlich aus und drehte mich um. So viel Unmenschlichkeit war mir einfach zu viel. Hinter mir sah ich den weiblichen Teil meiner Sitznachbarn aus dem Kino davoneilen. Sie weinte. Der Typ rannte nicht hinter ihr her. Ich schon.

Carsta

ch holte sie auf der vom Kinosaal ins Freie führenden Rolltreppe ein. »Hats Ärger geben?«, fragte ich.

»Hallo? Geht dich das was an?«

»Entschuldigung, ich wollt nur nett sein.«

»Und ich hab dich nicht um ein Gespräch gebeten, okay?«

Heieiei, so wurde das nichts. Wir waren nun am Fuße der Rolltreppe angelangt und ich ging drei Schritte hinter der Frau. Sie traf genau meinen Geschmack: Sie war blond, sehr hübsch, wippte leicht beim Gehen und roch ganz wunderbar nach Niveacreme und Vanille. Ihre Augen hatten einen wunderbaren Glanz.

»Ich mein nur, weil ich vielleicht Teilschuld…«, stammelte ich leicht verlegen.

Sie blieb stehen. »Wieso Teilschuld?«, fragte sie leicht irritiert und nun etwas freundlicher.

»Ja, weil ich mich doch mit den Leuten hinter euch angelegt hab und…«

»Nein, das hatten die ja wohl auch verdient.«

»Des stimmt.«

Wir standen noch immer da. Ich befürchtete, dass ihr Heini gleich auftauchen würde, und musste sie also von hier weglotsen. »Ich kenn mich hier nicht so aus. Wie komm ich denn am besten Richtung Hauptbahnhof?«, fragte ich, obwohl ich genau wusste, wie man dahinkommt.

»Oh, das ist gleich da vorn. Ich muss in die gleiche Richtung und kann Ihnen …«

»Mei, bitte, tu mir einen Gefallen, und sag du zu mir!«

»Äh, ja, okay.«

»So alt bin ich noch nicht, auch wenn ich vielleicht so ausschau.«

»Nein, äh, also, ich find nicht, dass Sie alt ausschaun. Äh, dass du alt ausschaust.«

»Ja und, wie is des dann weitergangen mit den Typen im Kino?«, fragte ich, während wir Richtung Bahnhof gingen.

»Ja, also, mein Bekannter hat dann dem einen sofort eine runtergehauen, das war schon öfter so, dass der sich einfach nicht beherrschen kann. Mir hat er auch schon mal eine gelangt …«

»Wie bitte? Geh mer noch mal rein, und ich red mal ein paar Worte mit ihm?«

»Nein, das ist er echt nicht wert. Ich hab ihm das eigentlich auch nicht verziehen, und wir sind auch schon seit drei Monaten auseinander. Heute wollten wir mal wieder was machen, dann schleppt er mich in den grottenschlechten Film!«

»Ja, der Film war wirklich nicht der Rede wert. Darf ich dich vielleicht auf ein Getränk einladen, damit dein Abend nicht ganz verloren ist?«

»Eigentlich nicht, weil …«

»Warum nicht?«

»Weil ich eigentlich aus Prinzip …«

»Aus welchem Prinzip was?«

»Ja, also … okay, gut!«

Mei, war ich geschickt! »Du musst aber sagen, wo wir hingehen, ich kenn mich nicht so aus, ich komm nämlich eigentlich vom Berg.«

»Lass uns doch in den fünften Stand gehen, da isses sehr nett.«

»Fünfter Stand? Ist das eine Diskothek?«

»Nein, eher so ne Hinterhofbar. Fünfter Stand ist ein anderes Wort für Milljöh und geht auf Heinrich Zille zurück. Weißt ja, wer des war, oder?«

»Ja, unser Dorfältester, der Hupfi, hat einen Bildband des Münchner Zwanziger-Jahre-Satiremagazins *Simplicissimus*, für das der Zille unter anderem tätig war. Ein großer Künstler war das!«

»Genau! Das freut mich, dass du den kennst. Auf den sind wir Berliner nämlich sehr stolz. Die Geschichte des Filmes geht auf Erlebnisse Zilles im Obdachlosenmilieu zurück, und der Regisseur hat seinerzeit Mitte der Zwanziger Jahre des 20. Jahrhunderts versucht, die typischen und markanten Zille-Figuren in dem Spielfilm *Die Verrufenen* darzustellen. Auch Zille selbst hat mitgespielt. Außerdem waren die Darsteller sämtlich echte Vagabunden, die für Freibier und Essen mitgewirkt haben. Ja, und der von Zille vorgeschlagene Untertitel des Filmes war ebent *Der fünfte Stand.* Deswegen heißt die Kneipe so.«

»Das gefällt mir, wie du dich auskennst. Da sind wir uns ähnlich. Wenn mich etwas interessiert, informier ich mich auch gern gründlich und geb mein Wissen später weiter. Isses weit in den fünften Stand?«

»Zu Fuß zwanzig Minuten vielleicht.«

»Komm, lass uns ein Taxi nehmen!«

Ich spendierte die Taxifahrt, und wir gingen in das kleine, gemütliche Lokal. Es gab einen Tresen, coole Drinks und nette Gäste. Gerade als wir eintraten, lief »London Calling« von »The Clash«. Ein sehr gutes Lied. Es waren bereits einige Leute dort, und die Burschen an der Bar waren wirklich lustig und nett. Inzwischen hatte ich herausgefunden, dass das Kinomädchen Carsta hieß und fünfundzwanzig Jahre alt war. Sie hatte wirklich ein schnuckliges Äpfelchengesicht. Wir bestellten uns Bier, es wurde Pilsner Urquell ausgeschenkt!

»Bist du aus Berlin?«, fragte ich Carsta.

»Ja. Gebürtig sogar.«

»Sehr nett.«

»Ja. Und du?«

»Ich komm von den Bergen. Bin so etwas wie ein Bergführer.«

»Echt? Ich bin voll gern in den Bergen. Erst letztes Jahr war ich mit einer Freundin in der Kampenwand beim Klettern. Und mit meinen Eltern war ich schon als Kind beim Großglockner!«

»Die kenn ich gut, die beiden Berge.«

»Und inwiefern bist du Bergführer?«

»Ja, ich begleite halt normale Wanderungen, aber auch schwerere Touren mit Abseilen und so. Außerdem leite ich diverse Seminare.«

»Seminare?«

»Ja, zum Beispiel für gestresste Stadtmenschen, die wieder ihre innere Mitte finden wollen, oder direkt zugeschnitten auf bestimmte Berufsgruppen, zum Beispiel auf Kindergärtnerinnen, die durch den ständigen Lärmpegel traumatisiert wurden, aber auch ganz oft auf Manager und Leute aus der Politik. Was machst du denn beruflich?«

»Ich arbeite in der Werbebranche.«

Ich überlegte kurz, ihr einen Kurs bei mir zu empfehlen. Aber dann beschloss ich, mich zusammenzureißen und Privates und Berufliches zu trennen.

»Oh, da hast du sicher viele Überstunden abzuleisten.«

»Haha, du kennst dich aber gut aus!«

So ergab ein Wort das andere. Und ich hatte nach langer Zeit mal wieder das Gefühl, mich etwas in ein Mädchen zu verlieben. Was jetzt ja ein bisserl blöd war, weil ich ja eigentlich das Tinerl liebte und glaubte, dass sie die Einzige war, mit der ich vielleicht wirklich eine Ehe führen könnte. In diesem Moment fiel mir ein Lied ein, das mir das Tinerl mal vorgestellt hatte, weil sie fand, dass es zu mir passte. Es war von dem großartigen Harald Juhnke gesungen, ich wusste nicht mehr, wie es hieß, aber er singt auf jeden Fall in einer Textzeile: »Seh ich in Augen die Liebe stehn, dann kann ich leider nur in Liebe gehn.« Da hatte das Tinerl absolut recht, und gerade weil sie das wusste, zog ich inzwischen ernsthaft in Erwägung, sie wirklich zur Frau zu nehmen. Aber jetzt saß ich hier mit der Carsta, und das Tinerl ließ sich vermutlich gerade in diesem Augenblick von einem der beiden Nikoläuse durchpflügen. Igitt!

Carsta und ich tranken noch ein zweites Bier, dann spazierten wir ein bisschen in der Gegend herum. Wie es bei Leuten der heutigen Generation so üblich ist, zückte sie irgendwann mitten im Gespräch ihr Smartphone – und erschrak.

»Mein Ex hat schon sechs Mal versucht, mich anzurufen!«

»Logisch, der wird das sicher auch noch öfter versuchen. Der hat ein schlechtes Gewissen.«

»Glaub ich auch. Ich hab nur keinen Bock, dass der heut bei mir auftaucht.«

»Ich kann ja mit zu dir kommen und auf dich aufpassen. Also, das klingt jetzt vermutlich wie eine Anmache … Ist auch eine!« Ich grinste.

»Du bist schon echt süß. Aber ich weiß nicht, ob ich dich gleich eine Stunde, nachdem wir uns kennengelernt haben, mit nach Haus nehmen sollte …«

»Ich hätt damit jetzt kein Problem.«

»Ich weiß nicht … irgendwie …« Sie kam nicht dazu, ihren Satz zu vollenden, denn ich hatte sie schon in meine Arme genommen und voller Zärtlichkeit geküsst. Es fuhr mir durch Mark und Bein. Ich dachte auf einen Schlag nicht mehr an das Tinerl, sondern spürte nur noch den Drang, die Carsta zu beschützen, sie zu umsorgen, sie auf Händen zu tragen – und sie wieder und wieder zu küssen. Das hatte ich so intensiv lange nicht mehr erlebt. Ich fühlte mich wie ein Teenie. Ich sog ihren Duft ein, jede Sekunde war mir kostbar, sie küsste so sanft, ihre Zunge war so weich und ihre Lippen so betörend, es war wirklich ein großartiger Moment. Und es war auch eines der wenigen Male in meinem Leben, dass ich solch zarte Gefühle empfand, dass ich an alles dachte, nur nicht an Sex. Okay, vielleicht auch ein bisschen an Sex. Aber vor allem war mein Brustkorb voll mit Wärme, und ich fühlte mich GOTT näher denn je. Da war sie wieder mal: die Liebe! In diesem Augenblick wurde mir brutal bewusst, dass das Aufkeimen von Liebe ein Problem für die Sache mit dem Tinerl darstellte und dass ich wirklich keine Ahnung hatte, was ich dagegen tun könnte, und genau das das Problem mit dem Heiraten war.

Rebellion

Ich brachte die Carsta heim. Sie wohnte in einer Altbauwohnung. Alles war sehr geschmackvoll eingerichtet, und es roch nach Mandarinen und Zimt und ein bisserl nach Äpfeln. Ich fühlte mich pudelwohl bei ihr und freute mich wie ein Schneekönig, als sie mich einlud, die Nacht bei ihr zu verbringen. Ich versprach, nur mit ihr zu kuscheln, was wirklich ganz in meinem Sinne war! Klar zog mich ihr Körper und ihr Duft an, aber ich hielt es gut aus und streichelte sie nur an Orten, wo ich davon ausgehen konnte, dass sie dadurch nicht erregt werden würde. Wir schliefen ein wie zwei Kätzchen und zwar so, dass ich vorn lag und sie hinten. Wir in den Bergen nennen das die »platonische Löffelstellung«.

Nachts klingelte es auf einmal Sturm. Ihr Freund. Ich beruhigte sie und sagte: »Wir machen gar nix, der haut schon wieder ab.« Seine Beharrlichkeit war beeindruckend, und nervig, aber irgendwann gab er Ruhe.

Im Traum erschienen mir die Carsta und das Tinerl. Wir befanden uns in einem tropischen Garten voller Pfaue, Faune (von denen einer auf den Namen Horsti hörte) und Schmetterlinge. War es der Garten Eden? Beide Frauen hatten weiße, durchsichtige Gewänder an, und ich lag in einer großen Badewanne, die wie ein Ahornblatt geformt war. Sie stiegen zu mir ins Wasser, ohne ihre Gewänder abzulegen, und wir waren sehr zärtlich und sanft zueinander. Von oben kam in einem hellen Gewand der Schipfer Päda heruntergesegelt und hielt eine Harfe in der Hand. Er zupfte darauf »In der Halle des Bergkönigs«. Sacht schöpften die beiden Hübschen mit flacher Hand Wasser und ließen es gelinde über mein Haupt rinnen. Auf einmal hatte die Carsta zwei güldene Ringe in der Hand. Einer war für das Tinerl, der andere für mich. Ich steckte dem Tinerl einen an, und sie nahm den anderen und steckte ihn mir an. Doch meiner war zu klein und passte nicht. Da kam der Schipfer Päda zu Hilfe und drehte ein paarmal am Ring hin und her, bis er schließlich saß. Da tauchte die Carsta hinab ins Wasser und verschwand. Auch der Päda verpuffte plötzlich, und das Tinerl und ich saßen weiterhin in der Wanne und waren behutsam.

Dann wachte ich auf. Schlau wurde ich aus diesem Traum nicht.

Es war halb acht Uhr morgens, und ich stand erst einmal auf. Carsta, die inzwischen auch wach geworden war, hatte noch eine unbenutzte Zahnbürste für mich. Wir duschten, getrennt voneinander, und legten uns danach noch mal hin. Dann machten wir das, was in Jugendmagazinen als »Petting« bezeichnet wird. Es war eine grandiose Mischung aus Unschuld und Verlangen.

Anschließend machte sie Kaffee und Frühstück.

»Was treibt dich eigentlich nach Berlin?«

»Eine Freundin aus meinem Dorf ist nach Berlin abgehauen. Ich versuch, sie zu überzeugen, wieder zurückzukommen.«

»Oh, das ist aber eine spannende Aufgabe.«

»Ja, vor allem, weil ich keine Ahnung habe, wo sie wohnt, was sie hier macht und wo ich anfangen soll.«

»Heftich. Dann drück ich dir mal die Daumen!«

»Danke!«

Sie schüttete sich etwas Milch in ihren Kaffee. »Kennst du Marteria?«

»Nein«, antwortete ich. »Was ist das? Eine Kaffeesorte?«

»Blödsinn«, lachte sie. »Das ist ein genialer Musiker, der lebt hier in Berlin, ganz in der Nähe. Den hör ich die ganze Zeit. Soll ich dir mal was zeigen?«

»Ja, was magst mir denn zeigen?«

»Was von Marteria.«

Interessant. Ich hatte das Wort zeigen bislang nur im Zusammenhang mit optischen Präsentationen gekannt, nun »zeigte« sie mir etwas Akustisches. Und es war fabelhaft! Dieser Marteria war genau mein Geschmack, lässig, unkonventionell, sprachgewandt, cool. Am besten gefiel mir der Song »zwei Finger an den Kopf«, in dem sich Marteria über die wachsende Verharmlosung der Bevölkerung beklagt. Meine ohnehin gute Laune wurde noch besser. Ich träumte zur Musik vor mich hin und überlegte, wie ich den Tag verbringen sollte. Fest stand bisher nur meine Verabredung mit Mischa in der Zitty-Redaktion. Aber Carsta hatte mir schon gestern erzählt, dass sie wegen ihrer »Gleitzeit« (ein Wort, das mir neu war, mich aber irgendwie an Sex denken ließ) erst um 11:00 Uhr in der Werbeagentur anfangen musste. Drum konnten wir uns noch etwas Zeit lassen.

»Weißt du«, sagte sie und schaute mich leicht von unten an. »Der Song von Marteria stimmt absolut. Die Leute werden immer langweiliger und angepasster. Keiner will mehr auffallen, möglichst so sein wie alle anderen und sich nichts zuschulden kommen lassen. Kein Risiko eingehen, nichts wagen. Wie meine Großeltern, die sind genauso. Unsere Generation ist sowieso komisch. Wir haben irgendwie nichts, gegen das wir uns wirklich auflehnen oder gegen das wir rebellieren können. Unsere Eltern fressen uns aus der Hand, durch Smartphones und Computer unterhalten wir uns überwiegend per SMS, E-Mail, Chat oder Whatsapp, sodass wir das Kommunizieren weitgehend verlernt haben. Schau doch mal in irgendein öffentliches Verkehrsmittel, da starren alle ununterbrochen in ihre Telefone rein. Wir haben immer nur gelernt, wie man sich halbwegs unauffällig überall durchmogelt, sei es in der Arbeit oder in der Freizeit, aber niemand lehnt sich auf oder macht irgendwas Verrücktes. Die Leute trinken ja nicht mal mehr Alkohol, sondern nur noch Kaffee in Pappbechern, und alle sind so fürchterlich politisch korrekt. Wir leben quasi im neuen Biedermeier-Zeitalter.«

»Da waren alle ziemlich bürgerlich, oder?«

»Genau. Da gibts so ein Gedicht von einem gewissen Fritz Storch oder so. Wart mal, ich schau kurz nach, das ist super …« Sie nahm ihr Handy und tippte was rein.

»Du bist, wie man sieht, ein Kind deiner Zeit«, sagte ich neckisch.

»Ja, stimmt schon, Handy und Internet sind ja auch geile Erfindungen … Hier, schau, auf Wikipedia ist es. Ah, er hieß nicht Storch, sondern Pfau. Und das Gedicht beginnt so: *Schau, dort spaziert Herr Biedermeier / und seine Frau, den Sohn am Arm / sein Tritt ist sachte wie auf Eiern / sein Wahl-*

spruch: Weder kalt noch warm. Verstehst du, was ich mein? In den Firmen ist es das Gleiche: Die Chefs sind fast schon krampfhaft freundlich, ständig werden Meetings gemacht, Meetings, Meetings, kaum einer arbeitet mehr irgendwas. Wir sind die junge Generation, und was haben wir gelernt? Wie man konsumiert! Sonst aber kaum was. Ich hab viele Freunde, die haben festplattenweise Musik aus allen Genres. Aber frag die mal, wie die Bands heißen! Was werden denn bei uns für Filme gemacht? Alles der gleiche Scheiß! Weil an den Schnittstellen keine Freaks mehr hocken, sondern Statistiker und BWL-Absolventen, die von Kunst und Kultur keine Ahnung haben, aber von Zahlen und Tabellen. Das merkt man allerdings auch am Ergebnis! Aber sie erzählen uns, das läge an der Nachfrage. Aha, warum läuft dann bei uns am besten ›Breaking Bad‹ oder ›Boston Legal‹? Haben die Produzenten von diesen Serien vorher erstmal Statistiker befragt? Ich glaube kaum! Und warum sind diese Serien so erfolgreich? Weil sie mit Herzblut gemacht werden und von Menschen finanziert wurden, die Mut hatten. Und warum werden bei uns solche Serien nicht gemacht? Weil schon alles zerredet und zensiert wird, bevor es überhaupt entstehen kann. Und wenn mal was Cooles entsteht, wie die Serie ›Mord mit Aussicht‹, wird die Produktion mit Kürzungen und Knebelungen so in die Knie gezwungen, dass die Schauspieler aussteigen!«

»Gibt es denn keine privaten Förderer mehr oder was Ähnliches?«

»Nein, bei uns läuft alles über Institutionen. Wenn du eine gute Idee hast, wird sie entweder so lange beackert, bis nichts mehr davon übrig ist, oder sie verkümmert in einer der vielen Schubladen, neben tausend anderen. Selbst ich hab in meinem Job schon mindestens zehn wahnsinnig gute Konzepte auf den Schreibtisch bekommen, die ich unbedingt ins Leben rufen wollte, aber alle wurden abgelehnt.«

»Und wenn man für privates Sponsoring wirbt? Es gibt doch bestimmt viele wohlhabende Kunstfreunde, die Lust haben, tolle Projekte zu unterstützen.«

»Nein, es gibt heut keinen Gunter Sachs mehr. Wenn du einen Film machen möchtest, musst du über die Filmförderung gehen, und da reden dann zwanzig Leute gleichzeitig mit. Wenn du einen guten Song aufgenommen hast, wirst du nur mit viel Glück schaffen, dass irgendein Radiosender ihn spielt. Wenn du ein vielversprechendes Marketingkonzept hast, wird sich nur mit sehr viel Anstrengung eine Werbeagentur dafür gewinnen lassen, und wenn sie es dann versuchen umzusetzen, wird der potentielle Kunde dafür sorgen, dass von der eigentlichen Idee nichts mehr übrigbleibt.«

»Es gibt doch aber Kulturämter und entsprechende Politiker, oder?«

»Ha! Politiker!«, echauffierte sich Carsta mit leuchtenden Augen. »Es gibt doch heute überhaupt keine Politiker mehr, sondern nur noch Befehlsempfänger! Davon abgesehen wissen die meisten Leute zu wenig über Politik oder interessieren sich halt nicht dafür, und politische Debatten sind ja auch fast immer langweilig und fruchtlos. Es gibt doch auch keine Gruppierungen mehr, so wie vor ein paar Jahren, wo es Punks, Teds, New Waver, Popper, Rocker, Psychobillies, Mods, Grufties, Hippies, Hooligans, Ökos,

Machos, Prolos, Assos, Freaks und Hiphopper gab, die alle eine eigene Ideologie hatten und diese auch verkörperten und wussten, von was sie redeten. Heute gibt es schon noch Leute, die so aussehen, und sicher gibts auch welche, die eine Ideologie haben und sich in der Tiefe mit diesen Dingen beschäftigen, aber der Großteil der Leute ist doch einfach nur Mainstream.«

»Da kann ich dich beruhigen«, sagte ich lächelnd. »Das war noch nie anders.«

»Meinst du?«

»Ja, früher gab es halt noch kein Internet, da konnte sich eine Ideologie leichter ausbreiten, weil es noch mehr Geheimnisse gab und nicht alles öffentlich zugänglich war.«

»Aber grad das Internet bietet doch so viele Möglichkeiten, etwas zu verbreiten.«

»Ja, aber es gibt mittlerweile zu viel Information. Da geht das Geheime, das Verborgene verloren.«

»Kann gut sein. Das ist vermutlich auch der Grund, weshalb viele Leute meiner Generation im Großen und Ganzen alles langweilt.«

»Gut möglich. Aber schau, es gibt doch auch tolle Sachen. Die Musik, die du mir grad vorgespielt hast, das ist doch nur noch großartig. Und die haben doch auch Erfolg!«

»Stimmt, klar, es gibt schon auch gute Sachen.«

»Eben.«

»Aber ich glaube, viele erreicht das nicht. Die haut nichts vom Hocker. Der einzige Kick ist für viele der Sex. Für mich manchmal auch … Das vorhin war übrigens echt schön.«

»Das stimmt, es war wirklich sehr schön. Aber es war eher ein erweitertes Vorspiel als Sex, oder?«

»So was ähnliches wars auf jeden Fall.«

»Hättest du denn Lust, dich vielleicht noch mal mit mir zu treffen und sowas ähnliches wie Sex mit mir zu machen? Natürlich gern auch mal was anderes.«

»Ja, klar! Wiedersehen möcht ich dich auf jeden Fall.«

Ich schwebte auf Wolken.

Urbanes Gärtnern

Carsta gab mir vor ihrer Haustür einen Abschiedskuss, nachdem wir uns vergewissert hatten, dass ihr Exfreund sich nicht irgendwo hinter einem Busch versteckt hatte. Meinen Vorschlag, sie in die Arbeit zu begleiten, fand sie doof.

»Jetzt schlägts aber wirklich dreizehn!«, rief es da hinter meinem Rücken. Ich drehte mich um. Carstas Ex. Also doch …

»Lass mich BLOSS zufrieden!«, sagte sie mit lauter, energischer Stimme.

»Das ist doch der Idiot aus dem Kino! Wie kommt denn diese hübsche Konstellation zustande?«, fragte er angriffslustig. Man merkte genau, dass er es nicht wirklich hübsch fand.

»Des geht dich nix an«, sagte ich. »Schau, dass du Land gewinnst.«

»Du hältst hier mal schön die Schnauze.«

»Hier hält keiner irgendwas«, sagte Carsta. »Und du gehst jetzt!«

»Wir sehen uns«, sagte der Kerl und ging aggressiv nickend weg.

»Puh«, sagte ich, und Carsta atmete müde aus.

Nachdem wir noch unsere Handynummern ausgetauscht hatten, gingen wir in entgegengesetzte Richtungen davon.

Ich schlenderte die Straße entlang und kam zu einem kleinen Park mit hübschem Bächlein. Die Stadt gefiel mir wirklich immer besser, sie hatte viele nette Plätze und angenehme Bewohner.

Ich ging in einem Café frühstücken, es gab amerikanische Pancakes mit Ahornsirup und dazu eine heiße Schokolade. Dann fuhr ich zum Zitty-Verlag, um Mischa zu treffen. Er war nicht da. Ich holte mein Handy raus, der Akku war fast aufgebraucht. Drei Anrufe in Abwesenheit: drei Mal Mischa. Außerdem eine SMS: *Hallihallo, leider muss ich heute auf eine Veranstaltung nach Köln fahren. Treffen wir uns morgen um die gleiche Zeit? Tut mir leid, war nicht geplant. LG, Micha*

Micha! Ich holte die Visitenkarte raus. Auch dort stand »Micha von der Capellen«. Anscheinend konnte er seinen eigenen Namen nicht richtig aussprechen. Vielleicht hatte er einen SCH-Fehler oder so.

Ich schrieb ihm zurück: *Lieber Micha, kein Problem, dann bis morgen. Liebe Grüße, Toni*

Dieses LG fand ich zu blöd! Als ob man keine Zeit hätte, jemand ordentlich zu grüßen. Eine sehr süße Touristin aus Münster in Westfalen schrieb mir immer »hdgdl«, und ich hab mit dem Zirngiebl Thomas überlegt, dass es möglicherweise »Hoden Dickdarm Galle Dünndarm Leber« heißt.

Als ich weiterging, schließlich hatte ich ja nun Zeit,

kam ich an einem Einkaufskomplex vorbei und wollte schauen, was es da so alles zu kaufen gab. Ich finde es immer interessant, was Verkäufer so anbieten und was Käufer so interessiert. Das erste Geschäft war ein Laden mit gebrauchten Schuhen, die überwiegend brutal ramponiert ausschauten. Im Inneren standen aber etwa zehn Kunden. Nicht schlecht besucht für einen Trödelladen. Im Schaufenster fielen mir besonders zwei altmodische, braune Schuhe mit hohen, total abgelaufenen Absätzen und Reißverschluss auf. Das Leder war völlig ramponiert und die Spitzen äußerst brüchig und abgewetzt. Geputzt oder eingefettet hatte die lang niemand mehr. Davor stand ein Preisschild: 120,- €. Hatten die noch alle Tassen im Schrank?

Ich schaute mir ein anderes Paar Schuhe an, diesmal Damenschuhe aus den Siebzigern mit großen, aufgeklebten Plastiksonnenblumen, auch diese Exemplare kaum noch zu gebrauchen. Der Preis: 85,- €. Wer ist denn so verrückt und kauft sich uralte, hässliche, kaputte Schuhe, in denen wahrscheinlich Pilze und Bakterien aller Erdnationen hausen und gibt dafür auch noch ein Heidengeld aus?

Ich ging weiter. Die nächsten Läden waren ähnlich strukturiert: ausrangierte Kleidung aus zweiter Hand mit dem Namen »Vintage« zu komplett absurden Preisen, ein Hut-, Uhren- und Sonnenbrillengeschäft mit demselben Konzept, dann ein Shop mit gebrauchten Mobiltelefonen, dessen Schaufensterware allerdings keine Preisschilder vorwies, aber ich konnte mir denken, worauf es hinauslief: vermutlich »Vintage-Handys« zu völlig überzogenen Preisen.

Im Inneren dieser paradoxen Passage war ein kleiner bepflanzter Platz mit Sitzbänken. Hier saßen brutal viele jüngere Menschen herum. Sie sahen der Kleidung nach aus, als würden sie ausschließlich in diesen komischen Läden einkaufen. Ich schaute mir die Leute der Reihe nach an, sie wirkten wie aus einem schrulligen Film. Manche trugen Hüte, andere Schals, dritte übergroße Brillen. Und irgendwas lag in der Luft, die schauten alle immer wieder auf ihre Mobiltelefone. Auf einmal geschah etwas total Absurdes: So gut wie alle dieser Leute zückten kleine Trommeln und fingen wie durch ein geheimes Zeichen vereinbart an, einen treibenden Rhythmus zu spielen. Es klang ziemlich gut, war aber so verrückt und sonderbar, dass ich schleunigst das Weite suchte. War das eine Gruppe von Aktionskünstlern? Oder eine Straßenband, die eine sehr originelle Form der Darbietung gewählt hatte?

Ich verließ diese eigenartige Passage und wanderte ein bisserl in der Gegend rum, bis ich zu einem großen Holztor gelangte, vor dem Menschen in Latzhosen standen, die Flyer verteilten. Herrje, wieder irgendwelche gleichgeschlechtlichen politischen Gruppierungen, dachte ich mir. Aber da sah ich, dass die Leute neben den Flyern auch Gurken, Tomaten und Radieserl an die Leute verteilten. Ich ging näher hin und holte mir eines der Flugblätter und einen Apfel. Auf der Flugschrift stand auf einem Bild mit Mohnblumen und gelben Rüben: *Urbanes Gärtnern in Berlin – Grünflächen mitten in Betonmauern.* Das schien mir interessant.

Ein Bauarbeiter mit gelbem Helm, Overall und Mörtel auf dem Hemd diskutierte gerade mit einem urbanen Gärtner. Ich stellte mich daneben und lauschte.

»Ditt is doch allet Pipifax, wat ihr da macht. Ihr könnt ditt Rad ooch nisch neu erfinden«, sagte der Bauarbeiter.

»Urbanes Gärtnern ist aber mehr als Anpflanzen von gesundem Obst und Gemüse, es ist ein politisches Statement, ein Protest, eine Auflehnung, eine Form von gewaltlosem Aufbegehren«, erwiderte der urbane Gärtner, der einen Kranz aus kleinen Sonnenblumen auf dem Kopf trug, wodurch er aussah wie ein kleines Mädchen.

»Macht lieber wat vernünftijet. Ditt is doch kompletter Schwachsinn, hier mitten in der Stadt ürngwelsche Bäume anzuflanzn.«

»Wir haben uns gesagt, wir wollen die Intitiative ergreifen und nicht mehr warten, bis die da oben was machen. Wir bepflanzen brachliegendes Land. Es geht ja auch um das nicht versiegelte Erdreich, zudem begrünen wir Verkehrsinseln und Mittelstreifen.«

»Ihr habt se doch nisch mehr alle.«

Offen gestanden hätte es mich schwer gereizt, bei dieser Diskussion mitzumischen, aber ich wollte lieber sehen, was die da eigentlich machen in ihrem Garten. So ging ich durch die große Öffnung in dem Holztor und kam tatsächlich in ein riesengroßes Gehege mit Bäumen, Beeten, Blumen und Gemüse. Es glich einem überdimensionalen Schrebergarten, Kinder rannten herum, Hunde und Katzen spielten auf der Wiese, Menschen mit Gießkannen gossen die bunte Pracht – eigentlich ein schönes Konzept. Aber die Leute hier hatten auch etwas Sektenartiges. Die urbanen Gärtner hatten sämtlich einen sehr sanften Gesichtsausdruck und kamen mir vor, als hätten sie allesamt Marihuana geraucht. Was ja durchaus sein konnte, es würde zum Konzept passen.

Auf einer kleinen Mauer aus Natursteinen vor einem Geranienbeet saß ein etwa siebenjähriges Kind. Es hatte ein ziemlich verschmiertes Gesicht und leicht glasige Augen. Ich ging zu dem Kind.

»Na, gefällt dir das urbane Gärtnern?«

»Ick finde es gerade für uns Kinder wischtisch, in der Großstadt auch einn Raum vorzufinden, in dem man noch mit der Natur konfrontiert wörd. Hier zählt nisch, welschen Glauben man hat oder wo man herkommt. Hier zählt nur die Verbundenheit mit Mutter Erde.«

Dem Kind war also auch bereits das Gehirn gewaschen worden. So redet doch kein Kind!

Da ertönte ein lautes Geräusch. Mein Mobiltelefon. Ich erntete verständnislose Blicke.

Carsta war dran. »Du, heute kommt im Ladenkino ein alter Film mit Peter Lorre. Er heißt ›M – eine Stadt sucht einen Mörder‹«, sagte sie mit fröhlicher Stimme.

»Steht das M für Moabit?«

»Nein, das steht für Mörder. Ich hab den Film schon mal gesehen, aber das ist lange her. Er hat mir super gefallen, und ich würd mich total freuen, wenn wir da heut reingehen.«

Ich mochte es, dass sie sich so viele Gedanken machte und offenbar recht gern mit mir beisammen war. »Ja klar, da gehn wir rein!«, stimmte ich zu.

»Super, treffen wir uns um sieben vor der Spree-Bar, das ist in der Stralauer Allee am Treptower Park. Von dort sind es nur ein paar Minuten zum Ladenkino.«

Ich notierte mir auch diese Info auf der alten Fahrkarte, allmählich war dort kaum noch Platz.

Dann ging ich wieder raus aus der urbanen Gartenanlage. Ich wollte noch irgendwo einen Happen essen und musste dann rasch zum Hostel, um mein Handy aufzuladen, der Akku zeigte nur noch einen Balken, und ich wollte gern erreichbar sein. Vielleicht meldete sich das Tinerl ja doch noch mal bei mir. Obwohl, ich war ja nun eh schon mit der Carsta verabredet. O je …

Vor dem Eingang hatte ein Geistesgestörter insgesamt elf Bäume mit bunten Topflappen umhäkelt. Ich wunderte mich aber inzwischen über gar nichts mehr und hielt Ausschau nach einem Leihfahrrad.

Ich hielt vor irgend so einem komischen Burgerlokal an. Außer mir war keiner da. Ich bestellte mir eine Semmel mit Huhn, Salat und Schmelzkäse.

»Wollen Sie das als Menü?«, fragte die Verkäuferin.

»Nein. Nur die Semmel.«

»Wollen Sie nichts sparen?«, fragte die Verkäuferin weiter.

»Inwiefern sparen?«, wollte ich wissen.

»Wenn Sie nehmen die Menü, Sie sparen insgesamt fast einen Euro.«

»Wie viel tät des dann kosten, wenn ichs als Menü nehm?«, erkundigte ich mich.

»Vier Euro achtundneunzig.«

»Aha. Und was ist da dann alles dabei?«

»Pommes Frites und ein großes Erfrischungsgetränk.«

»Und was tät jetzt nur die Semmel allein kosten, ohne Menü?«

»Zwei Euro achtundneunzig.«

»Als Menü kostet es also zwei Euro mehr, ist ja klar,

wenn i mehra nimm, kosts auch mehra. Aber verarschen brauchst mich ned. Weil sparen heißt weniger zahlen und ned mehra zahlen. Also gib mir jetz bitte, was i bstellt hab, ohne Menü.«

»Ich möchte Sie aber nicht übervorteilen, bitte entschuldigen Sie.«

Übervorteilen. Das Wort an sich ist ja auch ein Schmarrn, eigentlich müsste es »untervorteilen« heißen, weil jemand ja untervorteilt ist, wenn er benachteiligt ist, und nicht übervorteilt. Wenn einer wenig Sex hat, sagt man ja auch, er sei »untervögelt« und nicht »übervögelt«. Manche modernen Wörter sind schon ein brutaler Schwachsinn. Das belegte warme Semmerl war aber exzellent.

In meiner Behausung legte ich mein Mobiltelefon an die Strippe und mich aufs Bett. Müde war ich eigentlich nicht, aber es tat gut, mal ein bisserl für mich zu sein und meine Gedanken schweifen zu lassen. Ich betete ein wenig zum HERRGOTT und zum heiligen Joseph und fiel in eine Art meditativen Trancezustand, ähnlich wie gestern beim Shanti. Ich dachte an das Tinerl. Und da wurde mir wieder klar: So sehr ich mir auch was anderes versuchte vorzumachen, sie war meine eigentliche Liebe! Das mit der Carsta war nur eine kleine schöne Episode, durfte aber nie, nie, nie etwas Ernstes werden. Das würde dem Tinerl das Herz brechen.

In meinem Zustand der Dämmerung zwischen Wachheit und Schlaf wurden meine Gedanken zunehmend unkoordinierter und wirrer. Einen ähnlichen Zustand hatte ich einmal als Jugendlicher erlangt, als ich und ein paar Freunde kleine, leicht süßlich schmeckende Pilze zu uns genommen hatten. Da war irgendein nicht besonders starker, aber lustiger Wirkstoff enthalten, der unsere Gedanken in höchst interessante und sehr spaßige Richtungen abdriften ließ.

Ich sah mich allein über eine Bergwiese schweben. Und zwar sitzend, als ob ich es mir auf einem bequemen Kissen gemütlich gemacht hätte. Ein bisschen wie Buddha! So flog ich am Rande eines kleinen schönen Baches vorbei. Weiter vorne wurde es heller, das war wohl die Erleuchtung … Ich sah mich um. Hinter mir flogen das Tinerl und die Carsta. Sie hielten mich am Hemd fest, sodass ich der Erleuchtung einfach nicht näher kommen konnte. Dann tauchten die beiden Nikolausbärte auf, die wollten das Tinerl fortzerren. Ich schwebte noch immer und konnte nichts machen, ich war hilflos und wollte in erster Linie das Tinerl retten. Die Nikoläuse bekamen das Tinerl zu fassen, sie rief meinen Namen, aber ich entfernte mich mit dem Gesicht zum Tinerl in die entgegengesetzte Richtung. Da! Auf einmal erschien der heilige Joseph samt seiner Lilie in der Hand, und alles wurde ganz warm und angenehm hell. Er machte eine gleitende, ruhige Handbewegung, und augenblicklich verschwanden die Nikoläuse, aber auch die Carsta. Das Tinerl war befreit, sie bedankte sich lieb beim Joseph und schwebte langsam davon, mich ununterbrochen anblickend. Ich hätte sie gern auch angeschaut, war aber von der Anwesenheit Josephs zu beeindruckt. Da hob der Joseph gütig seinen Arm und fragte: »Wonach jagst du, Toni?«

Dann döste ich weg.

Melodie

Als ich aufwachte, war es kurz vor sechs. Ich musste zum Treptower Park, die Carsta treffen. Also nix wie los!

Pünktlich um kurz vor 19:00 Uhr stand ich vor der Spree-Bar, die aber bereits zugesperrt hatte. Dafür gab es hier wieder Menschen, die Zettel verteilten. Ich nahm einen. Darauf stand der Name ihrer Organisation: »Bilis«. Ausgeschrieben hieß das »Bisexuelle Liberale«. Ich knüllte den Zettel zusammen und warf ihn in einen weißen Papierkorb, der vor der Spree-Bar stand.

Seit meinem Tagtraum vorhin im Hostel hatte ich immer noch die Worte vom heiligen Joseph im Ohr. Sie hallten wie ein Echo in meinem Kopf. »Wonach jagst du … wonach jagst du … wonach jagst du …« Spontan gab ich mir selbst eine Ohrfeige und umfasste den Heiligen Joseph in meiner Tasche. Das Echo verklang. Konsterniert blickte ich mich um. Die Bilis waren verschwunden. An einem Kiosk kaufte ich mir eine Flasche Bier. Es schmeckte fürchterlich. Neben mir standen drei Typen mit Nikolausbärten und Wollmützen. Ich sah sie mir vorsichtshalber genauer an. Sie hatten relativ fertige Klamotten an, gelangweilte Gesichter und wirkten im Allgemeinen etwas ungepflegt.

Aber von den beiden Typen, die mir in den Bergen begegnet sind, war keiner dabei. Die drei tranken Bier aus Flaschen, und wenn einer von ihnen etwas sagte, bemerkte ich, dass sie sämtlich kaum noch Zähne im Mund hatten. Auf einen Schlag wurde mir klar, dass diese Leute nicht irgendeiner modernen Subkultur angehörten, sondern schlichtweg Obdachlose waren, die ja schließlich schon immer so ausgeschaut haben!

Da vibrierte mein Handy. Eine SMS von der Carsta: »Wird noch eine halbe Stunde später.«

Es war bereits zwanzig nach sieben, also würde sie erst um zehn vor acht kommen – und um acht ging der Film los. Bei Touristen bin ich empfindlich, wenn sie nicht pünktlich sein können, aber Carsta konnte ich eigentlich nicht böse sein. Trotzdem machte es mich leicht skeptisch, dass sie über eine Dreiviertelstunde zu spät kommen würde. Wenn sie wirklich ein bisschen in mich verliebt war, würde sie so etwas doch nicht machen. Aber vielleicht hielt sie etwas im Büro auf und sie hätte sonst Ärger bekommen, ungnädige Chefs gab es auch bei uns in den Bergen. Der Traubeckbauer beispielsweise kannte kein Pardon mit seinen Angestellten. Ich beschloss also, mir nichts anmerken zu lassen.

Sie kam um drei Minuten vor acht. »Ich muss dich um Vergebung bitten, ich hab dich fast eine Stunde warten lassen«, sagte sie und sah sehr süß aus.

»Immerhin hast mir ja eine SMS geschickt, und ich hab gern auf dich gewartet.«

»Ich musste einen Umweg machen, weil ich noch dringend was mit einem Kunden abklären musste, das ist halt leider manchmal so. Es wird nicht mehr vorkommen, ich versprechs!«

Ich musste an Konfuzius denken, der einmal gesagt hat: *Wenn du es eilig hast, so geh einen Umweg.* Das ist natürlich völliger Blödsinn, weil wenn man es eilig hat und einen Umweg macht, ist man ja NOCH später dran. Das aber finde ich macht den Konfuzius wiederum sympathisch, dass er auch einmal einen Schmarrn geredet hat.

Der Film war ein sehr düsterer, spannender alter Schwarzweißfilm mit wirklich spitzenmäßigen Schauspielern. Er handelte von einem Geisteskranken, der Kinder ermordet und einem ausgeklügelten Plan, wie die ganze Stadt den Mörder jagt.

Irgendwann pfiff der Hauptdarsteller, der den Mörder spielte, plötzlich eine mir wohlbekannte Melodie: In der Halle des Bergkönigs! Ich starrte auf die Leinwand. Er pfiff sie beinahe den gesamten Rest des Filmes. Irgendwie fühlte ich mich auf einmal unwohl im Kino. Die seltsame Vision vorhin, die Verspätung von Carsta, die bizarren politischen Aktivisten, die Melodie hier im Film – das alles beunruhigte mich auf eine merkwürdige Art und Weise. Ich nahm meine kleine Josephsfigur aus der Tasche und hielt sie fest in meiner Hand. Blitzartig war mein Körper angefüllt mit göttlicher Wärme, und meine Unruhe war vorbei. Daher sei es wieder und wieder den Menschen ans Herz gelegt: Gehet zu Joseph!

»Und, hat sich dein Exfreund noch mal gemeldet?«, fragte ich, als wir nach dem Kino noch in die nahe gelegene und sehr schöne Bar Chicago Williams gingen.

»Ja, klar. Ungefähr zwanzig Mal. Ich hab mit ihm telefoniert und ihm klargemacht, dass es echt keinen Zweck mehr hat mit uns. Apropos: uns. Wie stellst du dir das mit uns eigentlich vor?«

»Liebe Carsta, ich bin ja nur ein paar Tage in Berlin und würd sagen, wir genießen die Zeit, die wir miteinander haben. Ich tät mich natürlich unbandig freuen, wenn du mich mal in den Bergen besuchen kommst. Und ich komm auch gern wieder her. Ich fühl mich sehr zu dir hingezogen!«

»Das ist aber sehr schön. Ich fühl mich nämlich auch ein bisschen zu dir hingezogen«, antwortete sie, vielleicht ein wenig zu keck.

»Dann lassen wir diesen Keim doch etwas wachsen und dann schaun wir, was sich draus entwickelt!«, sagte ich entspannt und setzte einen verschmitzten Blick auf.

Als Antwort gab sie mir einen elektrisierenden Kuss.

Das Chicago Williams war eine schöne Mischung aus Speiselokal, Trinklokal, Anarchie und Weltoffenheit, es roch nach regelmäßiger Bierspeisung, und die Besucher waren zwanglos und gut gelaunt. Als Untertitel für ihre Bar hatten die Betreiber »Seriöse Grillerei seit 2012« unter das Logo, das einen freundlichen Herrn mit grauem Vollbart und Brille zeigte, geschrieben, was mir außerordentlich gut gefiel. Die Bedienungen waren lässig gekleidet und trugen sämtlich stilvolle, schwarzweißfarbene Baseballcaps mit der Aufschrift »Chicago Williams BBQ«. Sie hatten sogar ein eigenes dunkles Bier, das vorzüglich schmeckte. Dazu brachte uns der aufmerksame Ober unaufgefordert einen kleinen Teller mit gebackenen Bohnen, einem Stück Grillfleisch und einem Schlag »Maccaroni and Cheese«.

»Ein Gruß aus der Küche. Zum Probieren«, sagte er mit leicht fränkischem Akzent. Er trug einen Schnauzbart. Moment mal, das war doch der nette Holger aus dem »Buck and Breck«?

»Holger?«, fragte ich.

»Ja«, sagte er.

»Wir haben uns doch erst kürzlich in einer anderen Bar kennengelernt, nicht wahr?«

»Das ist korrekt«, sagte er und lächelte pfiffig. Dann zwinkerte er mir zu und ging. Die kleine Vorspeise schmeckte ganz hervorragend. Also wirklich. Sensationell.

Am Nebentisch saßen zwei sonderbare Jungs. Der eine hatte die Haare in der Mitte seines Kopfes abrasiert, so wie es vor ein paar hundert Jahren die Mönche taten. Also wie »kreisrunder Haarausfall«, aber absichtlich rasiert! Dazu trug er kaum sichtbaren, hellgelben Flaum im Gesicht. Der andere hatte einen knallroten Kopf und wirkte so, als ob er sich nur von Chips und billigem Alkohol ernährte. Carla verkündete, dass sie mal kurz »wohin« müsse. Als sie entschwunden war, lauschte ich der Unterhaltung am Nebentisch.

»Du schaust in letzter Zeit irgendwie anders aus …«, sagte der mit der Mönchfrisur.

»Wie denn? Also eher positiv oder negativ?«, erkundigte sich der Rotschädel.

»Also, nich falsch verstehen, aber rein äußerlich hast du dich im letzten halben Jahr komplett zu deinem Nachteil verändert!«

Wir in den Bergen waren auch direkt, aber das war schon ungewöhnlich, dass jemand anscheinend überhaupt keinen sozialen Filter eingebaut hatte.

»Ja und wie? Also, sach mir dochn Beispiel, damit ick wees, was de …«

»Poh! Da fragste mich was. Wo soll ick da anfangg? Awa jut, wiede willst, mir solls rescht seyn. Also erstma deine Körperhaltunk. Die is schrecklisch. Du gehst wie ein buckliger Dorftrottel. Oder nee, weeste, wie so eener, der vom Krieg heimjekehrt is …«

»Äh, Veteraaan …«

»Neee! Keen Veteran! Einer, der so hinkt und so.«

»Invalide?«

»Ja jenau. Inwallide. Ditt Wort hab ick jesucht. So läufste rum. Wien Inwallide.«

»Ditt is ja nisch besonders schmeischelhaft.«

»Tja, so is ditt nu ma. Dann muss ick dir ooch noch sagen, du hast teilweise escht n komischn Klamottenjeschmack. «

»Wie? Also ick zieh misch doch klassisch und eher konservativ an.«

»Na ja, klassisch is ditt für misch nisch, wenn ma n grünes Sakko zu nem gelben Hemd anzieht. Sei mir nisch böse.«

»Ditt is aber aus der C&A-Kollektion.«

»C&A-Kollektion! Bist dun alter Mann oder watt?«

»Da kooft seit Generationen meine Familie …«

»C&A-Kollektion. Darf isch disch bitte kurz auslachen?«

»C&A is ein sehr traditionelles …«

»Ja, is schon jut. Aber ick war noch nisch fertisch mit meiner Analyse über disch. Du bist nämlisch in letzter Zeit häufig so … so aufjedunsen.«

»Aufjedunsn?«

Das stimmte, er war wirklich aufgedunsen.

»Ja, du hast so nen riesijen Kopf bekomm, und ooch die Finger sind so fett und schwammisch«, fuhr der Mönchskopf fort.

»Aufjedunsn?«

»Sa ick doch, du hast ooch fast keen Hals mehr und glänzt wie so ne Speckschwarte!«

»Danke für die Blumen.«

»Nee, ick find ditt ja nisch schlescht, weil … stell dir vor, wenn ditt in paar Jahren in Mode kommt, dann hättest du schon das Äußere. Dann wärste sozusagen n Trendsetter. N Pionier. Dann könnteste sagen: Ick war meiner Zeit schon immer voraus, weil ick war offjedunsn vor allen anderen!«

Sehr amüsant, die beiden. Carsta kam von der Toilette zurück. Vielleicht bildete ich es mir ein, aber mir schien, als hinge ein wenig weißes Zeug an ihrer Oberlippe. Vielleicht hatte sie sich gerade die Zähne geputzt, um beim Küssen mit mir einen frischen Atem zu haben.

»Hast du eingentlich schon was rausgefunden wegen deiner Freundin, die nach Berlin getürmt ist?«, fragte sie.

»Leider nicht.«

»Wollen wir noch woanders hin?«, fragte sie weiter und zog die Nase hoch.

»Ja, also eigentlich wär ich dann allmählich auch müd.«

»Bitte, ich wollt dir noch was zeigen.«

»Ach so. Was denn?«

»Einen Club. Aber einen ganz besonderen …«

»Na gut, von mir aus.«

Ich zahlte unsere beiden Biere – für die Vorspeise wollte Holger nichts – und wir gingen hinaus. Wenn ich geahnt hätte, wo sie mich da hinschleifte, hätte ich nicht so blauäugig zugesagt. Aber ich hab halt von Natur aus blaue Augen.

Herrenüberschuss

Wir fuhren mit irgendwelchen U-Bahnen in der Gegend herum. Weil ich schon ziemlich müde war, bekam ich nicht genau mit, wohin die Reise ging. Aber nach einiger Zeit stiegen wir an einer sehr belebten Straße aus. Überall waren Leuchtreklamen, Lichter, Autos, Menschen.

»Wohin gehmern? In an Nachtclub?«, fragte ich scherzhaft.

»So was in der Art. Du wirst staunen!«, sagte hinterlistig grinsend die Carsta.

Wir gingen auf ein Etablissement zu, das sich Privé de Sommeil Club nannte und purpurrot beleuchtet war, vermutlich so ein »Swingerclub«. Davon hatte ich mal einen feisten Touristen erzählen hören.

Ich erlaubte mir einen Scherz. »Lass uns doch einen Abstecher in diesen Club machen!«

»Gern, das ist nämlich der Ort, wo ich hinwollte«, sagte Carsta und sah mich vielsagend an.

Ich schluckte. Das war jetzt nicht mein Geschmack. Ich war generell schon immer der Meinung, dass man seine sexuellen Abenteuer nicht in der Öffentlichkeit ausleben sollte. Gut, wenn einer Schwierigkeiten hat, sich jemanden aufzureißen, dann waren solche Clubs generell vielleicht eine feine Sache, damit kein Überdruck entsteht oder er am Ende einen Amoklauf veranstaltet oder so. Aber ich habe ja grundsätzlich keine Probleme, Beischlafgefährtinnen zu finden.

Einmal in meinem Leben habe ich mich von einem Bergbesucher, der Rechtsanwalt war, überreden lassen, in ein Freudenhaus im Salzburger Land mitzugehen. Da sind schon sehr attraktive und süße junge Damen herumgerannt. Er hat mich eingeladen, da dachte ich, gut, probierst es mal aus. Also hab ich mir eine ausgesucht, eine gertenschlanke Schwarzhaarige mit einer süßen Nase und einem wirklich sehr schönen Gesicht. Zudem diese Traumfigur. Ich bin sehr anfällig für Gerüche, drum hab ich erstmal an ihr gerochen. Ich mochte ihr Parfüm, auch wenn ich eigentlich mehr auf natürlichen Eigengeruch stehe. Als ich dann mit ihr in einem Schlafzimmer war, erklärte sie mir erstmal zehn Minuten lang, was sie alles keinesfalls machen würde und wo ich sie anfassen dürfe und wo nicht. Das war mir dann schon von vorneherein zu blöd, und ich hab ihr gesagt, dass ich das dann doch nicht machen möchte, bin rausgegangen, hab mich an die Bar gesetzt und Bier getrunken. Das war mir lieber als da ständig überlegen zu müssen, an welchen Körperstellen ich sie nicht berühren durfte. Ich weiß nicht, wie viel der Anwalt am Schluss für die von mir nicht wahrgenommenen Dienstleistungen zahlen musste, aber wenig war es bestimmt nicht.

Und jetzt sollte ich in eine ähnlich komische Einrichtung. Wie war denn die Carsta eigentlich drauf? War sie exhibitionistisch veranlagt und wollte, dass andere zuschauten?

Oder wollte sie Partnertausch machen? Beides behagte mir überhaupt nicht. Neulich fand sie doch das Kuscheln so toll. Hatte sie mir da nur etwas vorgespielt? Oder hatte sie lauter unterschiedliche Neigungen, vom Harmlosesten bis zum Extremsten? Ich beschloss, der Carsta erstmal zu vertrauen. Bedenken äußern konnte ich ja später immer noch.

Carsta drückte eine Klingel. Minuten vergingen. Dann summte der Türöffner, und wir traten ein. Es war warm und roch nach Räucherstäbchen. Wir gingen eine Treppe, die mit edlem, rotem Teppich bezogen war, hinauf. Es sah alles sehr gepflegt und sauber aus, was mir grundsätzlich gefiel.

Eine freundliche Frau mit blonden Strähnchen und Nasenring begrüßte uns im Bademantel. »Grüß euch! Schön, dass du mal wieder vorbeikommst, Carsta.«

Sie kannte die Carsta offensichtlich von früheren Besuchen. Ich hatte aber keine Zeit, darüber nachzudenken, weil ich gleich von der Nasenringfrau in eine Umkleidekabine geführt wurde. Carsta ging in eine andere Kabine.

»Na was ist, zieh deine Sachen aus«, sagte die Nasenringfrau.

Ich tat, wie geheißen. Mit Nacktheit an sich hatte ich ja grundsätzlich erst mal kein Problem. Die bordeauxfarbenen großen Fliesen gingen bis an die Decke hoch, und die Duschen waren mit Rundbögen und Säulen verziert. Die Nasenringfrau ließ jetzt auch ihren Bademantel fallen, darunter war sie splitternackt. Sie hatte eine sehr hübsche Figur und Brustwarzenpiercings. Vermutlich weiter unten noch andere, da hab ich aber nicht so genau hingeschaut.

Sie zog mich in eine Dusche und fing an, mich überall einzuseifen. Das war schon sehr angenehm, aber ich war gar nicht auf sowas eingestellt. Außerdem bin ich alles andere als devot und mag lieber selber bestimmen, wer mich einseift und wo. In dieser Hinsicht bin ich quasi wie die Prostituierte aus dem Salzburger Land.

»Darf ich das selber machen?«, fragte ich.

»Gefällt es dir nicht?«, fragte sie, leicht beleidigt.

»Doch, aber ich muss erst ein bisserl in die Stimmung reinkommen.«

»Ich kann dir ja helfen beim Reinkommen.« Sie lächelte schmutzig.

Ich hatte ihre Zweideutigkeit schon verstanden und überlegte kurz, ob ich darauf eingehen und einfach ein bisschen Spaß mit ihr unter der Dusche haben sollte, ließ es dann aber lieber sein. Das ging mir alles eine Idee zu schnell, und ich sagte ihr, ich wolle lieber allein duschen. Sie zuckte mit den Schultern, trocknete sich ab und ging hinaus. Als ich ihr zehn Minuten später frischgeduscht hinterherkam, wartete sie bereits mit einem frischen, blütenweißen Bademantel für mich. Ich schlüpfte hinein und fühlte mich gleich viel besser. Ich liebe Bademäntel. Und dieser hier war besonders weich und angenehm auf der Haut. Jetzt war ich schon gespannt, was auf mich zukommen würde.

Carsta stand an der Rezeption, oder was immer das war, und plauderte mit einem jungen Mann mit Porno-Schnauzer. Er war ziemlich schmächtig und hatte eine Föhnfrisur.

»Willkommen im Privé de Sommeil!«, begrüßte mich der Pornoschnauz. »Du bist der Toni, wa?«

»Schon«, war meine knappe Antwort.

»Hey, ich bin der Marco, aber meine Freunde nennen mich *Disco.*«

Disco. Ein schöner Spitzname!

»Ich würd dir am liebsten erstmal die Regeln unseres Clubs aufzählen. Also, erste Devise: Alles kann, nichts muss. Zweitens ist bei uns absolute Körperhygiene Voraussetzung. Duschen, Handtücher und Pflegeprodukte stehen im gesamten Club zur Verfügung. Bitte nach Möglichkeit Kondome benutzen, die gibt es auch überall.«

Carsta stellte sich neben mich und umschlang meinen Arm mit ihrem weichen Bademantelärmchen.

»Gebrauchte Kondome und Papiertücher bitte in die bereitstehenden Abfallbehältnisse werfen und nicht ins Klo, auch wenn du dich im Klo vergnügen solltest. Verkehr ohne Kondom nur mit gegenseitigem Einverständnis. Sonst Hausverbot. Geschlechtsverkehr im Pool ist nicht gestattet. Den Eintritt hat die Carsta schon bezahlt. Für Wertsachen wird keine Haftung übernommen. Das wärs schon.«

»Wie viel hast denn da zahlen müssen?«, fragte ich flüsternd in Carstas Ohr.

»Des passt schon, ich hab hier Sonderkonditionen«, flüsterte Carsta zurück.

»Und wie geht des jetz weiter?«, fragte ich flüsternd in Carstas Ohr.

»Jetzt wird ein bisschen Rambazamba gemacht«, flüsterte Carsta zurück und leckte hinter meinem Ohr, was ich gerne habe. Ich kicherte ein wenig, trotzdem war mir überhaupt nicht wohl bei der ganzen Sache.

Der Club war kreisförmig angeordnet. Wie ein Kreisverkehr. Das Empfangszimmer war in der Mitte und ringsherum befanden sich in edle Goldumrahmung eingefasste Türen, über denen jeweils beschriftet stand, was sich dahinter befand. Über dem Umkleide- und Duschzimmer, in dem ich zuvor mit der Nasenringfrau gewesen war, stand »Badezimmer Herren«, daneben »Badezimmer Damen«, daneben »Saunabereich«, daneben »Spielwiese« und schließlich »Relaxing Area«. Carsta wollte in die Spielwiese.

Ich war auf das Schlimmste gefasst, versuchte aber meine Unsicherheit mit einem kleinen Scherz zu überspielen. »Du, Carsta, wo ist da gleich noch der Raum mit den betriebswirtschaftlichen Lehrbüchern?«, fragte ich sie.

Sie warf mir ein süßsaures Lächeln zu und atmete hörbar aus, als wir in den Bereich der »Spielwiese« eintraten.

Auf den ersten Blick wirkte das Ganze wie eine überdachte Playboy-Edel-Party. Gepflegte Menschen im Bademantel, Drinks, Schalen mit Weintrauben, leise Musik. Dann aber sah ich vereinzelt kopulierende Pärchen und Männer, die bei aufreizend daliegenden Damen zum Cunnilingus anstanden. Ich fand das alles äußerst befremdlich. Carsta aber schien mit dieser Welt enorm vertraut.

»Hey, Carsta«, sagte ein dunkelhäutiger Mann mit holländischem Akzent. »Kommst du zum Gangbang?«

»Nein, heut nicht. Ich hab heut eine liebe Begleitung dabei!« Dabei lächelte sie mich an.

Was sollte denn das? Ließ sie sich regelmäßig kreuz und quer von mehreren Männern gleichzeitig durchnudeln? Ich merkte, dass ich es hier nicht mehr lange aushalten würde und zudem dringender Gesprächsbedarf bestand.

»Du Carsta, des is hier nicht so meins, glaub ich«, sagte ich etwas schutzlos.

»Warte doch erst mal ab«, sagte sie geheimnisvoll. »Lass dich doch einfach treiben, und schau, was passiert!«

Dann nahm sie mich bei der Hand und führte mich zu einer großen, mit vielen Kissen, Decken und hochwertigen orientalischen Matratzen ausgelegten Liegefläche, auf der sich bereits einige Pärchen tummelten. Sie legte sich auf den Rücken und zog mich zu sich. Wir küssten uns, aber es fühlte sich nicht gut an. Ich konnte mich hier einfach nicht gehenlassen. Carsta umarmte mich leidenschaftlich, und ich versuchte, lockerer zu werden, was aber schon deshalb nicht ging, weil plötzlich von allen Seiten Hände fremder Personen mitmischten, die sowohl Carsta als auch mich sanft an allen möglichen Körperteilen berührten. Ich sprang auf.

»Sei mir nicht bös, Carsta, aber ich muss sofort weg hier. Ich bekomm keine Luft in dieser Umgebung!«

Irritiert sah sie mich an, während eine Frau an ihrem Busen saugte und ein Mann ihre Füße mit dem Mund liebkoste.

»Von mir aus kannst du dableiben«, sagte ich.

»Ja, bleib bitte da, Carsta«, sagte der Mann an ihren Zehen. »Wir haben heute Herrenüberschuss.«

»Äh, nein, ich komm natürlich mit, wenn du gehen möchtest«, sagte sie, aber ich merkte, dass sie sich unseren Besuch hier komplett anders vorgestellt hatte.

Ich dachte an das Tinerl und war froh, dass sich bei uns solche kranken Sitten noch nicht eingeschlichen hatten. Willkürlich mit allen Leuten rumschmusen, egal ob

Mann, Frau, alt, jung, hässlich, hübsch, wohlriechend oder unwohlriechend, garstig, verkommen, dick, dünn, dumm, schlau, gewöhnlich, besonders, gemein, verhärmt, verklemmt, unappetitlich, anmutig, süffig, herzhaft, gekippt oder abscheulich, einfach rein ins Vergnügen, nein wirklich nicht! Pfui Deifi!

Als wir wieder an der frischen Luft waren, liefen wir ein paar Minuten schweigend nebeneinander her.

»Das war eine blöde Idee, oder?«, fragte Carsta schließlich.

»Ja, ich glaub schon«, murmelte ich. »Aber der an deinen Zehen war spaßig.«

»Haha, ja, der ist krass«, lachte sie. »Der steht auf Zehen. Egal ob bei Frauen oder Männern.«

Hatte ich mir schon gedacht. So eine perverse Drecksau. Wir lachten nun gemeinsam von Herzen, was die Situation deutlich entschärfte.

»Und da stehst du drauf?«, fragte ich dann. »Also so insgesamt?«

»Manchmal find ich das ganz spannend. Und ich dachte, du gehst da auch drauf ab. War bescheuert von mir. Bitte entschuldige.«

»Ja, passt schon«, sagte ich und dachte wieder ans Tinerl. Da kam ein Taxi vorbei. Wir winkten es ran und ließen uns zur Carsta fahren. Dort schliefen wir eng aneinandergekuschelt, jedoch ohne Sex, ein.

Mad Max

m nächsten Morgen wachten wir von der Sonne auf, die munter durch die Scheibe schien. Diesmal duschten wir gemeinsam und machten noch ein bisserl Petting. Wir trockneten einander ab, das heißt, ich trocknete sie gründlich ab und mich nur ein bisschen.

»Warum trocknen sich Männer eigentlich nie vernünftig ab?«, fragte sie.

»Warum schwimmen Fische im Wasser?«, stellte ich eine Gegenfrage. »Ich glaub, Männer mögen es ganz gern, wenn das Wasser auf der Haut trocknet. Das hat sicherlich auch einen entwicklungstechnischen Hintergrund, den ich aber nicht kenn. Und Frauen haben ja auch oft Angst, sich zu erkälten, und frieren leichter. Das könnt eine Begründung sein.«

»Könnte schon«, sagte Carsta und wickelte sich in ein großes Frotteehandtuch ein.

Mein GOTT, war die niedlich! Wenn sie nur nicht diese seltsamen Neigungen hätte.

Ich ging kurz ein paar Sachen zum Frühstücken einkaufen, dann aßen wir frisch und fröhlich Eier, Speck, Käse und Semmeln, dazu gab es Orangensaft und Kaffee.

»Übrigens kann ich mir heut freinehmen. Da könnte ich dir ein paar schöne Ecken in Berlin zeigen.«

»Sehr gute Idee«, sagte ich. »Aber ich hab erst noch einen Termin bei der Zitty. Der dauert aber nur eine halbe Stund.«

»Da könnt ich dich doch mit dem Auto hinfahren!«

»Ja, des wär natürlich ein Traum!«

Wir fuhren mit ihrem kleinen todschicken weißen Mini los. Das Beunruhigende an diesen Autos ist, dass sie sofort von null auf fuffzig gehen, sobald man das Gaspedal nur leicht antippt. Richtig kleine fiese Killermaschinen sind das. Aber sie fuhr sehr sicher und blinkte sogar immer, sowohl rechts als auch links. Sie musste irgendwas in der Arbeit abgeben und fuhr dann eine lange Straße entlang.

»Als mein Vater den Führerschein machte, lernte er, dass man, wenn man links abbiegen wollte, bis zur nächsten Kreuzung geradeaus weiterfahren, dann rechts abbiegen und einmal um den Block fahren muss«, erzählte sie mir. »Mein Vater stammt aus Ostberlin, da war das wohl seinerzeit normal.«

»Ah, und ist der dann nach der Wende rübergemacht?«, prahlte ich mit meinem historischen Fachwissen.

»Ja, schon ein paar Jahre vorher. Er hat damals im Intershop gearbeitet, da war die Ausreise relativ einfach, aber natürlich war das auch ein krasser Entschluss, weil er ja völlig ohne irgendetwas nach Westberlin gegangen ist. Also keinerlei Möbel oder sowas. Nur das bisschen, was er in seinem Koffer mitnehmen konnte, alles andere hätte Verdacht erregt.«

»Und dann hat er sich eine eigene Existenz im Westen aufgebaut?«

»Genau. Das war 1982. Und kurz drauf hat er dann meine Mutter kennengelernt.«

»Ah ja, ist die Westberlinerin?«

»Nein, die kommt aus Polen.«

»Oh, deshalb bist du wohl auch so hübsch?«

Sie lachte. An einer großen Kreuzung wollte sie links abbiegen, aber es war verboten.

»Scheiße, seit wann darf man hier nicht mehr links abbiegen?«, fragte sie.

»Des weiß ich nicht. Vielleicht wollen sie die komische Regel mit einmal um den Block fahren wieder einführen. Bieg doch einfach ab, es kommt ja nix. Pfeile auf Schildern sind nur was für Hosenscheißer.«

»Okay«, sagte sie und bog links ab.

Schon hörten wir ein unangenehmes Geräusch hinter uns. Es stammte von einem Polizeibeamten auf einem Polizeimotorrad. Er fuhr seitlich neben uns, bedeutete Carsta anzuhalten, stellte seine Maschine dann ein paar Meter vor unserem Auto ab, stieg herunter und kam zu uns. Er sah ein wenig aus wie Mad Max, der Vollstrecker.

»Sag, dass ich dich verleitet hab«, zischte ich ihr noch rasch zu.

Sie kurbelte die Fensterscheibe herunter.

»Sie wissen vermutlich, warum ick Se aufjehalten habe?«, fragte der Polizist.

»Äh, also, ich …«

»Sie sind trotz eines eindeutijen Verbotsschildes links abjebogen.«

»Ja, aber, ich …«

»Bitte Fahrzeugschein und Führerschein.«

»Führerschein hab ich, aber der Fahrzeugschein liegt im Büro meines Vaters, weil, das äh ist nicht mein Wagen, sondern, äh … also, der Wagen ist auf meinen Vater zugelassen und …«

»Ditt wird ja immer schöner. Fahrzeugschein hamse ooch nisch dabei?«

»Ja, äh, das tut mir leid.«

»Und falsch abjebogen sind wa ooch, OBWOHL da n eindeutijes Schild war!«

»Ich wollt eigentlich nicht abbiegen, aber mein Beifahrer hat gesagt, dass das okay sei.«

»So so, hatter ditt? Und Sie machen allet, was Ihr Beifahrer Iehn sacht?«

»Nein, aber in dem Fall …«

Nun wandte sich der Beamte an mich. »Stimmt ditt, ham Sie behauptet, ditt ditt okay is, wenn die Dame ordnungswidrisch abbiegt?«

»Ja, genau, ich hab ihr das gesagt«, bestätigte ich wahrheitsgemäß, obwohl ich Beamte auch gern einmal anlüge.

»Jut, denn fass ick ma zusamm. Ditt wären 20,- € für falsch abbiegen, 20,- € für den vergessnen Fahrzeuchschein und 20,- € wegen Anstiftung zu einer Straftat. Macht zusammen seschzisch Euro. Wer ist damit nisch einvastann? Hand hoch!«

Alle beide erhoben wir eine Hand.

»Überstimmt! Schön Tach noch!«, sagte der Polizist, überreichte der Carsta den Führerschein, salutierte mit

Zeige- und Mittelfinger der rechten Hand und stolzierte zurück zu seinem Motorrad. Dann fuhr er davon.

Wir starrten ihm sprachlos hinterher, und bald machte sich eine enorme Heiterkeit in unserem Auto bemerkbar. Wir fuhren unbehelligt weiter und freuten uns über unser Erlebnis. Irgendwo da draußen cruised er umher. Er ist gerecht. Er ist spontan. Er hat Humor. Sein Name ist Mad Max, der Vollstrecker.

Lovestory

Nach wenigen Minuten waren wir relativ pünktlich am Verlag der Zitty. Inzwischen war ich überzeugt: Berlin ist eine ziemlich kleine Stadt und wirkt nur so groß wegen der hohen Häuser, der breiten Straßen und der vielen Nationalitäten. Carsta wollte noch eine Vitamin-E-haltige Hautcreme besorgen, da man gerade im Herbst etwas für seine Haut tun müsse, wie sie sagte. Wir vereinbarten, uns eine halbe Stunde später wieder an der gleichen Stelle zu treffen.

Ich schlenderte auf das Verlagsgebäude zu. Dabei beobachtete ich eine Maus, die hinter einem Zeitungsständer nach Nahrung suchte.

»Hast an Hunger?«, fragte ich sie.

Die Maus schaute zu mir hoch. Sehr skeptisch. Großstadttiere sind es nicht gewohnt, zu kommunizieren, sie müssen sich vermutlich immerzu allein durchschlagen.

»Ich hab leider nix für dich«, sagte ich.

Da bemerkte ich ein leichtes Schulterzucken der Maus und freute mich, dass sie wenigstens ihre Urinstinkte nicht eingebüßt hatte beim rauen urbanen Dasein und mich verstand.

Ich rief bei Micha an.

»Geh schon ma rein, ich hol dich unten ab«, sagte er.

»Jut«, sagte ich. Ich war eindeutig schon zu lang in dieser Stadt.

Wir fuhren mit dem Lift hinauf, er roch nach neuen Teppichen. In der Redaktion angelangt, liefen wir durch mehrere Büros zu Michas Arbeitsplatz. Er hatte das Interview ausgedruckt und daneben lag ein wirklich nettes Foto von mir. Ich las den Text durch und freute mich, tatsächlich meine eigenen Worte ohne Ergänzungen oder Kürzungen zu lesen.

»Sehr gut hastes gmacht«, lobte ich ihn. »Aber meinst du echt, wir sollen das mit dem Tinerl drinlassen? Ich glaub, die mag mich wirklich nimmer sehn.«

»Doch! Klaro! Das ist zum einen ne schöne Lovestory, zum andern aber auch in meinen Augen deine einzige Chance, die Kleene wiederzufinden!«

»Okay, dann machen wir das so. Gefällt mir echt super, dein Artikel!«

»Dankeschön! Dann können wir es gleich für die nächste Ausgabe freigeben. Und weißte was, ich setz das ganze schon heute ins Internet, vielleicht meldet sich dein Tinerl ja. Man sollte das Internet nich unterschätzen.«

»A spitzen Idee! Des machst! Lieber Micha, ich verabschied mich, war mir eine sehr große Ehre. Vielleicht bis demnächst, unsere Telefonnummern haben wir ja!«

»Aber sehr gern doch, Großer!«, sagte Micha, und wir klopften uns kernig auf die Schultern.

Ohne Darm

Carsta hatte ihre Creme besorgt, ich war wieder eingestiegen, und wir fuhren Richtung Bärenzwinger.

»Kennst du den Bärenzwinger?«, fragte sie.

»Ja, da war ich vor ein paar Tagen. Ist super dort. Ich liebe Bären, so wie ich alle Tiere liebe und mich auch für deren Rechte und Freiheiten einsetze. Also generell finde ich ja Tiere in Gefangenschaft bedenklich, aber den Bären gehts glaub ich gut. Ich befasse mich auch viel mit Jägern, und da gibt es nur wenige, die sich ehrenhaft verhalten. Die meisten haben keinen Respekt vor dem Tier.«

»Das ist aber sehr edel von dir. Weißt du, ich empfinde ganz genauso wie du.«

»Das freut mich sehr! Ich muss aber auch immer wieder betonen: Jäger und Förster haben durchaus ihre Berechtigung, und viele Menschen essen nun mal Fleisch. Aber Leute, die nur zu ihrer persönlichen Unterhaltung Tiere dahinmorden, sind nicht akzeptabel.«

»Das ist schon erstaunlich, wie ähnlich wir denken!«, freute sich Carsta. »Willst du dann woanders hin als zum Bärenzwinger?«

»Ja, wo wir schon beim Thema Fleisch sind: Ich würde gern mal ins Curry 36.«

Ihr Blick war etwas zweifelnd. »Echt jetze?«

Manchmal setzte sich bei ihr der Berliner Dialekt durch, was ich ungemein sexy fand.

Wir parkten in einem Seitengässchen und gingen durch das Straßenwirrwarr. Vor einer Bude an einer befahrenen Hauptstraße standen etwa fünfzig Menschen an. Auf der Bude stand: »Mustafa's Gemüse Kebap«.

»Ist dieser Kebap mit Gemüse statt Fleisch?«, fragte ich Carsta.

»Nein, der ist nur zusätzlich mit gedünstetem Gemüse.«

»Und warum stehen die alle hier an?«

»Keine Ahnung. Ich glaub, weil der Laden in allen möglichen Reiseführern drinsteht.«

»Ach so, dann sind das Touristen?«

»Ja, ausschließlich. Berliner gehen da nicht hin.«

Tatsächlich hörte ich nur Englisch, Spanisch und diverse osteuropäische Sprachen, als wir an der bestimmt siebzig Meter langen Schlange vorbeigingen. Ein paar Meter weiter erreichten wir einen ebenfalls stark frequentierten Imbiss, in dessen Inneren fünf oder sechs Leute arbeiteten. Alle Gäste aßen Currywurst mit Pommes Frites oder Semmeln. Beziehungsweise in diesem Fall wohl eher: Schrippen.

»Willste mit oder ohne Darm?«, fragte Carsta.

»Ich nehm eine mit und eine ohne, damit ich vergleichen kann. Ich hab noch nie eine Wurscht ohne Darm gegessen. Was ist denn da der Vorteil?«

»Da gibts keinen Vorteil, das ist halt Geschmackssache.

Ohne Darm is einfach etwas weicher. Son büschn wie ne Bulette. Und dazu Pommes oder ne Schrippe?«

»Am liebsten ohne Beilagen«, sagte ich, weil ich weder Appetit auf Pommes hatte, noch müde vom Weißmehl werden wollte.

»Und zum Trinken?«

»Was trinkst denn du?«

»Cola«, sagte sie.

»Ich trink ein Bier«, sagte ich.

Die Würste kamen, und sowohl Bier als auch Cola wurden in Flaschen ohne Gläser serviert, was ich sehr sympathisch fand. Ich bezahlte, obwohl eigentlich Carsta mich einladen wollte, aber das gehört sich einfach so, dass der Mann bezahlt, finde ich. Da bin ich etwas altmodisch, aber in dieser Hinsicht werd ich mich vermutlich nie ändern. Wir stellten uns mit unseren Schälchen an einen der Stehtische. Gegenüber stand ein älterer Mann mit einer grünen Weste. Er hatte seine Wurst schon aufgegessen und trank ebenfalls Bier. Die Würste schmeckten spitze, beide. Und die Sauce war ein Traum.

»Wie ist das eigentlich mit den Jagdlizenzen?«, griff die Carsta wieder das vorherige Thema auf. »Werden die einfach so vergeben?«

»Ja, das entscheiden oft die Gemeinden oder jeweiligen Bezirke. Man kann allerdings Jagdlizenzen auch wieder entziehen«, klärte ich sie mit meinem gefährlichen Halbwissen, wie ich es gerne nenne, auf.

»Dabei ist die Jagd so notwendig«, mischte sich der mit der Weste ein. »Zuviel Wild zerstört den Wald!«

»So, das ist ja interessant. Wussten Sie, dass im Schweizer Kanton Genf die Jagd seit 1974 abgeschafft wurde?«, posaunte ich neunmalklug mein jüngstes Wissen heraus.

»Ja, das ist bekannt! Eine Schande für die Zunft der Jäger«, sagte er mit rollenden Augen.

»Bravo! Und ihr habts recht! Der seither entstandene Schaden ist unermesslich! Der Forstbestand im Raum Genf ist, seitdem es keine Jagd mehr gibt, so gut wie nicht mehr vorhanden, das weiß ja heute jedes Kind. Es gibt dort quasi keine Bäume mehr. Und die Schweiz ist ja wirtschaftlich bekanntlich sowieso am Ende und wird seit 1974 nur noch das *Armenhaus der Welt* genannt«, sprach ich listig weiter.

»Äh, aber auch die Gefahren durch wilde Tiere …«

»Freilich!«, konterte ich und holte weitere Trümpfe aus dem Ärmel. »Man liest ja immer wieder, dass ganze Genfer Großfamilien von Wildschweinhorden ausgerottet worden sind. Ihre Argumente sind in der Tat großartig!«

»Ach, halten Sie doch einfach Ihr blödes Maul!«, schimpfte er, stand auf und stellte sich woanders hin.

Wir holten uns noch eine Cola und ein Bier und turtelten etwas herum, als eine junge Familie, bestehend aus zwei Eltern Mitte dreißig und einer etwa achtjährigen Tochter, daherkam und um Platz ersuchte. Ich erwies ihnen die Ehre, und sie stellten sich zu uns an den Stehtisch. Die Eltern teilten sich ein Radler, das hier »Alsterwasser« hieß, obwohl die Alster ja in Schleswig-Holstein fließt, und das Mädchen bekam Limonade. Alle drei aßen Currywurst mit Schrippensemmel.

Da kam ein unrasierter, finster dreinblickender Herr mit schwarzen Haaren, einer Bierflasche und einer bereits zur

Hälfte aufgegessenen Currywurst daher und stellte sich ungefragt dazu, wodurch ein beinah beklemmender Platzmangel entstand. Er sah osteuropäisch aus, kam von seiner Physiognomie her vermutlich aus dem Balkan. Ich überlegte, wie er wohl heißen könnte. Vermutlich Zandor oder Branko. Er nuckelte an seinem Bier, während die Mutter versuchte, die Tochter mit einem Stück Currywurst zu füttern.

»Da Jana, kieck ma, ne jute Cörryworst«, sagte die Mutter.

»Ich mag keine!«, plärrte die Jana.

»Aber du wolltest doch unbedingt hierher.«

»Lass mich!«, keifte das Balg, nahm eine Art viereckigen Minicomputer aus der Tasche, setzte sich Kopfhörer auf und begann, ein brutales Ballerspiel zu spielen.

»Wieso spielt das Kind in diese Alter schon mit Gerät? Warum spielt nicht mit Puppen?«, wandte sich Branko an den Vater.

»Ditt is ehmt numal so, Kinder spielen heutzutage nisch mehr mit Puppen«, sagte der Vater fröhlich.

»Sie euch haben in Hirn geschissen? Soll Kind asozial werden später? Ohne Kontakte zu andere Kinder? Weil nur spielt mit Gerät von früh bis spät und lernt wie man schießt auf Leute?«

»Ja aber wat solln wir denn dagegen machen?«, meinte der Vater mit gespielter Empörung.

»Nimms ihr weg das Ding. Bist du blede oder?« Branko lachte den Vater verächtlich aus.

Der wollte den Ball offenbar zurückspielen, denn er lachte nun auch, aber eher bitter. »Hahaha, ditt gloown se awa nich, wat da los wäre, wenn ick der Jana ihr iPad wegnehm tät. Hoho, da wären Riesnaufstand anjesacht, ditt kannick Ihn vasischan!«

»Hast du Angst vor die eigene Kind?«, fragte Branko und sah den Vater sehr ernst an.

»Nee, also, wir erziehn unsre Tochta nach dem Prinzip ›Du darfst so jut wie allet, nur im Extremfall sagen wir wat dagegen‹«, schaltete sich die Mutter ein.

»Hey, tschuldigung, hab ich gerade geredet mit die Mann oder mit die Weib?!«, schnaubte Branko.

Ich musste über diese Entgleisung kichern.

»Wie bitte?«, der Vater wusste sich anscheinend nicht mehr recht zu helfen.

»Wieso redet Weib dazwischen? Hast du nicht im Griff?«, wendete er sich wieder an den Mann.

»Entschuldigen Sie mal, also …«, sagte die Mutter.

»Schaust du! Quasselt schon wieder dein Weib.«

Ganz schön dreist, der Kerl. Ich ging vorsichtshalber in Position, um im Zweifelsfall einschreiten zu können.

Da kam eine junge Südeuropäerin mit Krücken des Wegs. Flehend hielt sie die Hand auf. »Bitte, geben, bitte«, sagte sie in gebrochenem Deutsch.

»Nein, wir unterstützen so wat nich«, bemerkte der Vater.

»Was unterstützt du nicht?«, fragte Branko.

»Da stecken ürngwelsche Banden dahinter, die sieht von dem Geld ohnehin nüscht.«

»Stimmt das? Bist du Teil von Bande?«, fragte Branko die Bettlerin.

»Schuldigen, nix verstähn«, war ihre Antwort.

»Mir ist egal, wer bekommt. Wenn habe Geld, dann ich

gebe.« Er gab der Bettlerin einen etwas mitgenommenen Fünf-Euro-Schein. Sie bedankte sich mit mehrmaligem Kopfnicken und zog weiter.

»Erst gestern ha ick in der BZ jelesen, dass man solchen Leuten nüscht geben soll«, erzählte die Mutter.

»Was ist los mit euch Leute? Kind ist gestört und spielt nur Computerspiele, Mutter plappert die ganze Zeit, und Vater sitzt da wie Dummkopf. Vielleicht zu wenig Bumski?«

»Also ick muss doch bitten!«, entrüstete sich der Herr Papa.

»Warum? Tochter kann nix here, weil spielt Killerspiel. Sag mir, wann du hast gemacht zuletzt Bumski mit Frau?«

Der Vater schaute sich um, als würde er Hilfe suchen. Da kam ein ordentlich angezogener Mann mit Krawatte daher. Auch er hielt die Hand auf und blickte unterwürfig und hilfesuchend drein.

»Bitte, geben kleine Spende. Bitte.«

»Bist du auch Teil von Verbrecherbande?«, fragte Branko.

»Nix verstehen.«

»Für wen du arbeite?«

»Piratenpartei.«

»Gut, dann ich gebe dir auch Geld.« Branko gab dem Herrn mit Krawatte einen ramponierten Zehn-Euro-Schein.

Die Mutter packte Janas noch unberührte Currywurst in eine Serviette. Die Würste der Eltern waren auch nur zur Hälfte aufgegessen. »Du willst doch bestümmt wieder nach Hause, Jana, wa?«, fragte sie.

»Jana, komm, wir müssen los«, sagte der Vater.

»Ick muss nur noch zwei Länder erobern, dann komm ich ins nächste Level«, sagte Jana.

»Na jut, so lang können wer warten. Hahaha.«

»Ihr seid kaputte Leute. Tut mir leid, zu anstrengend für mich. Ich setze woanders hin. Tschüssi«, sagte Branko, nahm seine nun fast leere Bierflasche, stapfte davon und stellte sich zu anderen Leuten dazu.

Die Eltern warteten geduldig, bis ihre Tochter sämtliche Außerirdische oder Söldner oder wen auch immer niedergemetzelt hatte, dann verabschiedeten sie sich ebenfalls.

»Hier erlebst Sachen«, sagte ich, in der Tat beeindruckt.

Da kam Branko zurück und stellte sich offensiv noch mal zu uns. Ich beschloss, ihn zur Rede zu stellen. Ich mochte ihn, weil er ja mit allem absolut recht gehabt hatte, was er den Eltern sagte, die schon arg einen an der Waffel hatten. Er war quasi wie ich als Erziehungsberechtigter unterwegs. Aber ich war der Meinung, dass der Lerneffekt mit seiner offensiven Art nicht optimal funktionieren würde. Deswegen hakte ich nach.

»Du hast die beiden ja grad ganz schön zur Sau gmacht. Hast ja recht, mit dem was du sagst, aber gehts nicht vielleicht etwas freundlicher?«

»Man darf Tatsachen nicht verdrehen«, sagte er mürrisch.

»Aha.«

»Man muss immer und zu jeder Zeit Wahrheit sagen!«

Das war ein Satz, über den ich mich sehr aufrege, wenn ich ihn höre. Wer immer die Wahrheit sagt, ist entweder ein Vollidiot oder ein Fundamentalist. Ich gab dem Fremden eine Standpauke: »Da bin ich anderer Meinung. Die Wahrheit ist nicht immer angebracht. Würde ich beispielsweise einem talentierten jungen Mann, der die Welt erkunden möchte, die Wahrheit sagen, dass die Welt voller bösartiger, kleingeistiger und missgünstiger Menschen ist, wäre das brutaler Schwachsinn und menschlich völlig derangiert. Ich würde diesem Knaben also nicht die ganze Wahrheit sagen, sondern ihm lieber die freudige Botschaft überbringen, dass ihm die Welt offensteht, er alle Möglichkeiten hat und alles auskosten soll, was sich ihm bietet und Spaß verbreiten soll. Dieser Gedanke ist auch ein Teil meiner eigenen Realität, aber eben nicht die komplette Wahrheit. Man kann schon manchmal die vollständige Wahrheit sagen, nur muss man abwägen, zu wem man sie sagt und was man damit für eine Reaktion erzielt. Einem notorischen Säufer, der nur in der Gegend rumfliegt, brauche ich nicht sagen, dass er aufhören soll zu saufen, weil er das selber ahnt und halt nicht kann. Den kann ich fragen, ob er vielleicht mal was anderes vorhatte im Leben und ob es nicht eventuell angenehmer für sich und seine Mitmenschen wäre, wenn er sein Leben in etwas geregeltere Bahnen lenken würde. Weißt du, was ich meine? Man sollte ausschließlich liebevolles Gedankengut verbreiten, um die Welt besser zu machen. Drum sollte man behutsam mit der Wahrheit umgehen. Mit Fingerspitzengefühl. Wenn es sein muss, ist es auch mal in Ordnung, nicht die Wahrheit zu sagen. Wenn ich bei meiner Mutter bin und sie mich fragt, was ich so mach, erzähl ich ihr immer nur die wunderbaren Dinge, die ich erlebe, und spare die fürchterlichen weitgehend aus, weil sie sich sonst unnötig Sorgen machen muss. Das ist in meinen Augen der korrekte Umgang mit Wahrheit.« Herrschaftszeiten, war ich in Form! »Manchmal«, fuhr ich fort,

»kann man aber auch die Wahrheit in schöne Worte fassen, sie umdichten, mit ihr spielen, sie dazu verwenden, anderen Menschen eine Freude zu machen. Aber wirklich aussprechen sollte man sie nur, wenn man sich absolut sicher ist, dass es den anderen auch erreicht und man nicht verletzend wird.«

Branko hatte mir die ganze Zeit zugehört und hatte einen feuchten, sentimentalen Glanz in den Augen. Als ich fertiggesprochen hatte, rief er »Bruder!« und wollte mich in den Arm nehmen. Ich lehnte dankend ab und schüttelte ihm lieber die Hand. Zufrieden lächelnd marschierte Branko davon.

Carsta und ich wollten auch gerade gehen, als sich der Idiot mit der Weste wieder zu Wort meldete. Er hatte vom Nachbartisch aus während meiner Rede schon die ganze Zeit aggressiv abgewinkt und hielt nun drohend und zitternd seinen rechten Zeigefinger in mein Gesicht. »Die Wahrheit umdichten? Mit ihr spielen? Ein elender Schwätzer bist du! Ein Pinocchio!«, sagte der schwindlige Kamerad vorlaut und berührte mit seinem abgekauten Finger meine Nasenspitze. Das war zuviel. Ohne groß nachzudenken haute ich ihm mit der Faust voll eine in die Fresse. Er fiel nach hinten runter, und sofort kamen andere Leute herbeigerannt und hielten mich zurück.

»Es passiert nix mehr«, sagte ich. »Er hat sich eine verdiente Watschn eingefangen, sonst nichts. Alles im Griff!«

Doch der herbeigeeilte Mob zerrte an mir, der Depp stand auf und schlug in meine Richtung, aber auch ihn hielten die Leute zurück, sodass seine Schläge nur in die Luft trafen. Schließlich kamen ein paar Curry-36-Mitarbeiter angelaufen und erteilten uns beiden Hausverbot. Einer führte mich in die linke Richtung, ein zweiter den Westenkaschperl in die andere. Carsta folgte mir.

Während ich mich noch sammelte, wurde ich durch Carstas Weinen aus meinen Gedanken geholt. »Ich hätt nicht gedacht, dass du auch ein Scheißschläger bist!«, heulte sie.

Klar, sie war von ihrem Exfreund traumatisiert. Da hatte ich nicht drangedacht. Ich nahm sie in den Arm; erst wehrte sie sich zwar, doch schließlich wurde sie geschmeidig.

»Ich konnt das einfach nicht auf mir sitzen lassen, der Typ hat mich zu sehr provoziert. Normalerweise schlag ich nicht zu.«

Sie schien mir zu glauben. Und plötzlich schmunzelte Carsta. Ihre Angst und ihr Ärger schienen verflogen. »Hihi, dem hast du jetzt aber schon kurz die Wahrheit gesagt«, sagte sie. »War ganz geil, was du da so alles erzählt hast.«

»Haha, danke.«

»Der hat die Watschn auch gebraucht.«

»Ich weiß. Ein Mann spürt sowas.«

»Ist das Mädchen, das du suchst, eigentlich in Wirklichkeit deine Freundin?«

»Sowas ähnliches.«

»Muss ich eifersüchtig sein?«

»Eifersüchtig muss man nie sein. Schau mal, ich hab mit dir ein total individuelles und sehr liebevolles Verhältnis, das sich durch nichts trüben lässt. Selbst wenn ich zum Beispiel in zwei Wochen noch eine Frau treffen würde, die mir gefällt, würde das doch nichts an meiner Liebe zu dir ändern. Das ist eines der großen Missverständnisse in unserer Gesellschaft. Treff ich mich beispielsweise am Freitag mit dem Schorsch und am Samstag mit dem Thomas, ändert sich ja deswegen an meiner Freundschaft zu keinem der beiden etwas, weil ich ja jeden auf seine eigene Art gernhab und jetzt nicht sag: Weil es am Samstag mit dem Thomas so schön war, treff ich mich jetzt nie mehr mit dem Schorsch. So verhält es sich auch in der Liebe. Ich kann ja auch mehrere Bücher parallel lesen und mag deswegen nicht das eine weniger, weil ich drei Tage vorher in dem anderen gelesen hab. Drum bitt ich dich, mich so liebzubehalten, wie du mich kennst, damit wir das immer, wenn wir uns sehen, neu auffrischen können!«

Ich war stolz, dass mir so viele gute Vergleiche eingefallen waren, um die Dinge deutlich zu machen.

Carsta jedoch sah mich an, als hätte ich chinesisch geredet. Schließlich sagte sie: »Da muss ich noch mal drüber nachdenken. Aber ich glaub, das ist überhaupt nicht das, was ich mir vorstell. Ich find, man kann es nicht so unkompliziert sehen, da fehlt mir irgendwas.«

»Wieso, hättest du mich gern komplizierter?«

»Ja, irgendwie … irgendwie schon.«

Die Carsta war halt eine typische Großstadtfrau. Ständig wechselte sie ihre Stimmungen. Grad hatte sie geweint, dann wieder gelacht, erst schleppt sie mich in so nen Swingerclub, jetzt machte sie plötzlich auf sehnsüchtige Familienfrau, das war ganz schön anstrengend. Was zuerst so frei, fröhlich und frisch gewirkt hatte, entpuppte sich langsam als sehr seltsam. Eine Frau, die sich nur so richtig entspannen konnte, wenn sie von allen Seiten besprungen wurde, und gleichzeitig ein Problem mit Eifersucht hatte, erschien mir nun doch etwas speziell. Meine Verliebtheit ebbte immer mehr ab.

Endlich

Wir gingen nicht gleich zurück zum Auto, sondern liefen eine große Straße mit vielen Geschäften entlang. Da gab es Antiquitäten, Bilder, T-Shirts, Schuhe und Second-Hand-Sachen. Aber anders als neulich, hier waren nämlich die Preise äußerst nachvollziehbar und meistens sogar niedriger, als ich geschätzt hätte.

»Wie heißt denn die Straße hier?«

»Bergmannstraße.«

Während wir durch ein paar Hinterhofläden schlenderten, klingelte mein Handy. Es war Micha.

»Stell dir vor, Großer, da hat sich prompt einer gemeldet. Der war sich hundert Prozent sicher, dass er dein Tinerl kennt! Sie arbeitet im Berliner Hofbräuhaus, sagt er. Er hat sich völlich in sie verknallt und is jeden Tag wegen ihr dort.«

»Meinst echt jetzt?«, freute ich mich wie ein Jugendlicher auf seine erste Party.

»Ja, der war felsenfest überzeugt, dass es das Tinerl is, das du suchst!«

»Danke, Micha, wirklich vielen Dank!«

»Immer gern, mein Lieber!«

Mein Herz pochte vor Freude.

Carsta bemerkte das. »Erfreulicher Anruf?«, fragte sie.

»Vermutlich schon!«, sagte ich. Ich wollte ihr nichts erzählen, daher hielt ich meinen Mund. Allerdings war meine gute Stimmung wohl nicht zu übersehen. Ich grinste die ganze Zeit wie ein Honigkuchenpferd. Unfassbar, dass ich ENDLICH einen Hinweis auf den Verbleib des Tinerls gefunden hatte! Jetzt würde gewiss alles gut werden. Allerdings war ich nun wohl auch an dem Punkt angekommen, an dem ich mich von der Carsta verabschieden musste.

Vor einem Laden mit gebrauchten Armbanduhren standen zwei Männer und eine Frau. Sie wirkten sehr fidel, vermutlich waren sie leicht angeheitert. Der eine Mann war komplett orange gekleidet und hatte eine orangefarbene Baseballkappe auf dem Kopf. Die Frau war groß und hatte sehr weibliche Formen. Sie sagte gerade zu dem orangenen Männlein: »Nee, du, wir fahren jetzt, wir haben den Kanal voll. Geh doch noch allein was zwitschern.«

»Nein«, sagte der Orangene. »Allein trinken macht blöd, und blöd trinken macht allein.«

Der andere Mann trug einen schwarzen Anzug ohne Krawatte, hatte einen altmodischen Schnurrbart und ein verschmitztes Lächeln. In seiner Hand trug er einen kleinen schwarzen Koffer. Ich erkannte ihn sofort, und mein Herz schlug höher: Es war der Jazztrompeter Peter! Ich hatte ihn gewiss seit fünf Jahren nicht mehr gesehen und mochte ihn doch so gern, weil er ungemein charmant war und immer sehr lustige und schlaue Sachen sagte. Und wieder fielen mir seine Worte ein: »Wir müssen begreifen, dass wir alle NICHTS sind. Und dieses Nichts gilt es auszufüllen!«

»Grüß GOTT, Peter!«, sagte ich.

»Grüß GOTT!«, sagte er, als hätten wir uns erst gestern das letzte Mal getroffen. Wir umarmten uns herzlich.

»Alles in Ordnung?«, fragte ich.

»Alles mehr als in Ordnung! Und selbst?«

»Passt!«

»Fein!«

»Ja. Bis bald!«

»Bis bald! Wiedersehn!«

Wir gingen weiter und kamen zu einem Platz, an dem unzählige Rikschafahrer auf der Straße standen, wie in Asien.

»Naa, kleine Rikschafahrt gefällig?«, fragte einer der Fahrer.

»Was kostets denn zum Südstern?«, fragte Carsta.

»Für euch beide fünfzig Euro.«

»Fünfzig Euro für fünf Minuten Fahrt? Ihr glaubt wohl, wir sind dumme Touristen«, sagte Carsta zu ihm und »Die ham se doch nich mehr alle!« zu mir.

»Du, Carsta«, begann ich jetzt zögerlich.

»Schon gut, Toni, ich weiß, was du sagen willst – mir geht's genauso«, unterbrach sie mich gleich.

Ich war wieder mal sehr hingerissen von ihr, weil sie so süß war und wieder einmal genau wie ich dachte. Aber wir hatten wohl beide gemerkt, dass die Luft irgendwie raus war. Dementsprechend verlief auch unsere Verabschiedung ein bisschen kühl.

»Schön wars«, sagte ich und meinte es auch so.

»Ja, klar«, sagte sie mit leicht hochgezogenen Augenbrauen.

»Also, machs gut.«

»Du auch.«

Dann küssten wir uns auf die Wangen und gingen in entgegengesetzte Richtungen davon.

Hofbräuhaus

Sobald die Carsta außer Sichtweite war, stoppte ich ein Taxi und ließ mich ins Berliner Hofbräuhaus kutschieren.

Davor standen überall Tische und Stühle samt großen blauen Sonnenschirmen, auf denen »Hofbräu München« stand. Es waren zwar keine Bierbänke und -tische, aber es gab ein paar Bäume und schon so etwas ähnliches wie Biergartenatmosphäre. Es war ja erst früher Nachmittag und angenehm warm draußen, drum saßen einige Leute da und aßen und tranken. Sie hatten sogar Maßkrüge!

Ich setzte mich an einen freien Tisch. Eine schwarzhaarige Bedienung kam daher.

»Ja, wat darf isch dem Herrn bringen?«

»A Helles.«

»Ne Mass oder n Halbes?«

»A Hoibe.«

»Jut. Ooch wat zum Essen?«

»Ja, lassens mir die Kartn da«, sagte ich, nicht, weil ich hungrig war, sondern weil mich interessierte, was es gab.

»Noch a Frage«, sagte ich. »Arbeit da a Madl, was auf den Namen Tinerl hört?«

»Oje, da fragen aber die Herren zur Zeit oft nach. Die is wohl ziemlisch begehrt, ditt Bettinerl. Ja, die arbeitet hier. Übrigens sitzt da drüben ihr Freund mit Kollegen und macht Mittach.«

Ich traute meinen Augen nicht! Da saß doch tatsächlich der aufmüpfige von den beiden Nikolausbärten!!!

»Ah, ja, den kenn ich, da hock ich mich gleich amal dazu. Wissen Sie, wann das Bettinerl arbeitet?«

»Jou. Die arbeitet diese Woche in der Parallelschischt, also mittendrinne. Ditt heißt, sie fängt inner Stunde an und is um Neune abends fertisch. Soll ick ihr wat ausrischtn?«

»Naa, die Information langt mir.«

»Und ditt Bier wollnse trotzdem? Brings ihnn gern ooch an den Tüsch nebenan.«

»Naa, bringen Sies mir bitte daher, und ich hock mich dann mitsamt dem Bier rüber!«

»Ooch jut.«

Das Bier kam, ich bezahlte gleich, trank einen Schluck und ging zu dem Tisch, an dem der Nikolausbart mit zwei anderen Typen saß. Sie besprachen anscheinend gerade etwas Geschäftliches und faselten Sachen wie »Foursquare« und »einchecken«.

»Griasdi!«, zischte ich. »Kennst mi no?«

»Ach du Scheiße«, sagte er und starrte mich an wie ein Kaninchen vor einer Kobra.

»N Freund von dir, Heino?«, fragte der etwas blass aussehende Mann neben ihm mit gelblich blondem Haar, rötlichen Kaninchenaugen und spröden Lippen.

Heino hieß der Pimpf! Ich musste mich zusammenreißen, um nicht loszulachen. Heino trug ein kariertes Hemd, darüber ein Freizeitwestchen, weite Hosen und Turnschuhe. Seine Schlumpfmütze war diesmal hellbraun, darunter lugten die zwei kümmerlichen Koteletten hervor. Nach wie vor zierte der ironische Nikolausbart sein Kindergesicht.

»Äh, könn … könn wa uns unterhalten?«, stammelte Heino.

»Gern!«

»Ja, bitte entschuldigt misch, Kollejen.«

Die Kollegen wirkten leicht irritiert. Ich nahm mein Bier einfach mit und ging mit Heino aus dem Biergartenbereich heraus. Er wirkte äußerst ängstlich. Wir gingen ums Eck und fanden eine leere Holzbank, auf die wir uns setzten.

»So, hast mir also mein Tinerl fortgnumma, du Hanswurscht!«, sagte ich aufmüpfig.

»Stopp, stopp, stopp, stopp, stopp«, sagte er hektisch. »Hier hat keena ürngwem wat wegjenomm!«

»Ach so, is sie da von selber hergflogen?«, fragte ich leicht unoriginell.

»Die Bettina wollte weg vonn Bergn, und sie is aus frein Stückn mit mir nach Balin jekomm!«

»Aha! Des soll ich jetzt glauben!«

»Wir hatten uns ineinander verliebt, ooch wenn de ditt nisch gern hörst!«

»Soll ich dir eine runterhauen?«

»Wenn ditt die eynzije Form der Kommunikation ist, die ihr Almödis beherrscht, denn …«

In diesem Moment hatte ich ihn schon am Nacken gepackt und sein Gesicht nah vor das meine gezerrt. »Du reißt hier dein Maul nicht so weit auf, sonst schlag ich dich grün und blau, verstehst?«

Ich konnte mich einfach nicht mehr beherrschen! Die ganzen letzten Tage, die ewige Suche und jetzt dieses rotzfreche Verhalten.

»Könn wir bitte wie zwei vanünftije Menschen spreschn?«, stammelte er.

»Können wir immer. Wennst du dei arrogantes Verhalten einstellst und normal mit mir redst.«

»Jut. Jut. Bitte lass jetzt los.«

Okay, ich ließ ihn los.

»Also, ditt is alles nisch so einfach.«

»Verzähl amal, wie des angfangen hat mit dir unnam Tinerl!«

»Ja, äh, also, ich fang am besten von vorn an. Wir waren ja in dieser Herberge da bei Ihnn in den Bergen …«

»Derfst ruhig du sagen.«

»Jut, also wir waren da bei eusch inn Bergen und eynes Taahes traf ick die Bettina, die äh, sehr, also äh, unglücklisch zu seyn schien. Und sie sieht ja wörklisch sehr schön aus und …«

»Ja, guat, erspar mir die Details!«

»Irgendwie kam es denn ehmt zu Intimitäten und …«

»Du sollst mir die Details ersparen!«

»Ja, und dann … frachte se, ob ick se mitnehm wörde.«

»Und des hast dann gmacht.«

»Ja, klar, also zuerst war ick ooch escht janz schön verknallt unn so.«

»Wieso zerscht? Jetz nimmer?«

»Ja, es ist schon, sang wa ma, ein büschn schwierisch mit ihr, weil se äh … also ja, wie soll ick ditt sahng, sie is halt schon jewissermaßen ne kleene Prinzessin …«

»Tanzt sie dir auf der Nase herum?«, spottete ich ein bisserl.

»Nee, ditt nisch.«

»Aha. Egal. I bin kommen, um sie wieder mitzunehmen!«

»Watt willste?!«

»Sie kert ned da her nach Berlin, verstehst?«

»Du glaubst also, sie jehört eher in ne schlischte Gegend, also, ick mein …«

»Jetz pass aber GANZ genau auf, wassd sagst, Späzi …«, sagte ich bedrohlich.

»Nee, nisch falsch vastehn. Es könnte schon seyn, dass se sisch mitunter schwertut hier inne Großstadt.«

»Wohnts ihr zam?«

»Ja, sie is bei mir inne WG einjezohng, aber da fühlt si sisch nisch so wohl, also, einaseyts wehng den andern Frauen, die halt örngwie, also die nisch so mit ihr …«

»Sans eifersüchtig, weils ned so hübsch san wias Tinerl?«

»Teilweise, ja, mag sein. Und denn is es halt so, dass wir ne, äh, ziemlisch offne Gruppe sinn, also mit ziemlisch offnem Umgang so …«

»Wia moanst des jetz? So von wegen freie Liebe, oder?«

»Nein, ditt nisch, awa, also, wir loofn inne WG janz gern, äh, ooch ma unbekleidet rum, also …«

»Was? Hahaha, seids ihr a Nudisten-WG?«

»Na ja, so nenn wa uns nisch, awa es is schon ziemlisch locker allet bei uns.«

»Uiuiui, des glaub i, dass des nix fürs Tinerl isch.«

»Ja, weil, also im Bad und der Toilette ham wa ooch keene Türen und so ne spießige Kacke …«

»Heieiei, haha, ja, des kann ich mir vorstellen, dass das

Tinerl da an Aufstand macht. Des isch ja a lustige Gschicht!«

Das Koch Tinerl in einem Nudistenhaushalt ohne Privatsphäre! Ein Volltreffer in die verkehrte Richtung. Die musste ja todunglücklich sein …

»Ja und was machts ihr dann an ganzn Tag?«

»Na ja, wir arbeiten beidö, weil ick bin halt selbständijer Grafika unn verdien nisch jenügnd, um uns beidö ernährn zu könn.«

»Und drum arbeitet sie im Berliner Hofbräuhaus.«

»Ja, wie hastn ditt überhaupt rausjefundnn überhaupt? Sie hat ditt doch völlisch geheim jehaltn.«

»Tja mei.«

»Wie wollnwa jetze vorgehn. Willste, dass wa uns ma zu dritt treffn unn über allet quatschn?«, fragte er.

Gesprächsrunde? Nein, darauf hatte ich überhaupt keinen Bock. »Naa, liawa ned.«

»Warum denn nisch?«

»Weil des meiner Meinung nach nix bringt!«

»Watt denn?«

»I schlag di zam und nimms Tinerl mit.«

»Können wir nisch ne weniger primitive Lösung anpeiln?«

»Du schleichst dich, und ich nimms mit.«

»So einfach jeht ditt ooch nisch. Sorry, awa ditt kannste vajessn. Ick häng ehmso an ihr wie du! Ooch, wennse ab und an die Prinzessin raushängg lässt.«

Ich musste mir schnell etwas einfallen lassen. Wenn er sie jetzt anrief und ihr erzählte, dass ich da sei, würde sie vermutlich abhauen, und ich könnte wieder von vorn anfangen. Aber ich wollte sie mitnehmen und das alles ohne großem Trara. So entschied ich mich zu einer List.

»Woasst was? Du hast recht!«

»Wie meinstn ditt?«

»Mir sollten uns zusammenhocken. Sag ihr nicht, dass wir uns gesehen haben, und wir treffen uns einfach morgen in aller Ruhe zu dritt.«

»Ditt is n vanünftijer Vorschlach.«

»Wann täts dir denn passen?«

»Morgen Vormittag isset jut, die Bettina fängt erst Nachmittachs zu arwaitn an, und ick hab heut Ahmd noch n Termin in Hambursch, da flieg ick ers morng früh zurück. Mein Flieger geht um achte, wir könn uns also um elfe treffn!«

»Ja, passt!«, log ich. »Aber sei so gut und verrat ihr nicht, dass wir schon geredet haben, sonst ergreift sie die Flucht. Bis zu unserem Treffen bleibt das unter uns.«

»Okay, Deal.«

»Wos?«

»Abgemacht!«

»Aso. Ja. Guad.«

Er hielt mir seine Hand zum Einschlagen hin. Wie der Idiot neulich Nacht mit den beiden Süßen. Ich schlug ein.

»Kommste einfach in unsere WG. Da is moorng keena außer der Bettina und mir. Ick schreib dir die Adresse auf. Oh, ick seh, die Schischt von der Bettina fängt bald an unn sie kommt für jewöhnlisch imma ausjesprochen pünktlisch. Wir sollten lieber bald die Kurve kratzen.«

»Guad, des machma. Seids ihr heut garned verabredet?«

»Nee, ick war nur mit Kollegen kurz hier, weil ditt Wetter so schön war. Ick muss sowieso jitze los zum Flughafen, hätt höschstns noch kurz hallo zu ihr sagen könn, aber ditt spar ick mir nu unn wir treffen uns morgen gemeinsam und spreschen allet dursch.«

Für einen Jammerlappen mit Nikolausbart und Schlumpfmütze war er eigentlich gar nicht so dumm. Gut, irgendwas musste das Tinerl ja an ihm gefunden haben. Aber eine Sache brannte mir noch auf dem Herzen.

»Noch a Frage hätt ich. Habts ihr neulich bei uns wirklich vorgehabt, a Tier zum schießen?«

»Janz ehrlisch? Ja, ditt hatten wir tatsäschlisch vor, weil wir den Grundsatz vatretn, dass, wenn man denn schon Fleysch isst, man die Tiere eigenhändig tötn könn muss.«

»Und habts a Tier derwischt?«

»Nein. Ick hab noch nie auf ein Lebewesen geschossn. Unn ick hab ooch jemerkt, ditt ditt üwahaup nüscht für misch is. Inzwüschn ha ick misch sowieso entschien, lieba vegan zu leem.«

Wie ein Politiker, ständig die Richtung wechseln und alles komplett anders machen, als man vorher gedacht, gesagt oder getan hat. Leider doch ein Depp!

Wir verabschiedeten uns förmlich, nachdem ich ihm noch ein paarmal eingeschärft hatte, dem Tinerl auf keinen Fall etwas von unserer Begegnung zu sagen. Heino fuhr mit dem Taxi zum Flughafen und ich legte mich in einem nahe gelegenen Park ein paar Stunden hin. Schlafen hilft mir immer beim Sammeln der Gedanken. Als ich erwachte, dämmerte es bereits. Ich schaute auf die Uhr, es war schon Viertel nach sieben. Ich stand auf und marschierte kernigen Schrittes zurück zum Berliner Hofbräuhaus.

Panorama

Vor dem Hofbräuhaus malte ein Künstler gerade das Uhrenbild von Dalí auf die Straße. Ich ging hin und erzählte ihm einen von mir selbst erfundenen Witz.

»Was sagte Gala, die Ehefrau von Salvador Dalí, wenn sie mit ihm ins Theater wollte und er noch ein Bild fertigmalen musste? – ›Dalí, Dalí!‹«

Der Künstler lachte herzlich.

Dann trat ich vor die Eingangstür. Mein Herz pochte ziemlich schnell. Wenn der Heino nicht doch sein Wort gebrochen und das Tinerl angerufen hatte, müsste sie ziemlich sicher gerade noch arbeiten. Eventuell hatte ich das Ziel meiner Mission erreicht. Wenn ich sie überzeugen konnte … Ich zögerte. Irgendwie traute ich mich auf einmal doch nicht mehr so recht, hineinzugehen und ihr während der Arbeit gegenüberzutreten. Wie sollte sie auch darauf reagieren? Vor den Gästen und Kollegen? Sie wäre vermutlich wütend oder genervt oder sonstwas. Vielleicht sollte ich besser warten, bis sie Feierabend hatte. Es waren ja nur noch anderthalb Stunden, dann würde sie herauskommen. Ich beschloss also, vor der Tür auf sie zu warten.

Meine Güte, war ich aufgeregt! Ich hatte sie tatsächlich

aufgespürt, bald würde sie vor mir stehen. Ein Wahnsinn! Und möglicherweise konnte ich sie auch wirklich überzeugen, wieder mit mir mitzukommen, wenn es ihr doch nicht gefiel bei den Nudisten und den Nikoläusen.

Aber ich musste auch damit rechnen, dass sie wegen ihres Heiratsantrages noch immer ziemlich sauer auf mich war. Wie konnte ich es schaffen, ihr Herz zu erwärmen? Ich musste sie irgendwie überraschen. Ihr einen besonders emotionalen Moment verschaffen. Da fiel mein Blick auf den Straßen-Dalí. Und plötzlich hatte ich einen irren Einfall.

»Und Sie können wirklich aus der Phantasie eine Bergwelt auf die Straße malen, mit allem Drum und Dran? Schneebedeckte Gipfel, blauer Himmel, Wolken, Bäume und ein paar Hütten? Das schaffen Sie?«, fragte ich den Künstler.

»Überhaupt kein Problem«, sagte er und nahm den Hunderter, den ich ihm hinhielt.

»Es ist aber nur noch etwas über eine Stunde Zeit!«, gab ich zu bedenken.

»Ooch ditt schaff ick, Meister!«

Und er fing an. Und zwar wiazau! Es war eine Sensation. Ein Alpenpanorama vom Allerfeinsten. Dunkelblaue Berge mit schneebedeckten Spitzen, Himmel, Wolken, Tannen, Berghütten – und sogar noch Skilifte und Gämsen! Und das alles auf einer Fläche von etwa drei mal drei Metern. Großartig!

»Bitte, schreibens noch: *Komm wieder heim, Tinerl!*«

»Wie schreibt man denn ditt *Tinerl*?«

»Theodor Ida Nordpol Emil Richard Ludwig«, sagte ich, da ich als erfahrener Bergmensch selbstverständlich die amtliche Buchstabiertafel beherrschte.

Dann war das Werk vollendet. Ich war schwer beeindruckt. Das MUSSTE sie einfach überzeugen!

In der Zwischenzeit waren immer wieder Leute rein- und rausgegangen, einige waren vor dem Straßenbild stehengeblieben, aber das Tinerl war noch nicht dabei gewesen. Ich sah auf die Uhr. Es musste jeden Moment soweit sein. Mein Puls klopfte mir im Kehlkopf. Ich war noch nie in meinem Leben so aufgeregt gewesen, nicht mal, wenn ich von einem tollwütigen Tier angegriffen wurde oder einen bösen Absturz erlebte. Es war außerdem eine ungewohnte Aufregung, einerseits schön, andererseits aber auch so völlig ungeschützt. Was war, wenn sie nach wie vor keine Lust mehr auf mich hatte? Wie sollte ich darauf reagieren? Was, wenn sie gar nicht rauskam, vielleicht hatte sie schon früher Feierabend gemacht oder der Lurch hatte sie am Ende doch gewarnt. Ich ließ die vergangenen Tage noch einmal Revue passieren, Wahnsinn, was man so in einer Großstadt in so kurzer Zeit alles erleben konnte! Das heißt jetzt nicht, dass man bei uns nichts erlebt, aber das ist alles mit viel mehr Ruhe und Natur verbunden. Ich dachte an den Jungen mit der Hupe. Hatte ich ihn wirklich gesehen? War es eine schöne kleine urbane Erscheinung gewesen? Trotz meines Herzklopfens musste ich schmunzeln.

Und genau in diesem Moment ging die Tür wieder einmal auf, und heraus kam: mein Tinerl.

Ich sah sie aus der Ferne an. Sie wirkte sehr erschöpft.

»Des is«, flüsterte ich dem Künstler zu. Dann versteckte

ich mich hinter einem parkenden Auto, das nur wenige Meter neben dem Kunstwerk stand.

Das Tinerl wollte schon nach rechts abbiegen, als sie der Künstler ansprach. »Junge Frau, da war vorhin jemand da und der hat misch jebeten, n kleenet Bild für Sie zu malen. Wenn Se bitte mal kiekn wolln.«

Das Tinerl reagierte erst etwas unwirsch, erblickte dann aber das Gemälde und den Satz »Komm wieder heim, Tinerl« und brach sofort in Tränen aus. Da kannte ich kein Halten mehr, stürzte aus meinem Versteck hervor und nahm sie sehr liebevoll in die Arme.

»Doni!«, schluchzte sie laut.

Und dann erwiderte sie meine Umarmung voller Liebe und weinte noch eine Weile an meiner Brust, während ich ihren Rücken streichelte. Und alle Last fiel von uns ab, wir fühlten uns wie zwei verliebte Jugendliche, die sich nach tagelangem Hausarrest endlich wieder treffen und nichts spüren als den eigentlichen Augenblick, den tatsächlichen Moment, kein Gestern, Morgen, kein Vielleicht, kein Eventuell, sondern nur das reine Dasein und die Liebe in unseren Herzen! Das war der glücklichste Moment des Universums, und wir konnten uns nicht mal richtig küssen, so verliebt waren wir.

»Nimmst mich mit nach Haus?«, fragte sie endlich mit schwer verschmierten Augen.

»Nichts lieber als das, mein geliebtes Engelchen«, sagte ich.

Ende

Epilog

Zur Feier des Tages wollte ich dem Tinerl übrigens keine Berliner Verkehrsidioten mehr zumuten. Statt Leihfahrrad nahmen wir uns ein Taxi und fuhren zu ihrer Behausung, ein über und über mit Graffiti besprühtes Gebäude.

»Soll ich mit reinkommen?«, fragte ich.

»Naa, da hast nix verpasst«, sagte sie. »I muass des ja aa no mit meim, oiso, dem Kerl klären, woaßt scho.«

Ich verriet ihr nicht, dass ich das bereits mit ihm geklärt hatte und zudem wusste, dass er sich gerade in Hamburg aufhielt, ein Umstand, der ihr wohl in all dem Trubel entfallen war. Ich wartete also unten im Taxi, und es dauerte keine Viertelstunde, da kam sie mit ihrem grünweißkarierten Rollkoffer zurück, den sie immer auf Reisen dabeihatte.

»Er war gar ned da. Mei, i freu mich so, nachher während der Zugfahrt a bissi in deinen Armen zu schlafen. I bin soooo miad!«

»Es gibt nix, auf des i mi mehr gfrein kannt!«

Die Formalitäten im Hostel waren rasch erledigt, die Zugverbindungen für die Nachtzüge im Handumdrehen herausgefunden, und die Fahrkarten samt etwas Proviant für die Fahrt gekauft. Meine vielen Eindrücke von Berlin hatte ich ohnehin verinnerlicht, von denen würde ich noch lang zehren. Jetzt gab es nur noch die Liebe. Ich hatte mein Tinerl wieder. Und das war wirklich traumhaft schön.

»Und wie durch ein Wunder hast du mich gfunden«, sagte sie.

»Durch ein Wunder«, klärte ich sie auf. »Nicht *wie durch ein Wunder*, sondern *durch ein Wunder*. Das machen die meisten Journalisten nach wie vor falsch und suggerieren dem Leser damit, dass es Wunder eigentlich gar nicht gibt.«

»Mei, wie hab ich dich vermisst. Dich und deine scheena Gedankengänge.«

Der Zug fuhr in den Berliner Hauptbahnhof ein. Bevor wir einstiegen, ging ich rüber zu einem der Abfallbehälter, in die man Glas, Restmüll, Papier und noch irgendwas reinschmeißen konnte. Ich nahm meine inzwischen komplett vollgekritzelte und zerknitterte Notiz-Fahrkarte in die Hand und überlegte, was wohl passieren würde, wenn ich sie bei »Glas« hineinwerfe. Ich war aber artig und tat sie zu »Papier«.

Schließlich saßen wir im Großraumabteil nebeneinander, und das Tinerl lag mit dem Kopf auf meiner Schulter. Dann schaute sie mit beiden Augen nach rechts oben, eine Geste, die sie macht, wenn sie scharf nachdenkt.

»Und du?«, fragte sie und sah mich eindringlich an. »Warst du die ganze Zeit über brav?«

»Naa du, i bin amal mit zwoa Madl nach Haus, die oane hab i glei sauba backt und mich am nächsten Tag Hals über Kopf in a Einheimische verliebt, mit der ich dann bis vor a paar Stund zam war.«

»Angeber!«, sagte das Tinerl und umarmte mich.

Es war schon immer meine Strategie, dass man am besten mit der Wahrheit fährt, weil die einem eh keiner glaubt. Außerdem war das alles nicht mehr wichtig. Das Einzige, was zählte, war, dass wir wieder zusammen waren. »Übrigens, ich bin dir ja noch eine Antwort schuldig«, sagte ich.

»Was moanstn?«, fragte das Tinerl und schaute mich mit gespielter Ahnungslosigkeit an.

»Du hast mir eine Frage bezüglich unserer Zukunft gestellt.«

»Ich kann mich dunkel erinnern«, lächelte sie und blickte mich jetzt mit leicht gesenktem Kopf und zum Anbeißen süß an. »Ich hab nachgedacht, Toni, und ich glaub, es ist gut, wie es immer war. Wir gehören sowieso zusammen, und es ist doch so schön und harmonisch mit uns beiden, dass ich inzwischen zu der Erkenntnis gekommen bin, dass wir es so lassen sollten. Es gibt ein weises Sprichwort aus England, das sagt: never change a running system. Und ich merk, dass du dir viele Gedanken zu meinem Heiratsantrag gemacht hast und dir die Antwort ganz sicher nicht leichtfällt. Drum erlös ich dich jetzt und hoff, du siehst es auch so wie ich.«

Ich war sprachlos.

Und dann küssten wir uns, so intensiv und leidenschaftlich, dass mir Hören und Sehen verging. Beinah.

Dank an:

Den lieben GOTT
Meine lieben Eltern
Den heiligen Joseph
Richard Westermaier
Leo Fischer
Richard Ernst
Bodo Mögen
Martin Sonneborn
Friedrich Ani
Franzi Jäger
Familie Grotehusmann
Andrea Groll
Florian Glässing
Danja Schilling
Stulle und Bulle
Jaromir Konecny
Ahne
Wehwalt Koslovsky
Frank Klötgen
Holger Groll
Jogi Abrell
Niels Klaunick
Jaromir Konecny
Nawid Assauer
Peter Tuscher
Julia Stolz
Georg Reuchlein
Bert Fizz
Die Stadt Berlin
Das Land Tirol

Moses Wolff,

geb. 1969 in München, ist Schauspieler und Kabarettist. Er schreibt regelmäßig für das Satiremagazin Titanic und veranstaltet gemeinsam mit dem Poetry-Slammer Jaromir Konecny und dem Journalisten Michael Sailer die erfolgreiche Münchner Lesebühne »Schwabinger Schaumschläger Show«. Seine Serie »Wildbach Toni«, die auf den Internetportalen von Titanic und Süddeutsche Zeitung zu sehen ist, erfreut sich großer Beliebtheit. Moses Wolff wohnt in der Isarvorstadt in München.

Mehr von Moses Wolff:

Der Wildbach Toni. Ein Bergroman
Ozapft is!: Das Wiesn-Handbuch
(alle auch als E-Book erhältlich)